Als Sandra Schläpple ins Leben von Fred Eisenbogen stolpert, verdreht sie ihm so heftig den Kopf, dass er nicht mehr weiß, wo sein Beamtenscheitel sitzt: Sandra, die verträumte Gärtnerin, liebt Unkraut und Chaos und kommt aus einer Familie, die sonntags bei Kaffee und Kuchen immer neue Pläne schmiedet, das Finanzamt auszutricksen. Fred dagegen ist der beste Prüfer im Finanzamt Böblingen – er ist nur noch nicht dazu gekommen, es Sandra zu beichten. Doch dann landet ihre haarsträubende Steuererklärung zur strengen Prüfung ausgerechnet auf seinem Tisch. Und Fred erscheint es aussichtslos, jemals ihr Herz zu gewinnen.

Catrin Barnsteiner, geboren 1975, arbeitet als Drehbuchautorin, schrieb als freie Journalistin für verschiedene Tageszeitungen und Magazine und wurde mit dem Axel-Springer-Preis für junge Journalisten ausgezeichnet. 2004 veröffentlichte sie den Erzählungsband »Verglüht«. Sie lebt in Oxford und Berlin.

Catrin Barnsteiner

Fräulein Schläpples fabelhafte Steuererklärung

Roman

Berlin Verlag Taschenbuch

Die Städte Sindelfingen und Böblingen gibt es wirklich, aber alle Personen, Ämter und genauen Örtlichkeiten dort habe ich erfunden. Zugegeben.

For Jonathan, always

MIX
Papier aus verantwortungsvollen Quellen
FSC® C083411

3. Auflage 2017
November 2014

Umschlaggestaltung: ZERO Werbeagentur, München
unter Verwendung einer Illustration von FinePic®, München
und © plainpicture / Iris Friedrich
Gesetzt aus der Dolly und der Glamour
von Greiner & Reichel, Köln
Druck und Bindung: CPI books GmbH, Leck
Printed in Germany
ISBN 978-3-8333-0991-5

www.berlinverlag.de

1

Den ganzen Donnerstag hatte Fred Eisenbogen es geschafft, sich mit angenehmen Dingen abzulenken: Zuerst hatte er neun Steuererklärungen durchgearbeitet. In der Mittagspause gönnte er sich aus seinem Postfach außerdem einen Betriebsprüfungsbericht, obwohl der noch lange nicht fällig war. Und danach, aus einer großen Tüte, einen dicken Stapel frischer Aktenauszüge. Das Papier noch warm vom Kopierer. Kurz vor Feierabend war sein Postkorb alle.

Neidisch schielte er auf die wie immer übervolle Ablage seines Kollegen. Mit Winnie teilte sich Fred ein Doppelbüro im Finanzamt Böblingen.

Und jetzt, wie jeden Tag kurz vor Feierabend, stopfte Winnie gerade frische Post in seine Schublade – wo sich, wie er Fred gerne versicherte, mindestens die Hälfte der Arbeit irgendwann von selbst erledigte. Winnie nannte das »Hilfe zur Selbsthilfe«. Es war die einzige Bürotätigkeit, die Winnie gewissenhaft erledigte.

Fred schüttelte ein letztes Mal hoffnungsvoll die Aktentüte auf seinem Schreibtisch aus. Aber nur eine einzige, dürre Büroklammer fiel heraus: Es war klar, er konnte die Entscheidung nicht mehr aufschieben. Er zog die unterste Schreibtischschublade auf und holte den schon adressierten und frankierten Umschlag heraus. Darin war die Geburtstagskarte: das hübsche Foto von einem blassen, fest gebundenen Rosenstrauß.

Acht Tage trug er die Karte nun schon fertig mit sich herum. Morgen hatte Verena Geburtstag, also musste er sie heute abschicken – oder besser nicht? War der Text so richtig? Und das Motiv auf der Karte? Sendete beides die richtige Botschaft?

In fünfzehn Minuten war die letzte Leerung.

Er klappte die Karte auf, las noch mal – stutzte dann und griff aufgeregt nach dem Rotstift: Dass er das übersehen hatte! Sorgsam fügte er das fehlende Komma ein zwischen »glückliches« und »gesundes«. Und den Punkt hinter »Lebensjahr«.

Leider schaute Winnie ausgerechnet in diesem Moment auf.

»Du schreibst doch nicht etwa an Verena?«

Blitzschnell schob Fred ein AP-191-Formular über die Geburtstagskarte, zu spät. Winnie wartete, mit verschränkten Armen, auf eine Erklärung.

Winnie war ein paar Jahre älter als Fred und stolz darauf, dass ihn noch nie jemand für einen Finanzbeamten gehalten hatte, aber schon eine Menge Leute für einen Motorradrocker. Dass das schon fünfzehn Jahre her war, störte Winnie nicht im Geringsten. Winnie fand sich immer prima.

Fred dagegen verzweifelte täglich vor dem Spiegel: Jeden Tag bemühte er sich von Neuem um einen Beamtenscheitel, obwohl der in seinem dunklen Lockenkopf nie lange hielt. Tatsächlich sah Fred ab etwa elf Uhr morgens immer nur vom Hals abwärts aus wie ein seriöser Beamter. Und seit einer Woche, seit er die Karte für Verena mit sich herumtrug, schien sich der Scheitel sogar noch früher selbst zu zerstören.

»Verena hat morgen Geburtstag. Und ich schreibe allen Leuten Geburtstagskarten«, verteidigte sich Fred. »Außerdem würde sie dasselbe für mich tun.«

Oder? Würde sie das?

»Stimmt«, sagte Winnie. »Verena war immer gut mit Jahrestagen. War es nicht euer Jahrestag, als sie dich rausgeschmissen hat und du in mein Gästezimmer gezogen bist?«

»Es war nach Mitternacht. Also, genau genommen, nicht mehr.«

Winnie seufzte, als ob Fred nicht zu helfen wäre.

»Gib her, vielleicht kann ich noch was retten.«

Fred reichte ihm zögernd die Karte. Winnie hinterließ überall Fettflecken.

Winnie las, ließ die Karte sinken. Und schwieg.

»Zu gewagt?«, fragte Fred nervös. »Soll ich sie lieber nicht abschicken?«

»DAS ist die Karte, mit der du eine Frau zurückkriegen willst, die dich verlassen hat, weil du ...«

»Das hat sie nicht so gemeint!«

»Und als sie gesagt hat, du ...«

»Da war sie nur ehrlich. Und ich kann mit keiner Frau zusammen sein, die nicht ehrlich ist.«

Fred wollte nicht daran erinnert werden, was Verena gesagt hatte. Nicht, dass er es jemals vergessen hätte, dafür war es viel zu prägnant gewesen. Aber im Moment sah er keinen Grund ...

»Sie hat gesagt, du bist so korrekt, dass du Tipp-Ex pinkelst.«

Fred riss Winnie die Karte aus der Hand. Unfassbar, wie gern Winnie sich um die Angelegenheiten anderer Leute kümmerte – außer natürlich um die Angelegenheiten der Leute, die ihn von Berufs wegen zu interessieren hatten!

Fred packte Mantel und Aktentasche und verließ das Büro. Draußen auf dem Flur schob er die Karte zurück in den Umschlag. Der Postkasten war direkt vor dem Finanzamt, die letzte Leerung würde er noch schaffen. Was hatte Fred sich nur dabei gedacht: Hilfe in Beziehungsfragen von WINNIE?

Er drückte auf den Aufzugsknopf. Irgendwo knallte eine Tür, er drehte sich um und sah in der Glasscheibe des verlassenen Kundenschalters sein Profil: Blass, dachte er plötzlich. Er drehte sich stärker gegen das Licht, kniff die Augen zusammen und hob versuchsweise verwegen das Kinn – besser. Dunkler. Schärfer. So gefiel er sich.

Sein Blick fiel zurück auf die Karte: Und wenn Winnie doch recht hatte – war sie zu unromantisch? Zu wenig kreativ?

Aber was war denn falsch an einer Karte mit vorgedrucktem Glückwunschtext? Vordrucke waren gut! Fred mochte Vordrucke! Der richtige Vordruck, das korrekte Formular, der passende Paragraph. All das schaffte Sicherheit, schließlich hatten sich Experten mit der Materie befasst. Und bei Paragraphen verlangte ja auch keiner, dass einem jedes Mal ein neuer einfiel, wenn man einen brauchte!

Oder war es gar nicht so sehr der vorgedruckte Text? Hätte er einfach die fehlenden Satzzeichen nicht verbessern sollen? Und wenn doch – vielleicht etwas unauffälliger? Und nicht mit Rotstift?

Durchs Fenster sah er den Postboten mit der letzten Leerung wegfahren – aber das war ihm plötzlich egal. Denn einem Mann wie Fred standen noch ganz andere Mittel und Wege offen: Verena, beschloss er, sollte ihn nicht wiedererkennen.

2

Drei Stunden später, kurz vor einundzwanzig Uhr, schob Fred verzweifelt den Rotstift von sich und warf eine neue Karte in den Mülleimer. Es war die achte.

Er klemmte hinter dem viel zu kleinen Tisch im Spätpostamt Stuttgart - ein Etablissement, das er bis heute nur vom Hörensagen gekannt hatte. Hier, das wusste Fred, verkehrten nur dubiose Gestalten. Zu disziplinlos und desorganisiert, um sich an normale Öffnungszeiten zu halten. Selbst die Postbeamtin hatte einen gewagteren Ausschnitt und einen grelleren Lippenstift, als Fred es angemessen gefunden hätte.

»Punkt zehn Uhr machen wir hier dicht!«, rief die Frau hinter dem Schalter jetzt und nickte in Richtung der großen Wanduhr hinter ihrer Theke.

Winnie hätte ihm geraten, die Karte zu vergessen und einfach so bei Verena zu Hause aufzutauchen. Aber das war ihm unvorstellbar. Selbst wenn Fred eine Karte gehabt hätte - was, wenn Verena gerade nicht da war, wenn er klingelte? Dann hätte er die Karte in den Briefkasten werfen müssen. Aber dann hätte Verena gewusst, dass er da gewesen war, weil die Karte keinen Poststempel trug. Und dann hätte sie sich vorgestellt, wie lächerlich er ausgesehen haben musste, als er vor dem Haus auf und ab gelaufen war, während er auf sie wartete: entweder wie jemand, der versetzt worden, oder wie jemand, der unfähig war, zum Telefon zu greifen und einen Termin auszumachen. Vor dem Haus auf Verena zu warten schied deshalb zweifellos von vornherein aus.

Die meisten Leute, Winnie eingeschlossen, dachten ein Problem einfach nicht zu Ende, bevor sie handelten.

Nein, alles, was Fred brauchte, war eine neue Karte. Nervös

fingerte er durch den Drehständer: Hochzeiten, Todesfälle, Ruhestand, Muttertag, »Herzlichen Glückwunsch mit der Sesamstraße« – alle mit Vordruck! Die Versuchung war groß. Wie gern hätte er einfach eine Karte mit Vordruck genommen und es hinter sich gebracht ... aber, nein: Der neue Fred hielt sich an sein neues Prinzip: Vordrucke nur beruflich. Privat waren sie unromantisch.

Er trat an den Schalter.

»Entschuldigen Sie, haben Sie keine mehr von den Karten mit den kleinen Blumensträußchen?«

»Die haben Sie alle gekauft. Hätten Sie mir gleich gesagt, dass Sie acht Stück verbrauchen, hätte ich Ihnen was nachlassen können.«

»Was? Aber ...«

»Nur die Ruhe. Für welchen Anlass soll's denn sein?«

Bevor Fred antworten konnte, hob sie den Finger: Sie warf einen kurzen Blick auf den Papierkorb mit seinen verworfenen Karten, einen längeren Blick auf ihn – dann hatte sie die Situation erfasst.

»So. Hat sich die Freundin aus dem Stäuble gemacht? Keine Sorge, für Notfälle habe ich immer was da.« Sie bückte sich unter ihre Theke, Fred hörte sie in einem Karton kramen, dann schob sie ihm eine Postkarte zu, verschwörerisch. Bild nach unten.

Fred drehte die Karte um: Tarzan und Jane. Tarzan, im Lendenschurz, schwang sich mit Jane, im Badeanzug, an einer Liane durch den Dschungel. Entsetzt schob er die Karte zurück.

»Ich fürchte, das passt nicht zu mir. Haben Sie nicht ...«

Sie schob ihm die Karte direkt wieder hin.

»Mit der Liebe ist es wie mit dem Porto: besser zu viel als zu wenig. Glauben Sie mir, ich arbeite hier seit dreißig Jahren – ich habe genug Liebesbriefe gelesen. Ich weiß Bescheid.«

»Haben Sie wirklich keine mehr mit Blumen? Irgendwelchen Blumen?«

Sie tippte mit ihrem dick-beringten Finger in die Mitte des Dschungels.

»Mehr Grünzeug als da drauf ist, geht nicht. Und jetzt zackig, wir schließen gleich.«

Die Wanduhr zeigte 21.36 Uhr.

Fred nahm die Tarzan-Karte, setzte seinen Rotstift an und schrieb: *Liebe Verena.* Fünf Minuten später setzte er ein Komma hinter Verena. Zehn Minuten später griff er entschlossen nach seinem Taschenlineal. Und unterstrich *Liebe Verena*. Dann nahm er die Nickelbrille ab, raufte sich die Haare und zerstörte die letzten Reste seines Beamtenscheitels.

Während Fred sich auf der Tarzan-Karte von Komma zu Komma hangelte, hatte sich das Postamt überraschend gefüllt. Die Schlange reichte bis zur Glastür am Eingang: Eine verschwitzte Studentin wickelte Klebeband um einen Umschlag, ein junger Mann bekreuzigte sich, bevor er seine Dokumentenrolle der Postbeamtin anvertraute. Die donnerte den aktuellen Poststempel auf alles, was ihr in die Finger kam.

Punkt zweiundzwanzig Uhr schnappte sie sich einen dicken Schlüsselbund. Ein Mann mit Pralinenschachtel in einer Tankstellentüte war der Letzte, der es gerade noch in die Post schaffte. Er strahlte, als wäre es die Arche Noah.

Kaum hatte die Postbeamtin den Schlüssel zweimal im Schloss der Glastür umgedreht, als ein dumpfer Knall das Amt erschütterte. Sie ließ vor Schreck die Schlüssel fallen, und alle drehten sich zur Tür. Eine junge Frau war mit voller Wucht dagegengerannt: Sie war vielleicht neunundzwanzig, nur etwas jünger als Fred. Sie trug ein besticktes Sommerkleid, erdverschmierte grüne Männer-Gummistiefel, ein buntes Tuch in den zerzausten Haaren – und in der Hand schwenkte sie einen dicken Briefumschlag.

Sie war eine Erscheinung.

Und sie war zu spät.

Trotzdem trommelte sie an die Scheibe und rief etwas. Fred konnte das Wort »Ausnahme« von ihren Lippen ablesen.

Er konnte es nicht ausstehen, wenn jemand darauf bestand, eine Ausnahme zu sein. Jeden Tag und bei jeder Steuerprüfung verlangten Leute von ihm Entgegenkommen für Fehler, die sie selbst zu verantworten hatten. Warum? Weil sie eine Ausnahme waren!

Die Postbeamtin bückte sich nach dem Schlüssel. Sie würde die Tür noch einmal aufschließen, eine Ausnahme machen.

Und das war plötzlich das Beste, das heute auf der ganzen Welt passieren konnte.

»Es gibt doch immer Leute, die glauben, für sie gelten Ausnahmen«, grummelte die Postfrau. »Aber wir schließen Punkt zweiundzwanzig Uhr, Gesetz ist Gesetz.« Sie stopfte ihren Schlüsselbund in die Rocktasche und marschierte, ohne sich noch einmal umzudrehen, hinter ihre Theke zurück.

Draußen versuchte die Frau mit dem Blumenkleid blitzschnell das Naheliegende: Bestechung.

Sie hielt einen Zehneuroschein gegen die Glastür!

Nein?

Dann zwanzig Euro!

Und sie hatte noch ein Ass in ihrer Strohtasche. Peng! Frisch aus der Erde, direkt auf die Glastür: zwei prächtige Bündel Karotten!

In der Schlange wurde vorsichtig gekichert. Aber die Postfrau hatte den Tagesstempel und die Macht: Sie hob kurz die rechte Hand, ließ den Stempel knallen – und sofort herrschte Ruhe. Der Zeiger der Wanduhr rutschte auf 22.02 Uhr.

Aber Freds Armbanduhr zeigte erst einundzwanzig Uhr achtundfünfzig und dreißig Sekunden an.

Der Uhr, einem blitzenden Stück Chrom, sah man schon von Weitem an, dass sie eigentlich für Größeres bestimmt war als das simple Anzeigen von Datum, Hundertstelsekunden und Mondphasen. Diese Uhr irrte nie – und das bedeutete: Die Wanduhr in der Spätpost ging vor.

Er drängte sich an die Theke, doch die Beamtin verschwand just im Hinterzimmer.

»Können Sie noch mal aufschließen, bitte?«, rief er.

Statt einer Antwort ratterte ein elektrischer Rollladen an der Innenseite der Glastür herab.

»Es ist noch nicht zweiundzwanzig Uhr«, sagte Fred. »Ihre Wanduhr geht falsch.«

Aber der Rollladen schob sich weiter die Scheibe hinab, und die Frau im Blumenkleid drohte, Zentimeter für Zentimeter, aus seinem Blickfeld zu verschwinden.

Er steckte seinen Stift weg, lief zur Glastür und klemmte den drehbaren Kartenständer unter den Rollladen.

»Schieben Sie es unter der Tür durch, schnell!«

Die junge Frau klatschte in die Hände, rief etwas, dann quetschte sie den Umschlag in den Schlitz unter der Tür – er war zu dick.

»Einzeln, die Blätter einzeln!«

Sie stopfte erst den Zehneuroschein unter der Tür durch, dann riss sie ihren Umschlag auf. Draußen entlud sich ein Platzregen, die Blätter wurden nass.

Fred sah auf seine Armbanduhr: einundzwanzig Uhr neunundfünfzig und drei Sekunden.

Er nahm die Blätter in Empfang – es waren Steuerformulare! Mit routiniertem Griff ordnete er sie in einem sauberen Stapel neben sich auf dem Fußboden, als wäre es sein Schreibtisch.

Plötzlich dröhnte ein Alarm – der verklemmte Rollladen! Noch lauter als das ohrenbetäubende Klingeln war allerdings das Fluchen der Postfrau, die im Hinterzimmer eine Schublade nach der anderen aufriss, offenbar auf der Suche nach dem Deaktivierungscode.

Aber Fred sah nur die Frau, die draußen vor der Scheibe in einer Regenpfütze kniete und strahlte, als hätte sie den besten Abend ihres Lebens. Seinetwegen. Er kniete auf der anderen Seite der Tür und zog langsam Blatt für Blatt zu sich heran. So langsam, dass er fast ihre Finger berühren konnte. Der ordentliche Stapel neben ihm verrutschte, die Blätter schob er jetzt nur noch blind in einem vagen Haufen zusammen. Denn auf den Stapel zu achten hätte bedeutet, von ihr wegzuschauen.

Plötzlich riss sie die Augen weit auf und zeigte auf einen Punkt hinter Freds Schulter.

»Das lassen Sie mal ganz schnell bleiben«, sagte die Postbeamtin, die sich dort aufgebaut hatte. »Das muss ich nämlich gar nicht mehr annehmen.«

Fred blinzelte, als hätte sie ihn viel zu früh geweckt. Er fasste nach seiner Brille, schaltete zurück in den Beamten-Modus. Dann zeigte er der Kollegin von der Post sein Chronometer: einundzwanzig Uhr neunundfünfzig und achtundfünfzig Sekunden.

»Diese Uhr geht alle dreihundert Jahre um zwei Sekunden nach. Falls das ausgerechnet heute der Fall sein sollte, dann wäre das letzte Mal zur Zeit der Hexenverfolgungen gewesen.«

Die Postbeamtin zischte etwas. Dann trollte sie sich zurück hinter ihren Schalter.

Fred ordnete die Blätter – hatte wirklich er diese Unordnung geschaffen? – und steckte sie zurück in den adressierten Umschlag. Steuerformulare für das Finanzamt Böblingen! Der kleine Zufall überraschte ihn, als wäre es eine versteckte zärtliche Botschaft.

Er stellte sich hinten in die Schlange, und als er an der Reihe war, orderte er den Brief als Einschreiben. Mit Quittung. Die Postfrau knallte den Stempel stärker auf den Brief, als einem Stempel guttat.

Als Fred Mantel und Aktentasche holte, fand er neben dem kleinen Tisch auf dem Boden seine halb fertige Tarzan-Karte. Er hatte Mühe, sich zu erinnern, warum es so wichtig gewesen war, Verena eine Geburtstagskarte zu schreiben.

Schließlich steckte er die Karte in irgendein Fach seiner Aktentasche, ließ sich von der Postbeamtin eine Stahltür entriegeln. Und trat durch den Hinterausgang hinaus ins Freie.

3

Das Erste, was er draußen sah, war der letzte Bus – der steuerte gerade aus der spärlich beleuchteten Haltebucht zurück auf die Straße. Fred riss die Hand hoch, der Fahrer stieg auf die Bremse. Dann sah Fred nichts mehr, denn etwas Großes, Sanftes wischte über sein Gesicht. Einmal, zweimal, noch mal. Und die einzige Erklärung, die ihm dafür in den Sinn kam, war so absurd, dass er sie normalerweise sofort im Ansatz korrigiert hätte. Wie jeden zu absurden Gedanken, bevor der unangemessenen Platz beanspruchen konnte. Aber irgendwas funktionierte heute nicht korrekt in der Gedanken-im-Ansatz-Kontrollstelle. Und so kam es, dass Fred an die fantastischen Schweife einer Schar tropischer Papageien denken musste.

Eine Stimme rief:

»Die haben Sie sich so was von verdient!«

Sie hatte vor dem Hinterausgang auf ihn gewartet. Und schwenkte strahlend zwei riesige Büschel Karotten vor seinem Gesicht, das Karottengrün war federweich.

Vor Verlegenheit fiel Fred nichts Besseres ein, als ihr das Rückgeld für ihr Einschreiben in die Hand zu drücken. Sie lachte, nahm das Geld und ließ es, wie bei einem Zaubertrick, hinter seinem Rücken zurück in die Tasche seines Jacketts fallen. Das gefiel ihm. Natürlich würde er es ihr später zurückgeben. Aber vorher konnte er in die Tasche fassen und die Geldstücke befühlen: Sie waren wärmer geworden in ihrer Hand.

Der Busfahrer hupte. Fred hatte noch nie jemand warten lassen, schon gar nicht einen Angestellten des öffentlichen Dienstes.

»Den Bus?«, fragte sie und lachte schon wieder. »Darf ich Sie nicht wenigstens irgendwohin mitnehmen? Ich fahre Sie auch direkt bis vor die Haustür. Außerdem dürfen Sie während der Fahrt die Fahrerin ansprechen und Ihre Füße auf den Sitz legen.«

Der Busfahrer schloss zischend die Türen und hupte zweimal wütend, als er an den beiden vorbeifuhr.

»Danke. Mein letzter Kuss ist gerade weg. Ich meine, mein letzter ... Fahren Sie zufällig nach Böblingen?«

»Nach Böblingen nie. Aus Prinzip.« Sie verbeugte sich grinsend und streckte die Hand aus. »Sandra Schläpple. Aus Sindelfingen, freut mich.«

»Fred Eisenbogen. Aus Böblingen, tut mir leid.«

Fred wohnte noch nicht lange in Böblingen, aber selbst er kannte die Geschichte, auf die Sandra anspielte. Wie alle anständigen Fehden konnte sich auch die zwischen Böblingen und Sindelfingen rühmen, bis ins Mittelalter zurückzureichen. Seit siebenhundert Jahren pflegten die beiden kleinen Städte eine außerordentlich herzliche Feindschaft. Am Anfang hatten sie sich gegenseitig die Häuser niedergebrannt, Frauen und Goldschätze geraubt und später Bestechungsgelder veruntreut. Heute sah es so aus, als hätte Böblingen die Nase vorn: Sindelfingen war zwar größer und hatte das Daimler-Werk. Aber Böblingen hatte sich den Namen des Landkreises unter den Nagel gerissen, das Autokennzeichen und, am schlimmsten, die Zuständigkeit des Finanzamts. Es hieß, die Bewohner beider Städte wären sich in all den Jahrhunderten nur ein einziges Mal wirklich einig gewesen – anfang der Siebziger Jahre, als die Landesregierung in Stuttgart verkündet hatte, Sindelfingen und Böblingen zu einem Ort zusammenzulegen. Als der Zusammenschluss verhindert war, gab es Freibier und Glockengeläut. In beiden Städten. In Sindelfingen war man sich übrigens sicher, dass es nur dieser glorreiche Tag gewesen sein konnte, der Hollywood-Regisseur Roland Emmerich, aufgewachsen in ebenjenem Städtchen, zu »Independence Day« inspiriert hatte – dem Film, in dem heroisch die Invasion von Außerirdischen verhindert wird.

Aber hier und jetzt begegnete Sandra aus Sindelfingen Fred aus Böblingen außerordentlich wohlwollend.

»Ich könnte ausnahmsweise meine Prinzipien vergessen und nach Böblingen fahren. Schließlich hast du dir gerade im Kampf wegen meiner Steuerunterlagen eine Kriegsverletzung zugezogen.«

Fred schaute an sich herab und sah, wie sich ein roter Fleck auf seinem Hemd ausbreitete. Auf der linken Brusttasche: Da, wo er vorhin in der Eile seinen roten Filzstift verkehrt herum hineingesteckt hatte, ohne Kappe.

Sandra zeigte auf den Fleck, der noch nass war, direkt über Freds Herz.

Und berührte ihn, fast.

4

Eine Ampel sprang von Rot auf Grün, und Sandra preschte los, aus der Stadt hinaus, über die dunkle Autobahn. Mit der rechten Hand streichelte sie beruhigend einen Hund: eine hechelnde Cockerspaniel-Promenadenmischung, die sich auf dem Beifahrersitz breitgemacht hatte.

»Fred? Hast du Platz?«, rief sie über die Schulter nach hinten. »Ich lege gerade in unserer Grundschule den Schulgarten neu an, deshalb der ganze Kram!«

Fred teilte sich den Rücksitz ihres kleinen Lieferwagens mit einem Holzschild, auf dem *Zu verkaufen* stand (und das sie irgendwo ausgegraben haben musste), zwei Schaufeln, einem Laubrechen, einem Korb Radieschen und vier Schalen Erdbeeren. Seine Aktentasche klemmte zwischen mehreren Kartons Rasendünger, und auf dem Schoß balancierte er einen Sack Kartoffeln. Fred hatte sich noch nie so leicht gefühlt.

Den Hund schien irgendwas nervös zu machen, es half nichts, dass Sandra nur eine Hand am Lenkrad ließ und ihn mit der anderen hinter den Ohren kraulte: Der Hund schwitzte, jaulte und schnüffelte. Alles gleichzeitig. Sandra redete ihm gut zu.

»Du musst keine Angst haben«, sagte sie, »das ist nur Fred, der tut nichts.« Und dann, zu Fred: »Ohne dich hätte ich den verdammten Poststempel nie gekriegt, du glaubst nicht, wie viel Verspätungszuschlag die Halsabschneider verlangen dürfen.«

»Das kommt drauf an, wie viel ...«

»Du bist der Held des Tages! Du hast das Finanzamt besiegt!«

Fred straffte sich unter dem Kartoffelsack.

»So schlimm ist das Finanzamt gar nicht. Zufällig bin ich …«

In diesem Moment gelang es der Promenadenmischung, halb unter ihrem Gurt durchzuschlüpfen, sie warf sich quer über die Gangschaltung. Sandra machte einen Schlenker auf der Straße und der Hund sich über Freds Hosenbein her.

»Fiskus«, schimpfte Sandra. »Man sabbert den Held des Tages nicht an!« Sie schaffte es, den Hund auf den Vordersitz zurückzuziehen, und erklärte Fred: »Als wir ihn aus dem Tierheim geholt haben, hieß er Markus. Aber der Tierarzt hat gesagt, er hat was an den Schleimhäuten. Deshalb schnüffelt er so. Und deshalb heißt er jetzt Fiskus.«

In diesem Moment, sie hatte noch nicht einmal wieder beide Hände am Steuer, gelang dem Hund der endgültige Satz auf die Rückbank. Fred sah nur noch braunes Fell auf sich zustürzen, kurz danach prasselte ein Hagel aus festkochenden Kartoffeln auf ihn herab. Dumpf hörte er Sandras Stimme:

»Oje! Alles in Ordnung da hinten? Wir sind gleich da!«

Fred grub sich aus den Kartoffeln und wischte Blumenerde von der Brille. So konnte er sehen, dass Sandra in verkehrter Richtung in die Einbahnstraße hineinfuhr. Sie bremste vor einem mehrstöckigen Altbau. Im fünften Stock war Winnies Wohnung – und Winnies Gästezimmer, in dem Fred vorübergehend untergekommen war.

Zuerst wartete Sandra mit laufendem Motor. Schaltete ihn aber aus, als klar wurde, dass Fred eine Weile brauchte, um seine Sachen in dem Chaos auf der Rückbank einzusammeln. Er sammelte so langsam wie nur irgend möglich – und war trotzdem viel zu schnell fertig. Denn der Satz, den er im Kopf formulierte, war noch längst nicht spruchreif, gerade erst in der dritten Fassung: *Wollen wir irgendwo … kann ich dich vielleicht noch … Lust?*

Eine ungewisse Zeit später – Fred tat so, als suchte er tief im Fußraum nach verlorenen Gegenständen, in Wahrheit aber überprüfte er gerade die vierte Fassung – drehte sich Sandra zu ihm um.

»Hast du alles?«

Fred musste aussteigen, mit einer ganz und gar unzureichenden vierten Fassung im Kopf. Oder war die Fassung doch nicht unzureichend? Was, wenn er einfach ... Draußen beugte er sich entschlossen Sandras Fenster entgegen. Sie kurbelte es herunter, Fred holte tief Luft und ...

»Tausendmillionen Dank noch mal!«, rief sie und fuhr los. Sie winkte und hupte, Fred hörte den Hund bellen und erinnerte sich – Fiskus? Hatte der Hund wirklich Fiskus geheißen?

Mit hängenden Armen, die zwei Karottenbüschel fast am Boden, starrte er die Kurve an, in der Sandra verschwunden war. Aus seiner Aktentasche rieselte Blumenerde auf den Gehweg, ein Haufen Elend.

Als er in seiner Manteltasche nach dem Schlüssel suchte, fasste er zuerst in zwei von Sandras Erdbeeren, und dann – was ihn beinahe noch mehr irritierte – in einen zerknitterten Zettel. Fred mochte es nicht, wenn man unschuldiges Büromaterial quälte, und hatte noch nie ein Stück Papier geknüllt. Nicht mal, wenn es für den Papierkorb bestimmt war. Vorsichtig faltete er es auseinander. Es war die Quittung von Sandras Einschreiben. Er hatte sie in der Aufregung eingesteckt und vergessen, ihr zu geben! Vorsichtig blies er Erdkrumen vom Papier. Es duftete zart nach Erdbeeren.

5

In einer anderen Welt, eine Autobahnabfahrt weiter, mischte sich Vater Schläpple in der Küche seines Hauses in Sindelfingen eine Weinschorle – zur Feier des Tages mit einer Flasche von dem guten Riesling. Außerdem hatte er sich ein gutes Buch mitgebracht: *Robin Hood – König der Diebe*. Er trug es, zusammen mit Wein, Wasser und einem extra Glas, nach draußen. In die hinterste, finsterste Ecke des Gartens.

Dort wartete Erika. Sie hatte schon den alten Campingtisch und die zwei Klappstühle aufgestellt, die er noch nie leiden konnte, weil sie unnötig hart waren. Außerdem machte er es sich sowieso viel lieber auf der großen Terrasse vor dem Haus gemütlich. Dort schien bis spätabends die Sonne, dort stand sein Liegestuhl, und wenn er die Augen schloss, konnte er an etwas anderes denken als an den Komposthaufen in seinem Rücken. Aber gerade heute war es ratsam, Erika nicht unnötig zu reizen. Sie war ohnehin schon den ganzen Nachmittag grantig mit ihm.

Also stellte er nur, mit versöhnlichem Schwung, Flaschen und Gläser auf den Campingtisch – und brachte damit den Kübel Bohnen darauf ins Wanken.

Seine Frau schaute missmutig auf. Und dann wieder auf ihre Arbeit. Sie wollte auch keine Weinschorle. Sie schaffte noch. Sie schnippelte den zweiten Kübel Bohnen – wenn sie nicht zum hundertsten Mal auf die Uhr schaute.

»Wo bleibt sie denn! Kannst du Sandras Steuer nicht EINMAL rechtzeitig fertig machen? Du weißt doch schon seit Wochen, welche Unterlagen das Finanzamt angefordert hat. Warum muss denn alles immer bis zum allerletzten Tag warten! So kompliziert ist ihre Buchhaltung doch nicht.«

»Das braucht seine Zeit. Eine Steuererklärung und alles, was daran hängt, ist ein Kunstwerk.«

»Ein Kunstwerk? Rolf! Wenn du unsere Tochter in Schwierigkeiten bringst ...«

In diesem Moment hörten sie Sandras Lieferwagen die Straße hinunterkommen. Tatsächlich! Sandra winkte aus dem Fenster und machte mit zwei Fingern das Siegeszeichen. Geschafft!

Vater Schläpple hob das Glas und prostete ihr zu. Kurz darauf verschwand der Lieferwagen um die Ecke, Sandra würde vorne vor dem Haus parken. Er gönnte sich einen Moment feierlichen Vaterstolz: Natürlich hatte seine Tochter es geschafft. Er hatte nichts anderes erwartet. Mutter Schläpple dagegen, das wusste er, war sich sicher gewesen, dass eine Katastrophe passieren würde. Und beide kannten ihre Tochter gut genug, um zu wissen, dass sie es fertigbringen würde, Sieg und Katastrophe harmonisch zu vereinen. Rolf Schläpple war immer schon stolz auf seine Tochter gewesen, nur mit Buchhaltung und Steuern hatte sie es wirklich nicht, aber er erledigte das gern für sie. Der kleine Betrieb, den sie sich aufgebaut hatte, konnte sich sehen lassen. Eine mobile Gärtnerei, die nur aus Sandra und ihrem kleinen Lieferwagen bestand. Aber ihre Kunden kamen von weit über Sindelfingen hinaus aus Leonberg, Ludwigsburg, vom Villenviertel am Stuttgarter Killesberg und ... – zwei sogar aus Böblingen! Bisher war eigentlich nur die Sache mit dem Blumenbindekurs ein Reinfall gewesen. Die Leiterin des Seniorenheims hatte Sandra einmal dazu überredet. Aber Sandras Blumensträuße sahen ohnehin immer sehr ungebunden aus. Und dann war sie auch noch, statt mit Rosen oder Tulpen oder Schleierkraut, mit einem großen Korb blühendem Unkraut beim Seniorennachmittag aufmarschiert.

Als ihre Eltern durch den Garten kamen, hatte Sandra den Lieferwagen schon geparkt und zerrte gerade das große, an einen Pfosten genagelte Holzschild aus dem Kofferraum.

Sie drückte die Klinke des Gartentors herunter – und sofort

heulte eine Sirene los. Das Blaulicht an der Hauswand tauchte den Vorgarten und die halbe Straße in ein irres Licht. Ihr Vater verschwand mit einem Schraubenzieher im Keller. Fast gleichzeitig warf ihre Mutter einen besorgten Blick in die genau entgegengesetzte Richtung, tatsächlich: Dort, aus dem Fenster des Nachbarhauses, lehnte sich schon gierig Frau Zillmann.

»Hat Papa wieder an der Alarmanlage rumgeschraubt?«, rief Sandra ihrer Mutter gegen den Lärm zu. Sie steuerte die große Terrasse an, doch Erika Schläpple zog sie weg und in den hintersten Teil des Gartens. Zu den unbequemen Klappstühlen beim Komposthaufen. Sandra seufzte und setzte sich ins Gras: Ihre Mutter ließ sich nicht gern von den Nachbarn dabei beobachten, dass sie – oder irgendein anderes Familienmitglied – sich ausruhte. Und der Quadratmeter hinter dem Komposthaufen war der tote Winkel der Zillmanns.

»Dein Vater langweilt sich, seit er in Rente ist«, schimpfte ihre Mutter flüsternd, obwohl Frau Zillmann sie bei dem Sirenengeheul sicher nicht hören konnte. »Aber immer wenn ich ihm sage, dass dringend die Küche gestrichen werden muss, fällt ihm was Wichtigeres ein. Und dann macht er so was! Es ist Nachtruhe! Was bloß die Nachbarn von uns denken!«

Die Sirene stoppte und kurz darauf auch das Blaulicht. Bei den Zillmanns schlug ein Fenster zu. Ihr Vater kam zurück in den Garten.

»Meine Tochter!«, rief er stolz und drückte Sandra eine frische Weinschorle in die Hand. »Ich will alles ganz genau wissen. War es knapp? Wie knapp?«

»Irre knapp! Ein Mann in der Post hat die Posttante ausgetrickst, sonst hätte ich es nicht mehr geschafft«, sagte Sandra. »Den habe ich dann noch nach Hause gefahren. Nach Böblingen.«

Rolf Schläpple lehnte sich selig, so gut es ging, auf dem Campingstuhl zurück: Es gab doch keinen besseren Tagesausklang als ein haarbreiter Sieg über das Finanzamt. Und dann noch mithilfe des Erzfeindes Böblingen.

»Erzähl alles! Die ganze Geschichte!«

Aber Sandra wuchtete bedeutungsschwer das Holzschild auf den kleinen Tisch, der unter der Last zusammenklappte. Der Bohnenkübel fiel um, doch dieses Mal strahlte Erika nur. Auf dem Holzschild stand: *Zu verkaufen*.

»Wirklich!«, rief seine Frau. »Habt ihr endlich einen Bauplatz gefunden! Aber gefällt der auch Gerry?«

»Ich hab das Schild auf dem Weg zur Post entdeckt. Es ist das Grundstück von Frau Keller. Sie verkauft jetzt doch!«

»Wahrscheinlich muss sie, jetzt, wo der Herrmann tot ist.«

»Wegen der Erbschaftssteuer, hätte ich ihr gleich sagen können. Aber jetzt erzähl erst mal die Geschichte in der Post.«

»Hab ich doch. Ist Gerry schon da?« Die Weinschorle mit dem guten Riesling kippte sie im Stehen hinunter.

Vater Schläpple wollte sich jetzt vergewissern, dass sie auch an die Post-Quittung und den Einlieferungsbeleg gedacht hatte? Sandra schüttelte den Kopf, mit den Gedanken längst woanders.

Er konnte es nicht glauben: Wo hatte das Kind seine Gedanken! Was für ein Anfängerfehler! Die Quittung konnte man doch absetzen, und das sogar legal! Und ohne den Einlieferungsbeleg hätte sie die Unterlagen ja gleich beim Finanzamt direkt einwerfen können! Poststempel UND Quittung UND Einlieferungsbeleg wollte er haben! Kam es hart auf hart, zählte das Finanzamt wahrscheinlich nur den eigenen Eingangsstempel. Doch seine bescheidene vierzigjährige Karriere als Betriebsprüfer dort hatte Rolf Schläpple zwei elementare Dinge gelehrt: Eine Quittung konnte Kriege entscheiden, und ein Stempel zu viel war besser als einer zu wenig. Abgesehen davon hatte er einfach größeres Vertrauen in die Post.

»Ach, ich kann doch morgen den Sachbearbeiter anrufen und fragen, ob alles gut angekommen ist«, rief Sandra über die Schulter. Dann zerrte sie das Schild die Treppe hinunter, in die Einliegerwohnung.

Ihr Vater schaute ihr missmutig hinterher: In der kleinen Wohnung brannte Licht – und das Fenster stand sperrangelweit offen: Vielleicht hatten ihn schon die Stechmücken gefressen? Oder stand einer wie Gerry über niederen Insekten?

Plötzlich hatte Rolf Schläpple eine Idee, die ihm wieder gute Laune machte.

»Glaubst du«, fragte er seine Frau, »einer wie Gerry kriegt mehr Mückenstiche als andere Menschen? Einfach, weil er so erleuchtet ist?«

6

Weil sie keine Hand freihatte, drückte Sandra die Tür zur Einliegerwohnung mit der Schulter auf. Das Schild versperrte ihr die Sicht, aber sie kannte die Stolperfallen im Flur auswendig: zuerst einen großen Schritt über den Stapel Styroporplatten, den Gerry vor ein paar Wochen für irgendeinen Architekturwettbewerb zurechtgesägt hatte, dann einen Bogen um den Wäschekorb. Doch kurz vor dem Ziel, dem großen Esstisch, fiel sie über etwas Unerwartetes. Offenbar Gerrys halb fertige Neuinterpretation eines minimalistischen Versailles-Schlosses. Sandra schob die Reste mit dem Fuß hinter den Wäschekorb. Würde ihm bestimmt nicht auffallen, Gerry fing immer zu viele Projekte gleichzeitig an.

Die Wohnung war klein gewesen, als Sandra noch alleine hier gewohnt hatte – inzwischen, mit Gerry, war sie winzig. Es gab ein Wohnzimmer mit Kochecke und ein Schlafzimmer mit Schreibtisch, das Gerry hochtrabend »Atelier« nannte. Im Rest der Wohnung war Chaos erlaubt, aber im Atelier achtete er penibel auf Ordnung. Jetzt war die Tür zum Schlafzimmer-Atelier geschlossen. Sandra schnupperte am Schlüsselloch – sie roch Modellbauklebstoff. Gerry saß also am Schreibtisch.

Sie stellte sich sein Gesicht vor, wenn sie gleich die Tür aufreißen und ihn mit dem Schild überraschen würde ... Aber wenn sie den Moment doch noch kurz allein auskostete? Dann hätte sie ihn doppelt: jetzt sofort. Und gleich, zusammen mit Gerry, noch mal. Die Idee machte ihr ein schlechtes Gewissen, denn ihr Freund verdiente eine gute Nachricht – eine unfassbar fantastische Nachricht wie diese – ganz dringend. In den letzten Monaten hatten sie sich zu oft gestritten. Gerry saß fast nur noch am Schreibtisch, niemand konnte es ihm noch recht machen, am wenigsten Sandra. Auch dann nicht, wenn sie versuchte, ihn mit etwas Schönem abzulenken. VOR ALLEM dann nicht. Aber es war auch wie verhext, wenn immer die anderen die richtig guten Jobs kriegten. Dabei hatte er es im letzten Herbst einmal beinahe in die Endrunde einer Ausschreibung geschafft! Gerry war ein toller Architekt, dessen war Sandra sicher. Und er hatte einen tollen Geschmack, leider auch einen gnadenlos strengen. Manchmal kam sie sich so vor, als wären sie zu dritt in der Beziehung: Sandra, Gerry und Gerrys strenger Geschmack.

Aus dem Atelier hörte sie ihn fluchen, dann Papier zerknüllen. Und dann laut aufstöhnen, weil er wieder den Papierkorb am anderen Ende des Zimmers nicht getroffen hatte. Das mit dem Papierkorb war auch etwas, das Sandra nicht verstand: Sie hätte das Ding einfach direkt unter den Schreibtisch gestellt, fertig. Aber irgendwie ging es Gerry besser, wenn er unter seinen schlechten Wurfkünsten leiden konnte.

Auf jeden Fall war das nicht der Empfangsrahmen, den sie sich für ihre fantastische Neuigkeit vorgestellt hatte. Also lehnte sie – die sich immer gastgeberlich verpflichtet fühlte, guten Nachrichten einen würdigen Empfang zu bereiten – das Holzschild erst einmal gegen den Esstisch. Dann trat sie einen ehrfürchtigen Schritt zurück, um es für einen Moment allein zu bestaunen.

Das Grundstück bestand aus kaum mehr als Brennnesseln und ein paar uralten verholzten Brombeerbüschen. Es gehörte den Kellers, einem ebenso uralten Ehepaar. Steinreich. Seit Sandra denken konnte, hatte das Grundstück brach gelegen. Letztes Jahr dann hatten die Kellers endlich beschlossen, es zu verkaufen, und Sandra und Gerry einen unglaublich günstigen Preis gemacht. Sie hatten das Geld damals sogar fast schon beisammengehabt, als Frau Keller plötzlich doch nicht mehr verkaufen wollte: Sie hinge zu sehr an dem Flecken Erde, hieß es.

Es war nicht groß, doch der Ausblick auf die Weinberge war fantastisch. Und es lag am Hang, mit einem Neigungswinkel, der gerade heftig genug war, normale Leute abzuschrecken.

Zugegeben, zuerst war es Sandra nicht anders gegangen, aber Gerry hatte sie überzeugt: Für das Haus, das er plante, war der Hang perfekt.

Es sollte wie eine Mischung aus Baumhaus und Gewächshaus aussehen – jedenfalls ganz anders als die spießigen Einfamiliendinger drum herum, mit ihren Spitzdächern und Vorgärten und Scheibchengardinen in den Garagenfenstern. Es sollte ein mutiges, unkonventionelles Haus werden: ein Haus wie Gerry. Und Sandra.

Vor drei Jahren hatten sie angefangen, ihr Traumhaus zu planen. Kurz bevor sie sich im Flur von Gerrys damaliger Studenten-WG zum ersten Mal geküsst hatten. Seitdem hatte er achtunddreißig verschiedene Baupläne gezeichnet, und zusammen hatten sie ein Modell gebaut: Es hatte den Ehrenplatz in der Mitte des Wohnzimmerregals. Da, wo andere Paare ihre Urlaubsfotos ausstellten.

Es war Gerrys Idee gewesen, zu Sandra in die Einliegerwohnung zu ziehen. Um Miete zu sparen – alles für ihr Traumhaus. Sandra hätte lieber zuerst eine neue, eigene Wohnung mit Gerry gehabt. Vielleicht sogar in Stuttgart. Und bis heute konnte sie den Verdacht nicht loswerden, dass eine schwäbische Einliegerwohnung mit dunkel furnierten Einbauschränken und den abwaschbaren Wachstucheinlagen im Küchenschrank irgendeine kleine masochistische Stelle in Gerrys feinsinniger Künstlerseele befriedigte. Einmal, in einem Streit, hatte sie ihm an den Kopf geworfen, dass er nur hier wohnte, um davon später in einem Interview mit einem seiner Architektur-Hochglanz-Blättchen erzählen zu können – Stichwort: »Harte Anfangsjahre«.

Aber die waren jetzt vorbei.

Sandra trat einen feierlichen Schritt vor und hob das Schild hoch.

»Augen zu!«, rief sie. »Ich habe eine phänomenale, unfassbar fantastische Überraschung.« Dann stieß sie die Tür zum Schlafzimmer-Atelier auf. Dort saß Gerry am Schreibtisch. Die Augen hatte er offen.

»Augen zu! Ich hab eine phänomenale, unfassbar fantast...«

Da sah Sandra den Bauplan, an dem Gerry gerade arbeitete. War das nicht ...? Er schob schnell eine Zeitschrift darüber.

»Ich muss einen Entwurf fertig machen, Romo sagt, die Fassade spricht nicht.«

»Wenn dein Professor wüsste, was ich hier habe, würde er WOLLEN, dass du deine Fassade in Ruhe schmollen lässt.«

Er verstand den kleinen Witz nicht, aber wenigstens machte er die Augen zu. Es gab ihr einen Stich, dass er dabei so seufzen musste.

Sie legte Gerrys Hände um den Holzpfahl ... aber bevor sie etwas sagen konnte, riss er die Augen auf. Viel zu früh! Fluchend untersuchte er seinen linken Daumen, an dem ein winziger Tropfen Blut hing. Dann zog er anklagend einen unsichtbaren Holzsplitter aus dem Finger.

»Das ist unser Grundstück!«, rief Sandra, der es jetzt wirklich reichte. »Ich hab das Schild extra geklaut, damit uns niemand den Bauplatz wegschnappt. Frau Keller verkauft wieder!«

Jetzt war Gerry sprachlos. So sprachlos, dass Sandra ganz weich wurde. Sanft nahm sie seine verletzte Hand und ...

»Sei doch nicht naiv, die ist doch nur mit dem Preis hochgegangen. Aber ich mache keine Kompromisse mit dem Bauplan, das kommt überhaupt nicht infrage.«

Nun war es so: Wenn Sandra sich über etwas freute, dann in einer Form, als würde sie mit dem Schlitten einen Berg hinunterrasen. Und wenn dann mitten in der Bahn ein Hindernis auftauchte – zum Beispiel wenn Gerry ihr die Freude verdarb –, konnte sie nicht einfach stoppen, um es aus dem Weg zu räumen. Das Einzige, was sie tun konnte, war, auszuweichen. Auf die Nebenspur. Deshalb packte sie Gerry bei den Schultern und küsste ihn so lange und so fest, bis sie sicher war, dass alles gut war. Und dass er keine Luft mehr hatte, ihr die Freude an der besten Nachricht aller Zeiten zu verderben.

Sie zog ihn ins Wohnzimmer, kickte Couchtisch und Wäschekorb zur Seite, riss die Mappe mit allen Bauplänen, die Gerry jemals von ihrem Haus gezeichnet hatte, aus dem Regal und fing an, sie über der Mitte des Zimmers auszuschütteln. Gerry protestierte nicht, Gerry machte mit! Sie zog ihn zu sich hinunter auf den Boden, wo es knisterte. Mit ihrem nackten Zeh glitt sie über das Rechteck auf dem Bauplan, den Garten. Dann durch die Eingangstür, die Treppe hinauf in den ersten Stock und dann, kreiselnd, die Wendeltreppe weiter bis – fast ins Dachgeschoss.

Später, auf dem Boden zwischen den zerrauften Bauplänen, kuschelte sie sich in Gerrys Arm. Alles war gut. Gerry stand auf, um das Modell aus dem Regal zu holen. Vorsichtig stellte er es auf den Boden, dann kniete er sich davor. Es war auf ein weiß gestrichenes Brett montiert und bestand aus sorgfältig zurechtgesägten Holzbauklötzchen, Seidenpapier und dünnen harten Kunststoffplatten, die Gerry in einem Laden für Architekturmodell-Bedarf gekauft hatte. Alles war weiß, selbst der Rasen im Garten. Und vielleicht deshalb, weil alles so reinweiß war, hatte Sandra plötzlich das Gefühl, dass es mehr wie eine Idee aussah als ein echtes Haus.

»Wir könnten die Wiese grün anmalen. Und das Dach rot, mit weißen Tupfen. Wie ein Fliegenpilz-Häuschen im Märchen, wo die Waldwichtel wohnen.« Sie streckte die Hand aus, um Gerry zu zeigen, wo genau sie das Dach weiß tupfen würde. Aber der zog ihr das kleine Haus einfach weg.

»Wir sollten erst mal nichts mehr dran machen.«

Sie war kurz enttäuscht, aber natürlich hatte Gerry recht.

»Ja, fangen wir einfach an!«

Überrascht schaute Gerry auf.

»Also gut«, sagte er schließlich. »Dann verrate ich es dir doch. Dabei sollte es eine Überraschung sein.«

Etwas an dem Satz alarmierte Sandra.

Gerry trug das Modell auf beiden Händen weg. Doch anstatt es zurück ins Regal zu stellen, versenkte er es in die große Plastikkiste, mit der er Modelle zur Uni transportierte. Vier Klappverschlüsse am Deckel schnappten zu. Gerry holte feierlich Luft.

»Ich habe Romo erzählt, dass wir ein Haus bauen, und er hat

gesagt, ich soll das Modell zu dem Wettbewerb einreichen, den das Kultusministerium ausrichtet: ›Wohnbau im ländlichen Raum‹. Ist noch ganz geheim, die Ausschreibung ist erst nächstes Jahr. Aber Romo kennt die halbe Jury und meint, das Ding hätten wir praktisch in der Tasche! Warte, ich zeig's dir ...«

Gerry lief nach nebenan ins Atelier und suchte etwas in seiner Umhängetasche. Sandra stolperte ihm hinterher.

»Warum hast du das nicht gleich gesagt! Das ist ja fantastisch! Dieses Mal gewinnst du, so viel Arbeit wie wir hat doch keiner in sein Modell gesteckt.«

Übermütig ließ sie sich auf Gerrys Drehstuhl fallen. Sie zog die Knie an und stieß sich mit Schwung vom Schreibtisch ab. Das war ihre Erfahrung: Vieles, was zuerst aussah wie ein Problem, erledigte sich von selbst, wenn man ihm einfach den Rücken zudrehte.

»Er hat natürlich einen irre vollen Terminkalender«, redete Gerry weiter. »Kannst du dir ja vorstellen, der Mann ist eine Berühmtheit. Jetzt ist er gerade auf einem Kongress in Tokio. Aber er hatte schon ein paar wichtige Ideen, mit denen ich arbeiten sollte ... hier!«

Sandra stoppte.

Gerry hielt ihr eine weiße Papierserviette vor die Nase. Darauf hatte jemand mit Tinte einen Balkon gezeichnet. Es war ein Balkon, der ihr bekannt vorkam. So bekannt wie jemand, der sich sehr zu seinem Nachteil verändert hatte, seit sie ihm zum letzten Mal begegnet war: Das war einmal der Balkon und die Brüstung ihres Traumhauses gewesen! Bevor ...

»Aber das Modell ist doch fertig! Ich meine, das Modell für unser Haus. Willst du für den Wettbewerb mit Romo ein zweites machen?« Sie warf einen zweifelnden Blick auf den Balkon. »Eines aus umgekippten Obstschälchen?«

Gerrys strenger Geschmack warf ihr einen irritierten Blick zu.

Gerry sagte:

»Wieso ein zweites?«

Sandra wurde schwindelig, sie stand vom Drehstuhl auf.

»Aber was ist mit dem Bauplatz?«

»Vergiss mal den Bauplatz! Romo Wesser – Professor! Romo! Wesser! – hat angeboten, unser Haus mit mir zu entwerfen. Kannst du wirklich nicht verstehen, was das bedeutet?«

»Das bedeutet, bis dahin ist unser Bauplatz weg! Und die nächsten siebzehn, die wir uns leisten können, auch! Willst du ewig hier wohnen bleiben?«

»Romo kommt morgen zurück, dann spreche ich mit ihm. Er hatte ein paar Bedenken, dass ein Hanggrundstück doch nicht ganz authentisch ist. Etwas over the top. Und ich wusste gleich, was er meint.«

Durch das weit geöffnete Fenster hörte Sandra ihre Eltern, die im Garten die Campingstühle für die Nacht zusammenklappten. Eine riesige Stechmücke schwirrte an ihr vorbei ins Zimmer hinein, als wäre sie hier zu Hause. Dann verschwand sie hinter der Nachttischlampe.

Sandra hatte Romo Wesser, Gerrys neuen Architekturprofessor, auf der letzten Weihnachtsfeier in Gerrys Institut kennengelernt. Sie hatte ihn interessiert gefragt, wofür denn Romo stehe? Darauf hatte er ihr irgendwie päpstlich die Hand auf den Arm gelegt und gelächelt, als hätte sie etwas sehr, sehr Dummes gefragt – aber er, Romo Wesser, würde ihr vergeben. Gerry hatte sich anschließend mehr oder weniger entschuldigt – bei Romo. Sie hatten deswegen Krach gehabt. Da war es ihr zum ersten Mal aufgefallen: Gerry war anders, wenn er mit Romo zusammen war, und etwas daran verletzte Sandra. Weil sie nicht genau wusste, was es war, ließ sie ihre Wut nicht an Gerry aus, sondern an Romo: Seit dem Abend im Institut nannte sie ihn im Geheimen den »Besserwesser«.

Sandra warf das Fenster zu und ging aus dem Zimmer, um nebenan ihr Kleid zu suchen. Gerry folgte ihr, im Türrahmen blieb er stehen.

»Wenn du ihn besser kennst, dann kapierst du, warum das ein ganz, ganz großes Ding ist. Ich meine, Romo und ich, wir haben beide so eine … Romo versteht mich einfach. Im Gegensatz zu den anderen Clowns im Institut. Als ich ihm von dem Haus erzählt habe, hätte ich nie im Leben gedacht, dass er mit mir daran arbeiten will. Der Mann ist eine Legende! Das war auch alles ganz verrückt: Ich stand in der Kantine in der Schlange, und er hat mich einfach an seinen Tisch gewinkt. Den Balkon hat er spontan auf die Serviette gemalt. Und dann hat er ...«, plötzlich kicherte Gerry, als erinnerte er sich an einen wahnsinnig guten Witz, den es sich aber nicht lohnte zu wiederholen, weil Sandra ihn ohnehin nicht verstehen würde, »Romo hat wirklich einen unglaublichen Humor ...«

Sie kickte mit dem Fuß in den Wäschekorbturm, wo hatte sie nur das verdammte Kleid fallen lassen?

»Und er hat einfach unglaubliche Ideen.«

»Was für Ideen?«, fragte Sandra, die nicht anders konnte.

Gerry strahlte.

»Ich sag nur: revolutionär. Sagt Romo.«

Sandra fand ihr Kleid, aufgespießt von der minimalistischen Neuinterpretation von Gerrys Versailles-Schloss. Aber als sie es aufhob, um es anzuziehen, schien ihr der Stoff viel zu dünn und das Kleid überhaupt viel zu kurz. Das rote Kreuzstichmuster unten am Saum löste sich an der Stelle, an der eine Turmspitze es aufgerissen hatte. Sie knüllte das Kleid in die Ecke, schnappte sich einem Pullover, stieg in ein Paar Jeans und zerrte den Gürtel zu. Dann kniete sie sich hin, hob die verstreuten Baupläne auf und strich sie glatt.

»Wirf das alte Zeug ruhig weg«, sagte Gerry, der immer noch im Türrahmen lehnte und auf sie herabsah.

Sandra tat, als hörte sie nichts. Sorgfältig legte sie einen Bauplan nach dem anderen zurück in die Mappe. Auf dem letzten klaffte quer durch den Garten ein langer Riss, der ihr plötzlich wehtat.

Als sie sich aus dem Schrank im Schlafzimmer ein paar dicke Socken holen wollte, fand sie Gerry, der gerade ihr Schmuckkästchen aus dem Versteck in der Wäscheschublade holte. Er klappte den Deckel auf.

»Was suchst du da?«

»Ich zeig dir das mal genau, was sich Romo für unseren Balkon ausgedacht hat. Das kann sich ein Laie ja gar nicht richtig vorstellen, auf der Serviette. Die Brüstung besteht aus fragmentarischen Sphären, dieselben wie an deinem Armband … Wo ist es denn?«

»Das A…?«, wiederholte sie, wie zu sich selbst. Und dann, nach einer langen Pause: »Oh.«

Das Armband hatte der Besserwesser entworfen. Natürlich entwarf er nicht nur Häuser, sondern designte in seiner knapp bemessenen Freizeit auch noch Schmuck. Statt Perlen bestand das Armband aus halbierten Metallkugeln, nein: »fragmentarischen Sphären«. Leider erinnerten die fragmentarischen Sphären Sandra fatal an halbierte und schlampig ausgehöhlte Tiefkühlerbsen, die jemand im Dunklen auf ein Stück Draht gespießt hatte. Am Verschluss hing dieses pompöse »RW« – so groß und schwer, dass Sandra vermutete, der Hauptzweck des Armbands sei, den Anhänger herumzutragen.

Aber Gerry hatte Sandra das Armband vor zwei Wochen geschenkt, zu ihrem dritten Jahrestag. Es war aus einer limitierten Edition, und Sandra war sicher, dass es fantastisch teuer gewesen war und der Besserwesser Gerry gegenüber auch nur so getan hatte, als hätte er ihm einen Lieblingsschüler-Sonderpreis gemacht.

»Du hast es nicht verloren, oder?«

»Nein! Natürlich nicht. Ich habe es … ausgeliehen. Es ist in der Grundschule, ich wollte es … dem Kunstlehrer zeigen.«

»Dem Kunstlehrer der GRUNDSCHULE SINDELFINGEN?«

»Es ist immerhin die Grund- UND WERKREALSCHULE Sindelfingen.«

Gerry warf den Deckel ihres Schmuckkästchens zu. Dann ging er zum Einbauschrank, zog krachend das Schlafsofa heraus und stieg ins Bett.

»Ich hole es gleich morgen wieder ab. Es ist bestimmt noch da … ich meine, ER ist bestimmt noch da … der Kunstlehrer… nicht das Armband … das ist NATÜRLICH …«

Gerry knipste die Nachttischlampe aus.

Sandra konnte lange nicht einschlafen, ihr war ganz schlecht vor schlechtem Gewissen: Dabei hatte sie sich so fest vorgenommen, besser auf Gerrys Geschenke achtzugeben. Kein

Wunder, dass er sauer war. Vor dem Armband war es eine signierte Erstausgabe gewesen, die hatte sie in der Bahn liegen gelassen. Davor eine Handtasche, bei der sie sich partout nicht erinnern konnte, wo sie sie liegen gelassen hatte. Und davor das Halstuch aus Seide. Aber das, und da war sie sich fast sicher, musste ihr einer geklaut haben. Sandra verlegte dauernd etwas. Aber tatsächlich noch öffter etwas, das sie von Gerry bekommen hatte.

Es war weit nach Mitternacht, als sie endlich einschlief. Im Morgengrauen wachte sie wieder auf, weil ihr Arm juckte wie verrückt: Mückenstiche. In Form perfekter fragmentarischer Sphären.

Als es hell genug war, zog sie sich leise an und schlich aus dem Haus. Sie sprang in ihren Lieferwagen, raste zur Grundschule und konnte nichts anderes denken als: Hoffentlich ist die Vogelscheuche noch da!

Die Kinder aus der ersten Klasse hatten ihr letzte Woche beim Bau geholfen. Zuerst hatte sie einen breiten Schrubber umgekehrt in die Erde gesteckt und über die Borsten ein ausgewaschenes, rotes Sommerkleid gezogen, das im Wind wehen konnte. Der Sportlehrer hatte ihnen den Kopf geschenkt: einen alten Volleyball, für den die Mädchen lange Zöpfe aus zotteligem Karottengrün flochten. Der Kunstlehrer hatte mit wasserfesten Farben das Gesicht draufgemalt, und Sandra sie auf den Namen Frau Vogel-Scheuche getauft (sie gehörte ja jetzt sozusagen zum weiblichen Lehrkörper der Schule, und die hatten alle Doppelnamen). Es war ein warmer, wilder Nachmittag gewesen, und am Ende hatte Sandra aus Übermut und Schöpferstolz Frau Vogel-Scheuche noch ein Schmuckstück über den rechten Schrubberborsten-Arm gestreift.

Und es dann da vergessen.

Das war Gerrys Armband gewesen.

Zugegeben, sie hatte das Armband nicht vermisst. Nachdem Gerry es ihr geschenkt hatte, hatte sie es ein paar Tage getragen. Und immer, wenn ihr Blick daraufgefallen war, hatte sie sich damit getröstet, dass es bei einem Geschenk doch der Gedanke war, der zählte.

Sie bremste direkt vor dem Schulgarten. Schon vom Parkplatz aus konnte sie die Vogelscheuche sehen. Sandra kletterte über das Gartentor, rannte über die Wiese ... und da hing das Armband, matt glänzend, am Schrubberborsten-Arm. Erleichtert streifte sie es über die Hand. Dann sah sie es: Der fette Anhänger, das riesige »RW«-Monogramm, war abgerissen. Sie suchte den Boden ab, dann wurde ihr schwindelnd klar, dass sie die Vogelscheuche in der letzten Woche mindestens dreimal umgestellt hatte. Vom Salatbeet zu den Kürbissen zu den Sonnenblumen ... Und zwischen den sieben halb angelegten Beeten wogte eine weite, wilde Wiese.

Es war acht Uhr früh, als Sandra fluchend mit der Suche begann. An einigen Stellen, weiter hinten im Garten, schien ihr das Gras so hoch, dass sie plötzlich sicher war, dass es ihr bis zum Hals reichte.

7

Nicht ganz genau um acht Uhr, aber fast – die elektronische Stechuhr hätte sich nicht so haben müssen –, fing auch für Winnie im Finanzamt die Arbeit an: Er bog gewissenhaft eine Büroklammer zum Haken und knackte damit Freds oberste Schreibtischschublade.

Heraus nahm er einen kleinen Kasten mit Karteikarten, auf dem ein *Vorsicht-Giftmüll*-Aufkleber prangte, und setzte sich damit zurück an seinen Platz. Ah! Füße hoch, Karteikasten auf.

Winnie blätterte durch die Karten, las und lachte laut – wie über richtig gute Witze.

Er schaute erst auf, als sich ein Schatten über sein Wurstbrötchen warf.

»Ich höre Sie nie kommen«, sagte Winnie anerkennend, »wie machen Sie das?«

»Steuerfahndung. Da lernt man so was. Das ist ein anderer Job als – hier.« Im Zimmer stand der Sachgebietsleiter, der sich am liebsten »der Chef« nennen ließ. Er litt auch nach mehr als vierzig Jahren noch darunter, dass er damals bei der Bundeswehr ausgemustert worden war. Jetzt sah er sich angeekelt im Zimmer um: die Papierberge, die schlaffe Zimmerpflanze, Winnies dreckige Zivilistenfüße auf dem Tisch.

Winnie fing den letzten Blick auf und schob ein Stück Zeitungspapier unter seine Motorradstiefel. Winnie hatte vor niemandem Angst, nicht mal vor dem Chef. Aber nicht mal er war sich sicher, ob das klug war.

»Wo ist der Eisenbogen? Etwa noch nicht im Dienst?«

Sie schüttelten beide gleichzeitig die Köpfe: Dass Fred Eisenbogen später zur Arbeit erschien als Winnie, dass Fred Eisenbogen überhaupt einmal zu spät zur Arbeit erschien, konnte sich keiner vorstellen. Winnie vermutete Fred in der Frühstückspause, die der gern im Aktenkeller verbrachte.

Der Chef knallte eine gefährlich pralle Akte auf Freds Schreibtisch.

»Er wird sich ab heute nur noch darum kümmern. Und wenn er zurück ist – Meldung in meinem Büro! Sofort!«

Als der Chef verschwunden war, nahm Winnie sogar die Füße vom Tisch, um einen Blick auf die Akte zu werfen. Den Chef interessierte nämlich sonst nichts. Er stand kurz vor der Pensionierung und war, so gingen die Gerüchte, nur hierher versetzt worden, weil er bei der Steuerfahndung nicht mehr tragbar gewesen war: Er trat lieber eine Schranktür zu viel ein, als eine zu wenig. Tatsächlich hatte Winnie den Chef nur ein einziges Mal an etwas so interessiert gesehen wie an dieser Akte. Vor ein paar Monaten, als ihm die Abteilung zum Geburtstag eine Handytasche geschenkt hatte, die umzuschnallen war wie ein Pistolenhalfter.

Der Nachname auf der Akte kam Winnie bekannt vor. Und vielleicht wäre es ihm eingefallen, woher, wenn nicht schon wieder Freds Telefon geklingelt hätte. Nicht zum Aushalten! Wo zum Teufel blieb der Kerl! Wie lange konnte sich ein Mensch freiwillig im Aktenkeller aufhalten?

8

Aber Fred war nicht im Aktenkeller. Er war nicht mal in der Nähe des Finanzamtes. Fred hatte einen frühen Bus nach Sindelfingen genommen, war aber vor Aufregung zwei Haltestellen zu früh ausgestiegen und dann noch gut einen Kilometer in die falsche Richtung marschiert, direkt in ein Nadelwaldstück hinein. Und irgendwann – er hatte es einfach nicht wahrhaben wollen und damit alles nur noch schlimmer gemacht – musste er sich eine unerhörte Blöße geben: Fred Eisenbogen musste nach dem Weg fragen.

Jetzt rannte er, so schnell es die viel zu glatten Ledersohlen seiner Schuhe erlaubten, den Forstweg zurück. Jede Minute schien ihm einzeln in die Seite zu stechen: Er müsste längst im Büro sein!

Endlich fand er die Schule – und sah Sandra schon von Weitem. Sie stapfte langsam über eine ungemähte Wiese, die Augen fest am Boden, als suchte sie etwas. Fred duckte sich auf dem Parkplatz hinter ein Auto und kontrollierte im Außenspiegel seinen Aufzug. Er hatte heute früh, gleich um sechs, als die Reinigung öffnete, extra noch seinen Lieblingsanzug abgeholt: den dunkelblauen. Das Hemd und den Anzug, den er gestern in der Post getragen hatte, hatte er gleich dagelassen, obwohl Frau Bischer sicher war, dass der rote Filzstiftfleck über der Brusttasche nicht mehr rausgehen würde. Bei den Erdbeerflecken auf der Hose war sie zuversichtlicher. Fred wollte nicht dran denken, wie er gestern ausgesehen haben musste … und so hatte Sandra ihn gesehen!

Mit seinem frischen blauen Lieblingsanzug in einer wehenden Plastikhülle war Fred nach Hause gerannt. Dort hatte er noch mal das hellblaue Hemd gebügelt und dann das weiße und noch mal das hellblaue und zum Schluss so lange über die Schuhe poliert, bis er glauben konnte, was er im Flurspiegel sah: Er sah gut aus.

Als er sich jetzt aus der Deckung des parkenden Autos wagte und das Tor zum Schulgarten öffnen wollte, sah er das Schild: *Zutritt für Unbefugte verboten.* Fred war, rein juristisch, unbefugt. Also blieb er stehen und winkte nur. Sandra sah ihn nicht. Er räusperte sich und rief:

»Hallo!« Und noch mal: »Hallo!«

Auf dem Hof neben der Wiese spielten ein paar Kinder *Wer hat Angst vorm schwarzen Mann.* Ein Mädchen zog Sandra am Ärmel und zeigte auf Fred. Der winkte noch mal, jetzt kam Sandra auf ihn zu.

»Ja?«, sagte sie, »wollen Sie zu mir?« Und dann, nach einer blanken Sekunde: »Oh. Sorry. Ich habe dich gar nicht erkannt. Du siehst heute gar nicht abenteuerlich aus.«

Plötzlich kratzten sein Hals und die Krawatte, die darumgeschnürt war. Fred öffnete die Aktentasche und holte einen gepolsterten Umschlag hervor.

»Ein Geschenk?«, sagte sie und befühlte neugierig das Kuvert. Vorsichtig kippte sie es aus. In ihre Hand fielen zwei Euromünzen und drei Zehncentstücke.

»Das ist dein Rückgeld vom Einschreiben gestern.«

»Oh.« Verwirrt faltete sie den Briefumschlag zusammen.

»Vorsicht. Da ist noch was drin!«

Sie zog die Quittung und den Einlieferungsbeleg heraus.

»Und das ist für deine Unterlagen«, erklärte Fred, weil Sandra ihm nicht gleich um den Hals fiel, wie er sich das seit gestern Abend ausgemalt hatte. »Die Kosten für das Einschreiben sind ja als Betriebsausgabe absetzbar.«

»Toll«, sagte sie. »Danke.«

Fred beugte sich unauffällig ein Stück vor – aber sie machte immer noch keine Anstalten, ihm um den Hals zu fallen.

»Hör mal«, sagte sie schließlich. »Ich hätte das schon gestern tun sollen: Kann ich dich mal zum Essen einladen? Als Dankeschön?«

»Das ist doch nicht nötig …«

»Na dann.«

»Ich meine: Ist nicht nötig – aber trotzdem gerne!«

»Okay. Ich ruf dich an, ja? Jetzt muss ich leider weitermachen.«

Sie trippelte mit den Füßen, als wäre ihr kalt. Erst jetzt sah er, dass sie barfuß war. Das Gras war nass, der Boden matschig. Schnell zog er einen Stift aus der Aktentasche und schrieb ihr seine Handynummer auf. Er überlegte, dass sie nach dem Abendessen vielleicht noch …

»Am besten zum Mittagessen«, sagte Sandra.

Fred rutschte der Stift aus, die Sechs verschmierte und sah aus wie eine Null. Am liebsten hätte er noch mal von vorn angefangen, aber sie nahm ihm den Zettel aus der Hand und stopfte ihn, ohne die Nummer auf Lesbarkeit zu prüfen, in die hintere Hosentasche ihrer Jeans. Die Quittung stopfte sie dazu.

Fred fiel auf, dass sie das Gartentor nicht geöffnet hatte. Sie stand auf der einen Seite. Und Fred, nach wie vor unbefugt, auf der anderen.

Die Schulglocke klingelte zur Pause.

»Zehn Minuten Chaos.« Sandra stöhnte und ließ sich auf die niedrige Gartenmauer fallen. Aus den Klassen strömten Schüler, jagten einander quer über die Wiese und um die Vogelscheuche in der Mitte. Sandra zog ihre Füße auf die Mauer, schlang ihre Arme um die Knie und rubbelte ihre Zehen mit den Fingern warm.

»Ich habe auf der Wiese so ein Metallding verloren. Einen Anhänger, mit den Initialen RW. Und wenn ich barfuß suche, habe ich nicht nur zwei Augen zum Sehen. Sondern auch zwei Füße zum Fühlen.«

Das erschien Fred gleichzeitig als das Absurdeste und Wundervollste, was er je gehört hatte. Er ließ sich von der anderen Seite auf der Mauer nieder und zog dann langsam erst ein Bein nach, dann das andere. Bis er neben ihr saß. Vorsichtig. Denn plötzlich hatte er Angst, sie könnte wegfliegen, sobald er eine falsche Bewegung machte.

Fred wusste, er würde alles tun, damit sie hier, neben ihm, sitzen blieb. Auf der Gartenmauer, die die Sonne langsam aufwärmte. Leider war er nicht gut darin, Frauen zum Bleiben zu bewegen. Das letzte Mal war es bei Verena schiefgegangen. Winnie fiel ihm ein. Winnie war ein Meister, ein Lügner. Winnie log Frauen das Blaue vom Himmel herunter, und es war immer genau das, was sie hören wollten.

»Das da drüben ist wirklich ein hübsches Beet«, sagte er schließlich und zeigte auf ein Stück halb umgegrabene Wiese, in der matschigen Mitte steckte eine Schaufel. Aber zumindest zwei der Furchen waren, sah man nur kurz hin, perfekt parallel.

Sie sagte nichts, aber legte – nachdenklich über seine Worte, so schien es Fred – den Kopf schief. Er hielt den Atem an. Dann griff sie nach seinem Arm. Aber nur, um auf seine Uhr zu schauen.

Die Schulglocke schrillte zum Ende der Pause, und die Kinder rannten in ihre Klassen zurück. Sandra klopfte sich die Hände ab, als wären die Steine der Gartenmauer schmutzig gewesen.

»Noch mal danke, dass du extra wegen der Quittung vorbeigekommen bist. Ich ruf dich dann an.«

»Ich könnte dir bei der Suche helfen. Ich finde alles. Ich bin sehr systematisch.«

Das war untertrieben: Fred war brillant darin, jede Art von Unregelmäßigkeit aufzuspüren. Natürliche oder unnatürliche Unregelmäßigkeiten. Er konnte blind eine einzige Rosine aus einem Käsekuchen picken, und früher war sein liebstes Märchen das von der Prinzessin gewesen, die in ihrem Bett noch durch zwanzig Matratzen hindurch eine Erbse spüren konnte. Fred Eisenbogen hatte auch noch nie eine Betriebsprüfung durchgeführt, bei der er am Ende nicht Hände voller Schwarzgeldkontobelege oder gefälschter Betriebsquittungen sichergestellt hatte.

Aber Sandra musterte ihn eine Sekunde zu lange. Es genügte, ihn zu alarmieren. Plötzlich konnte er sehen, was sie sah: seinen empfindlichen Anzug. Die Krawatte. Den Beamtenscheitel. Die Schuhe mit den viel zu glatten Ledersohlen. Die Aktentasche aus gebürstetem Leder ... Was sie dachte, konnte er so deutlich an ihrem Blick ablesen, als hätte sie es extra für ihn abgetippt: *Was will der Langweiler von mir?*

Der Mann, der gestern in der Post die Bürokratie für sie besiegt hatte, war ein Abenteurer gewesen, ein mysteriöser Fremder im Gewitter, ein Held, der sich im Kampf für sie eine Kriegsverletzung zugezogen hatte. Heute sah sie einen Mann, der stolz darauf war, »sehr systematisch« zu sein. Ein Mann, der seinen besten Anzug aus der Reinigung geholt hatte, um ihr zwei Euro und dreißig Cent auszuhändigen und eine Quittung von der Post aus Stuttgart.

Hastig fuhr sich Fred durch die Haare, um wenigstens den Beamtenscheitel zu zerstören, zu spät: Sandra schüttelte den Kopf.

»Das kann noch ewig dauern. Und du bist bestimmt gerade auf dem Weg ins Büro, oder?«

Dann glitt sie von der Mauer.

Fred sprang auf, versuchte, sich ihr in den Weg zu stellen. Aber nicht einmal das kriegte er ordentlich hin: Sie bemerkte es nämlich nicht. Sie ging einfach an ihm vorbei.

Da sagte er:

»Ich habe einen Metalldetektor.«

9

»Waaaaaas hast du ihr gesagt?« Winnie konnte sein Glück nicht fassen, endlich war mal was los hier – und das sogar noch vor der Mittagspause.

Fred, der vor ein paar Minuten ins Büro getaumelt war, saß jetzt an seinem Schreibtisch, den Kopf in die Hände vergraben. Und als er antwortete, klang es dumpf wie aus einem Grab:

»Archäologe. Ich hab ihr gesagt, ich bin Archäologe und habe einen Metalldetektor.«

»Du kommst zu spät zur Arbeit, hast eine Frau aufgerissen, ihr eine irre Lüge aufgetischt, die sofort auffliegen wird, UND DAS ALLES ohne meine Hilfe. Ich bin beeindruckt.«

»Bitte sei nicht beeindruckt! Wenn du beeindruckt bist, dann ist es noch schlimmer, als ich befürchtet habe.«

»Relax. Ich gebe dir ein paar Tipps. Erstens: Kein Mann erzählt einer Frau, dass er Finanzbeamter ist.«

Überrascht hob Fred den Kopf.

»Und was sagst du?«

»Ich sage: ›Großer Konzern. Kennst du sofort, wenn ich dir den Namen sagen würde. Ist aber topsecret, leider. Ich hole für die die Kohle aus dem Feuer.‹«

»Aber das ... das ist Vorspiegelung falscher Tatsachen!« Oder Poesie. Die Kohle aus dem Feuer holen – das *war* Poesie. Jetzt war Fred doch beeindruckt, Winnie konnte es sehen und legte gleich nach.

»Es ist wegen Verena. Die hat dich verlassen, weil du langweilig, uncool und spießig bist. Ein Beamter. Deshalb sagt dir dein Unterbewusstsein, dass es kein Beamter mehr sein will und deshalb ...«

»Was weißt DU von Unterbewusstsein?«

Winnie zuckte die Achseln.

»Frauen stehen drauf.«

»Aber ich bin gerne Finanzbeamter! Mit dem Archäologen und dem Metalldetektor, das ist mir einfach so rausgerutscht, weil …« Selbst im Nachhinein fand Fred keine Erklärung für eine derartige Ungeheuerlichkeit. Es gab keine. Ihm rutschte nie irgendwas einfach so raus.

»MEIN Unterbewusstsein ist kein finsteres Kellerloch«, stellte Fred klar, »sondern ein ordentlich ausgeleuchtetes: An der Wand stehen alphabetisch geordnete Schubfächersysteme, und ich habe es auch nicht an einen Wahnsinnigen untervermietet, der alles durcheinanderwirft, nur weil er es satt hat, dass Frauen ihn für langweilig halten und …« Hier verlor Fred kurz den Faden. Wie war er in das Kellerloch geraten?

»Jedenfalls«, fuhr er fort: »Ich sage es ihr morgen. Ich kläre das Missverständnis auf.«

Missverständnis – ein gutes Wort. Das einzig richtige Wort, denn das war die Sache schließlich: ein Missverständnis. Keine Lüge. Er wollte den Satz mit dem Missverständnis gerade noch mal wiederholen, da wurde die Tür aufgestoßen, von einem hoch beladenen Aktenwagen. Gleich dahinter: die neue, übereifrige Beamten-Anwärterin. Die aber niemand mehr so nannte, seit Winnie verkündet hatte, ihm gefalle die Idee, dass er seine eigene Praktikantin habe, viel besser als die Idee einer eigenen Beamten-Anwärterin.

»Die gehören noch zu dem Vorgang«, sagte die übereifrige Praktikantin und zeigte auf Freds Schreibtisch.

Der sah die Akte dort zum ersten Mal. Er schlug sie auf, blätterte die erste Seite um – und runzelte die Stirn: Das Blatt war seltsam gewellt. Als wäre es nass geworden und wieder getrocknet, nach einem Platzregen vielleicht. Er fuhr mit dem Finger darüber. Als hätte jemand … und dann las er den Namen: *Sandra Schläpple.*

»Winnie! Wenn das ein Witz sein soll …«

»Mit Arbeit mache ich keine Witze.«

»Aber das stand überhaupt nicht auf meinem Betriebsprüfungsplan, ich kann das nicht übernehmen!«

Die übereifrige Praktikantin – immer begierig, dort zu helfen, wo es nötig war – klärte Fred auf.

»Der Chef hat angeordnet, dass Sie das bearbeiten. Der andere Kollege ist abgezogen. Soll ich noch mal Rückfrage halten?« Sie lief aus dem Zimmer.

»Winnie, du übernimmst das!«

»Ich habe selbst alle Hände voll zu tun.« Winnie sortierte gerade frische Post in seine Schublade.

»Aber das ist die Akte von Sandra! Die glaubt, dass ich Archäologe bin. Ich kann nicht ...«

»Her damit!« Jemand riss ihm die Akte aus der Hand. Fred drehte sich dankbar um – aber es war der Chef. Wie lange stand er schon im Zimmer? Was hatte er gehört?

»In mein Büro, Eisenbogen! Einsatzbesprechung!«

10

Im Büro des Chefs waren sämtliche Rollläden runtergelassen und die Fenster geschlossen. Neben seinem Schreibtisch stand ein Clipboard, das Fred noch nie gesehen hatte. Außer im Fernsehen, bei Einsatzbesprechungen in Krimis. Er musste sich setzen, der Chef richtete den Lichtkegel seiner Schreibtischlampe auf das Board. Dann holte er ein auf DIN A4 vergrößertes, grobgerastertes Foto aus der Schublade: ein Mann, Mitte sechzig, in einem Liegestuhl. Er las in einem dicken, ledergebundenen Buch, daneben eine Frau, etwa im selben Alter, die Hände in die Hüften gestemmt.

Der Chef überlegte kurz, dann riss er das Foto in der Mitte durch. Die Hälfte mit der Frau ließ er in seiner Schublade verschwinden, den Mann im Liegestuhl heftete er an das Clipboard. Dazu hängte er noch ein Foto: von Sandra, wie sie im Schulgarten arbeitete. Sie war wunderschön.

»Rolf Schläpple, Betriebsprüfer a. D.«, sagte der Chef und bohrte seinen Zeigestock in das halbe Foto. »Vor zwei Jahren in Rente gegangen. Hat Robin Hood gespielt und den Staat jahrelang um Steuernachzahlungen gebracht: Bei Prüfungen immer wieder die Augen zugedrückt und statt Nachzahlungen mit den Steuerpflichtigen eigenmächtig anonyme Spenden in Höhe der Steuerschuld ausgehandelt. Für Krankenhäuser oder Schulen oder den Denkmalschutz und sonst was. Konnte ihm aber nie einer nachweisen, im Gegenteil: Hat hier zu seiner Pensionierung noch eine persönliche Verabschiedung vom Amtsvorsteher gekriegt. Der Schläpple hält sich für unbesiegbar! Egal, ob es dienstlich ist oder privat ...« Der Chef brach plötzlich ab, als hätte er zu viel gesagt. Aber was hatte er denn gesagt?

Fred interessierte sowieso nur eines:

»Was hat das mit Sandra zu tun?«

»Sie KENNEN Sandra Schläpple?«

Fred ahnte, dass es hier eine richtige und eine falsche Antwort gab. Aber selbstverständlich blieb er bei der Wahrheit.

»Fräulein Schläpple und ich kennen uns seit gestern, genauer gesagt ...«

Der Chef schnitt ihm mit einem Schwung seiner Handkante das Wort ab.

»Gut. Ausreichend. Aber sobald wir hier fertig sind: den Kontakt abbrechen.«

»Bitte?«

»Deshalb musste ich auch Ihren unfähigen Kollegen abziehen von dem Fall, der war jahrelang mit dem Schläpple in einer Pokerrunde. Sie sind doch der Paragraphenreiter, Eisenbogen: Wenn der Prüfer die Steuerpflichtige zu gut kennt, kriegt der Schläpple uns doch sofort dran mit diesem Gefangenen-Paragraphen ...«

Nach einer Pause sagte Fred:

»Paragraph 83 AO, Besorgnis der Befangenheit des Prüfers? Aber was hat Fräulein Schläpples Steuererklärung damit zu tun?«

Der Chef zeigte Fred den Namen auf Sandras Unterlagen: Rolf Schläpple kümmerte sich offenbar um ihre Steuer.

»Über sie erwischen wir ihn. So einer zieht sich doch nicht plötzlich eine weiße Weste an, nur weil er in Rente ist. Ich kenne die Typen, die machen weiter. Bis zur letzten Kugel.«

»Aber gibt es denn überhaupt Hinweise auf Auffälligkeiten in der Steuererklärung?«

Der Chef dache nach.

»Es gibt einen anonymen Hinweis.«

»Hat der Kollege, der den Fall vorher bearbeitet hat, den Hinweis überprüft? Sie wissen ja, wie das ist mit anonymen Hinweisen, da steckt dann vielleicht nur die enttäuschte Geliebte dahinter, die etwas falsch verstanden hat, und wir verschwenden Steuergelder, wenn wir zu viel Arbeit in den Fall ...«

»Der Hinweis kommt aus einer extrem vertrauenswürdigen Quelle.«

»Aber wenn es ein anonymer Hinweis ist, woher ...?«

»Schluss jetzt, Sie übernehmen das. Von Ihrem anderen Kinderkram stell ich Sie frei.«

»Aber könnte nicht jemand in der Betriebsprüfungshauptabteilung in Stuttgart I das übernehmen? Jemand, der erfahrener ist als ich ...«

Der Chef knallte das Ende seines Zeigestocks auf den Schreibtisch, sodass der Stock auf die Größe eines Bleistiftstummels zusammenschnurrte.

»Der Schläpple wird hier erledigt. Hier in meiner Abteilung. *Wir* machen den fertig. Klar? Sonst noch Fragen?«

Freds Blick irrte zum Fenster, zur Tür, zum Etagenfluchtplan daneben ...

»Muss ich Ihnen wirklich den Arsch pudern, Eisenbogen? Also gut: Sie übernehmen den Fall, weil Sie der beste Mann sind in diesem Saustall. Zufrieden?«

Fred räusperte sich und wurde rot und froh. Abgesehen von der internen Statistik interessierte sich hier selten jemand für die Feinheiten guter Arbeit. Wie er dem Chef wohl aufgefallen war? Vielleicht bei der Sache mit Fritz Feiningers Schnitzelwirtschaft? In keinem Gewerbe konnte man so einfach an der Steuer vorbeiwirtschaften wie als Bäcker, Metzger oder Wirt – das waren die sogenannten BMW-Kandidaten. Ihnen gegenüber brachte jeder Finanzbeamte ein gewisses Grundsatz-Misstrauen mit. Bei der Betriebsprüfung in der Schnitzelwirtschaft war Fred stutzig geworden, als er bemerkt hatte, dass Herr Feininger viel zu wenig Umsatz machte für die Menge an Schweinefleisch und Semmelbrösel, die er einkaufte. Nach Feierabend war Fred zum Metzger gegangen und hatte zwei Kilo Schweinefleisch besorgt. Später, zu Hause, hatte er festgestellt: Selbst er konnte leicht aus zwei Kilo Fleisch zwölf Schnitzel schneiden. Und nicht, wie der Feininger behauptete, maximal zehn. Einen Sonntag lang wog Fred danach in Winnies Küche Fleisch, Mehl und Semmelbrösel ab und briet, nach Feiningers eigenem Rezept, alle zwölf Schnitzel. Die Portionsmengen verglich er mit den Rechnungen, die er kopiert und gut geschützt in einer Klarsichthülle neben sich auf dem Küchentisch bereitgelegt hatte. Und Winnie, der im Gegensatz zu Fred tatsächlich kochen konnte, hatte gesagt, die Schnitzel hätten sogar geschmeckt.

»Keine Fragen? Gut. Abmarsch.«

Fred fühlte, wie ihm die Akte vor die Brust geknallt wurde, und zog instinktiv die Hände weg, um sie nicht zu berühren.

Der Chef seufzte und griff sich eine andere Akte, die ebenfalls bereits auf seinem Schreibtisch lag. Die schlug er auf und blätterte darin, als würde sie zu dem Fall dazugehören. Aber – sie gehörte nicht dazu! Sie hatte mit der Angelegenheit Schläpple überhaupt nichts zu tun! Es war Freds Personalakte.

Der Chef las, nickte anerkennend, wiegte dann besorgt den Kopf.

»Gute Laufbahn, bisher. Jahrgangsbester, sehr schön. Kann nur hoffen, dass ich, wenn die nächste Beurteilung ansteht, hier was Erfreuliches reinzuschreiben habe. Wissen Sie, mir macht es keinen Spaß, jungen Leuten die Zukunft zu versauen. Aber Pflicht ist Pflicht. Nicht wahr, Eisenbogen?«

Er schlug Freds Personalakte zu. Dann drehte er sie langsam zu einer immer festeren Rolle – bis Fred Papier reißen und Heftklammern brechen hören konnte.

Kurz darauf fand sich Fred, Sandras Akte in der Hand, in seinem Büro wieder. Er sah Winnie und sagte nur ein Wort:

»Hilfe.«

»Schon da!«, rief hinter ihm die übereifrige Praktikantin.

Sie schob einen neuen Schreibtischstuhl ins Zimmer und unter den freien kleinen Tisch neben der Tür, auf dem das Laminiergerät stand, das Fred erst kürzlich gekauft und privat bezahlt hatte. Sie stellte es auf den Boden neben den Papierkorb.

Dann hängte sie ihren Mantel an Freds Garderobenhaken.

»Ich darf Sie unterstützen im Fall Schläpple! Ich dachte, ich arbeite am besten hier, mit Ihnen zusammen im selben Raum. Dann sparen wir uns lange Wege. Und ich kann sofort die Prüfungsanordnung rausschicken. Die Adresse steht in den Unterlagen, oder?« Sie streckte die Hand nach der Akte aus.

Fred presste die Akte an seinen Körper.

»Nein! Ich meine: nein, nicht so schnell! Das ist ein Profi, der Herr Schläpple. Wir müssen das gründlich vorbereiten, ganz, ganz gründlich ...«

Sie nickte, ganz seiner Meinung. Die Hand hielt sie noch immer ausgestreckt.

»Kein falsches Komma«, fuhr Fred fort. »Keine Flüchtigkeitsfehler ...«

Die Praktikantin nickte grimmig, als wäre sie fest entschlossen, jeden Flüchtigkeitsfehler einzeln an die Wand zu stellen.

»... und deshalb brauche ich, bevor wir die Prüfungsanordnung rausschicken, noch die relevanten Auszüge aus der Richtsatzsammlung. Und natürlich die AfA-Tabellen. Die, äh, tippen Sie am besten noch mal neu ab und legen Sie in einer Excel-Tabelle an.« Was noch? Es musste noch etwas geben, das war noch nicht genug! Er sprang auf und holte einen dicken Stapel staubgrauer Akten aus dem Schrank.

»Aber bevor Sie sich überhaupt mit dem Fall Schläpple befassen, müssen die hier noch fürs Finanzgericht kopiert werden. Das hat höchste Dringlichkeit, da droht Verjährung.«

Er konnte sehen, dass sie ihm nicht glaubte. Und uralte DIN-A3-Akten fürs Finanzgericht zu kopieren war eine Qual.

»Das kann aber eine Weile dauern. Sind Sie sicher, dass das wichtiger ist, als sofort die Prüfungsanordnung rauszuschicken? Der Chef wollte, dass wir so schnell wie möglich ...«

»Ich bin ganz sicher. Aber jetzt machen Sie sich erst mal ein schönes Wochenende. Ein schönes LANGES Wochenende. So schnell will ich Sie hier nicht mehr sehen.«

Es gelang ihm, sie aus der Tür zu schieben.

»Ich bin beeindruckt«, sagte Winnie, als die Praktikantin sicher noch nicht außer Hörweite war. »Du hast eine neue Methode entdeckt, unangenehme Arbeit aufzuschieben: nicht durch zu wenig Arbeit – sondern durch zu viel.«

»Ich schiebe nie unangenehme Arbeit auf.«

»Eine Frau denkt – warum auch immer –, du bist cool. Und jetzt willst du den Moment so lange wie möglich rausschieben, an dem sie herausfindet, dass du das genaue Gegenteil bist. JEDER MANN würde das tun. Gib es einfach zu, dann fühlst du dich besser.«

»Ich schulde es Sandra nur, meine Arbeit gründlich zu machen. Außerdem habe ich es bereits gesagt: Ich werde das Missverständnis aufklären.«

Winnie bekam Mitleid. Was sich bei ihm immer dadurch äußerte, dass er ein bisschen brutal wurde: Er boxte Fred in die Schulter, der ließ Sandras Akte fallen – zwei Fotos fielen heraus. Winnie hob sie auf.

»Hat die der Chef gemacht?«

Das erste Bild war nur eine Hälfte, jemand musste es in der Mitte auseinandergerissen haben: Es zeigte Rolf Schläpple, wie er auf seiner Terrasse in der Sonne saß. Der Chef musste einen versteckten Beobachterposten hinter einem Gebüsch bezogen haben, um dieses Foto zu schießen – und das so gefährlich nah, dass Winnie sogar den Titel des Buches lesen konnte, in dem Schläpple blätterte: *Robin Hood – König der Diebe*. Wenn der Chef sich so ins Zeug legte, dachte Winnie, ging es in der Sache um mehr, als nur einen kleinen Steuerbetrüger zu überführen. Der außerdem ein ehemaliger Kollege war. Welche Rechnung hatte der Chef mit dem Schläpple offen?

Das nächste Foto, ebenfalls aus einem Hinterhalt geschossen: eine Frau – eine tolle Frau. Kurzes Kleid, lange Beine. So ein Piratentuch in den Haaren. Hängte in einem Garten gerade einer Vogelscheuche etwas über den Arm und lachte sich dabei kaputt. Winnie pfiff durch die Zähne – und sah dabei aus dem Augenwinkel, wie Fred rot wurde.

»Was?«, rief Winnie. »DAS ist sie? DAS ist die Tochter vom Schläpple?«

Fred nickte.

»Dann hättest du der armen Praktikanten-Mausi die extra Arbeit ersparen können. Lass sie die Prüfungsanordnung rausschicken, wann immer sie will. Wenn das Sandra Schläpple ist, dann ist es egal, wann sie rausfindet, wer du bist.«

Fred hob hoffnungsvoll den Kopf.

»Die Frau ist SO außerhalb deiner Liga – das wär sowieso nie was mit euch geworden.«

Fred riss ihm das Foto aus der Hand. Zuerst stopfte er es zurück in den Ordner – und dann, als er glaubte, Winnie würde nicht hinsehen, holte er es wieder heraus, glättete es vorsichtig und schob es in seine Aktentasche.

11

Am Tag darauf, dem Samstag, stand Fred mittags um zwölf Uhr auf einem staubigen Parkplatz. Auge in Auge mit der breitschultrigen Eingangstür des Baumarkts. Die Abkühlung, die der Wetterbericht versprochen hatte, ließ auf sich warten, und Fred schwitzte. Auch weil sein Regenmantel – das einzige fast legere Kleidungsstück, das er in seinem Schrank hatte finden können – viel zu warm war.

Fred war es nicht gewöhnt, Geheimnisse zu haben. Deshalb hatte Winnie heute früh leider sehr schnell herausgefunden, dass Fred zum Baumarkt wollte. Und warum. Die Information hatte Winnie auf seine typisch winniehafte Art siegessicher gemacht: Er verkündete, Fred habe überhaupt nicht die Absicht, Sandra zu sagen, dass er Finanzbeamter war.

Unsinn. So. Und jetzt: schnell rein da und schnell wieder raus.

In der Halle versuchte er, sich zwischen den hohen Regalen und dem Kreissägenlärm zu orientieren. Die tausend Schilder! Und dauernd gab es irgendwo Rabatt: *Nimm zwei - zahl eins! Nur heute 30 Prozent!* Fred hasste Rabatte: Sie bedeuteten, dass wieder etwas dazugekommen war, auf das man sich nicht mehr verlassen konnte. Auch wenn es nur der Preis für die *Selbstbausatz-Spindeltreppe »Valencia«* war. Er versuchte, so zielorientiert wie möglich auf den Bereich *Heimelektronik* zuzusteuern und musste doch einen Umweg über *Farben & Lacke* in Kauf nehmen, weil ihm ein Haufen Bastler den Weg abschnitt. Bastler waren das Schlimmste an Baumärkten. Fred hatte eine tiefe Abneigung gegen diese Menschen. Bastler waren Leute, die nichts und niemand so sehr vertrauten wie ihrem eigenen Augenmaß – was fast immer in die Katastrophe führte.

Und natürlich war es ein typischer Bastler, der Fred an der Ecke *Ausverkauf!* umrannte. Der Bastler hatte seinen Einkaufswagen nicht voll genug kriegen können und deshalb auch nicht mehr gesehen, wo er hinschob. Folglich fuhr er unschuldige Menschen über den Haufen. Unschuldige Menschen, die nur kurz vor einem *TX2 Schraubenkoffer* stehen geblieben waren: 1700 Teile in 51 passformgenauen Fächern.

Dann endlich fand Fred, was er suchte – einen Metalldetektor. Auf dem Weg zur Kasse legte er noch schnell einen Rucksack in den Wagen. Nicht weil *Adventure* und *Explorer* draufstand, sondern weil ein Rucksack immer nützlich sein konnte.

An der Kasse versicherte er sich zuerst, dass mit dem Metalldetektor auch kleinste Gegenstände aufzuspüren waren. Dann zahlte er bar – aus dem diffusen Gefühl heraus, seine Kontoauszüge nicht mit einem Heimwerkermarkt-Logo beschmutzen zu wollen – und ging mit dem Detektor und seinem neuen Rucksack zur Tür.

Der Kassierer rief ihm hinterher:

»Ihre Quittung! Das Ding können Sie doch von der Steuer absetzen!«

Fred freute sich ehrlich, wenn sich Bürger mit dem deutschen Steuersystem beschäftigten. Er ging zur Kasse zurück.

»Danke«, sagte er freundlich. »Aber es geht leider nicht.«

»Arbeitsmaterialien?«

Fred schüttelte den Kopf und klopfte lächelnd auf den Karton.

»Ist privat.«

Der Kassierer zuckte die Schultern. Er wartete, bis er glaubte, Fred hätte sich umgedreht – und steckte die Quittung selbst ein. Fred hatte es gesehen.

»Das ist Betrug. Das wissen Sie?«

»Was denn: Sind Sie vielleicht vom Finanzamt?«

Fred schaute sich kurz um, aber niemand sonst war in Hörweite. Dann legte er los:

»Ich musste noch nie im Leben ins Krankenhaus ...«, sagte er und zeigte erst auf den Arm des Kassierers, der in einem frischen Gips steckte und danach auf ein eingeschlagenes und notdürftig geklebtes Fenster hinter der Kasse.

»... mir hat auch noch nie jemand eine Scheibe eingeschlagen. Ich musste noch nie die Polizei rufen ...«

Der Kassierer trat einen Schritt zurück: War das ein Irrer?

»... ich kenne Sie nicht. Ich habe nicht vor, Sie kennenzulernen. Und trotzdem bezahle ich mit meinen Steuern Ihre Krankenhausrechnung, Ihren Polizeieinsatz: Ich bezahle Ihr ganzes Leben mit, das mich peripher oder, entschuldigen Sie die Deutlichkeit: *überhaupt* nicht interessiert.«

Danach musste Fred nur noch stumm auf die rechte Hosentasche des Kassierers deuten. Der Mann zog die Quittung heraus und reichte sie ihm am ausgestreckten Arm über die Theke. Danach hob er sofort beide Hände. Fred steckte die Quittung ein, um sie später an einem sicheren Ort zu entsorgen. Steuerbetrüger! Und wo? Natürlich im Heimwerkermarkt!

Er trug den Detektor zum Bus, sein Gesicht immer noch so finster, dass der Busfahrer beschloss, sich Fred einzuprägen: Ein finsterer Kerl, der mitten im Sommer einen schweren Regenmantel trug und unter dem Arm ein unförmiges Paket – das konnte gut jemand sein, den man später den Behörden beschreiben musste.

Als Fred in Sindelfingen vor der Grundschule aus dem Bus stieg, schaute er auf die Uhr, stellte fest, dass er fast drei Stunden zu früh war, und seine Laune besserte sich sofort: Er hoffte doch, die Zeit würde reichen, sich mit dem Detektor vertraut zu machen. Aber natürlich, es war ein Risiko: Das letzte elektrische Gerät, dessen Installation Fred *nicht* einem Fachmann überlassen hatte, war seine elektrische Zahnbürste gewesen.

Bevor er sich an die Arbeit machte, verstaute er seine Aktentasche in dem Rucksack. Winnie würde ihm unterstellen, dass er die Aktentasche vor Sandra versteckte – aber Fred war nur vorsichtig: Wenn der Wetterbericht doch noch recht behielt, könnte es Regen geben. Und Leder war einfach empfindlich. Selbstverständlich würde Fred das kleine Missverständnis um seinen Beruf heute aufklären. Aber erst, wenn der Anhänger gefunden war. Natürlich würde es schwieriger werden, je länger er wartete, unangenehmer für ihn – aber andererseits konnte er nicht Sandra die Schwierigkeiten auslöffeln lassen, die ER ihr eingebrockt hatte: Schließlich hatte er ihr versprochen, bei der Suche zu helfen. Mit einem Metalldetektor. Er konnte nicht einfach sein Wort brechen und sie enttäuschen. Sie setzte auf ihn. Sie verließ sich auf ihn. Sie machte sich Hoffnung – der Gedanke gefiel ihm.

Er hängte den Regenmantel an einen Aststumpf, der erstaunlicherweise exakt die Form eines Garderobenhakens hatte, aber leider abbrach. Also legte er den Mantel über die Gartenmauer, holte eine Plastiktüte aus der Aktentasche, breitete sie auf dem Boden aus und kniete sich darauf. Danach die Gebrauchsanleitung – er faltete sie auf und strich sie sorgfältig auf dem Gras glatt. Nur in der Mitte blieb eine hartnäckige Beule. Darunter musste ein Stein liegen. Fred tastete danach, um ihn aus dem Weg zu räumen. Und fasste direkt in eine Katastrophe: ein unförmiges metallenes Ding mit den Initialen »RW« – das musste Sandras Anhänger sein! Entsetzt ließ er ihn fallen. Was jetzt? Den Detektor zusammenzubauen hatte keinen Sinn mehr. Und das bedeutete: Er musste ihr alles sofort beichten, wenn sie kam! Sofort! Unmöglich.

Erst einmal sah er sich das Ding unter der Gebrauchsanleitung genauer an. Er hielt es mit zwei Fingern hoch. Es war hässlich: zwei doppelt verschlungene Initialen aus Blech. Das R erinnerte Fred unangenehm an einen Paragraphen. Was oder wer war RW? Sandras Freund? Nein, der Anhänger passte nicht zu Sandra. Niemand, der sie liebte, würde ihr so etwas schenken.

Um klar zu denken, musste er sich beruhigen. Wäre er im Büro gewesen, hätte er seinen Schreibtisch aufgeräumt. Zu Hause hätte er Geschirr gespült – aber hier?

Freds Rettung war ein großes Beet zwischen den Karotten und den Gurken: Hier war Sandra erschreckend lange nicht mehr zum Unkrautjäten gekommen. So lange, dass nicht einmal zu erkennen war, was hier einmal hatte wachsen sollen. Das Beet war voll mit Ackerwinde, Löwenzahn und ... Fred trat näher heran und grub mit der Schuhspitze ein Kraut aus, um die Wurzel in Augenschein zu nehmen: Stumpfblättriger Ampfer.

Mit Unkraut kannte er sich aus. Erst kürzlich hatte er eine Steuerprüfung in einer Firma durchgeführt, die Unkraut- und Insektenvernichtungsmittel herstellte. Fred hatte sich einiges erklären lassen, über die Gefahren, die Unkraut für die moderne Landwirtschaft darstellte. Ein hochinteressantes Gebiet.

In seiner Aktentasche fand er die Packung frischer Einweghandschuhe, die er immer bei sich trug, seit er bei Hartmanns die Schwarzkontoauszüge im doppelten Boden ihres Papageienkäfigs entdeckt hatte.

Fred beschloss also, Unkraut zu jäten. Speziell bei der Ackerwinde war Vorsicht geboten, er durfte auf keinen Fall das weitverzweigte Wurzelwerk verletzen, was nahezu unmöglich war, wie ihm der Unkrautvernichtungsmittel-Hersteller erklärt hatte. Aber wenn zwischendrin die Wurzel abriss, war die ganze Arbeit umsonst und die Ackerwinde mit den unschuldigen rosa Blüten schlug schon Tage später zurück. Ein ganz hinterhältiges Ding. Ein Unkraut für Fortgeschrittene.

Fred machte sich an die Arbeit, und bereits nach einer halben Stunde sah es so aus, als hätte die Gemeine Ackerwinde in Fred Eisenbogen ihren Meister gefunden.

12

In ihrer Küche in Sindelfingen setzte Erika Schläpple gerade die letzten Kirschen auf die große Schwarzwälder Torte, als sie draußen die Gäste kommen sah: ihr Sohn Rolf junior mit Helena an der Hand, ihrer Enkelin. Extra aus Schwäbisch Gmünd angereist. Jetzt fehlte nur noch Gerry.

»Sandra! Rolf!«, rief Mutter Schläpple. »Sie sind da!«

Dann winkte sie ihrem Sohn, aber als der mit Helena durch den Garten auf die Küchentür zusteuerte, wedelte sie die beiden mit mehligen Armen zurück in Richtung Haustür. Gerade noch rechtzeitig hatte sie die Zillmann auf der Lauer entdeckt. Und die hätte, wenn Mutter Schläpple die Küchentür zum Garten öffnete, freien Blick gehabt. Könnte der so passen. Natürlich würde die Zillmann sofort überall rumerzählen, dass es bei den Schläpples drunter und drüber ging und die Küche immer noch nicht neu gestrichen war. Wahrscheinlich weil das Geld fehlte oder der Mann sich tagsüber lieber im Liegestuhl sonnte. Die Zillmanns hatten sich gerade erst zwei italienische Säulen links und rechts neben die Haustür gesetzt und das ganze Haus gestrichen, in Gutshofgelb. Rolf und Sandra störte das Gerede natürlich nicht. Erika Schläpple war wieder mal die Einzige, die sich um den guten Ruf der Familie sorgte.

Sie wischte sich die Hände am Geschirrtuch ab, dann hängte sie die Kittelschürze an den Haken und strich sich, vorsichtshalber mit den Handrücken, den Rock glatt – zur Feier des Tages ein dunkler, dazu eine weiße Bluse und die Goldbrosche.

War alles bereit? Den großen Tisch im Wohnzimmer hatte sie schon mit dem guten Porzellan gedeckt. Saft für die Kleine stand bereit und zwei Kannen Kaffee, die wärmeisolierten.

Vorsichtig trug sie die Torte hinein. Die ganze Familie saß schon um den Tisch versammelt – alle klatschten laut, als sie die Torte in der Mitte abstellte, da, wo sie hingehörte. Nur ihr Mann, der am Kopfende thronte, sah sich suchend um. Sandra lief hinaus und erschien kurz darauf mit einer riesigen Suppenschüssel, auf der schief der Deckel thronte – so voll war die Schüssel. Aber jetzt: wohin damit? Der Ehrenplatz auf dem Kaffeetisch war besetzt, von der Schwarzwälder Kirschtorte.

»Oh, Rolf!«, rief Mutter Schläpple. »Muss das jetzt sein? Können wir nicht einmal erst in Ruhe Kaffee trinken wie andere Familien auch? Außerdem fehlt …«

»Mama«, sagte Sandra, »das Ding ist schwer!«

Grimmig schob Erika Schläpple die Torte zur Seite. Es war klar: Was immer in Sandras Suppenschüssel war – es war die Hauptsache.

Sandra schlüpfte auf ihren Platz, nahm Helena auf den Schoß und legte einen Finger an die Lippen.

»Pssst! Es geht los!«

Vater Schläpple klopfte mit einem Kugelschreiber an die gute Porzellantasse: plingplingpling!

»Liebe Familie! Herzlich willkommen zum …«

»Der Gerry fehlt doch noch«, warf Mutter Schläpple ein und drehte sich zu ihrer Tochter. »Du hast gesagt, er wollte heute endlich auch einmal mitkommen.«

Sandra tat, als hätte sie nicht zugehört.

»Wo ist denn Puppi Langstrumpf«, fragte sie ihre Nichte. »Die kommt doch sonst immer mit?«

»In meinem Rucksack, ich geh sie holen!« Helena rutschte von Sandras Schoß und lief hinaus zur Garderobe. Sandra wollte schnell hinterher, aber Mutter Schläpple hielt sie zurück.

»Hast du Gerry wenigstens gefragt wegen der Farbe für die Küche?«

»Ja, Mama, ehrlich. Aber …«

»Der Gerry arbeitet an etwas ganz Großem, der hat dafür keine Zeit. Stimmt doch, Sandra?«

»Papa! Du bist unfair. Es ist nur ... heute ist was Wichtiges dazwischengekommen. Aber er ... er lässt euch Grüße ausrichten.«

Niemand schien beeindruckt.

»VIELE Grüße.«

Dann schob sie sich ein Stück Torte in den Mund, so groß, dass sie eine Weile keine Fragen mehr beantworten konnte.

Gerry war in die Bibliothek gegangen, statt, wie versprochen, endlich einmal mit Sandra zum Familiennachmittag. Er war immer noch sauer auf sie, wegen gestern Abend, wegen des Armbands. Sandra fand das mindestens so anstrengend wie erstaunlich. Sie selbst schaffte es nie lange, böse auf Gerry zu sein, sie langweilte sich schlicht irgendwann.

Aber schade war es: Sandra hatte Monate gebraucht, um ihren Vater überhaupt davon zu überzeugen, Gerry offiziell einzuladen. Als das geschafft war, hatte sie Gerry eingeweiht in das, was an diesen geheimnisvollen Familiennachmittagen genau gespielt wurde. Daraufhin hatte er verzichtet. Sandra verstand überhaupt nichts mehr: Gerry, der Verkehrspolizisten beleidigte und sich um jede Straßenbahnfahrkarte drückte, war doch nicht plötzlich gesetzestreu geworden? Er erklärte ihr, eben WEIL er alle Arten von niederen Instanzen verachtete – das Ordnungsamt genauso wie das Finanzamt –, verschwendete er seine Zeit nicht damit. Nicht mal, um ihnen zu schaden. Er verstand nicht, dass es darum gar nicht ging. Jedenfalls nicht in der Hauptsache. Sandra liebte diese ganz besonderen Samstagnachmittage, die nur einmal im Quartal stattfanden – weil die ganze Familie zusammenkam. Alle saßen sie dann um die große Suppenschüssel herum, in der, seit Sandra denken konnte, noch nie Suppe gewesen war. Normalerweise waren sie zu acht, denn sonst war auch ihre Schwägerin, Rolf juniors Frau, mit den Zwillingen dabei. Sie hatte sich mühsam überreden lassen, dieses Mal zu Hause zu bleiben, bis die Windpocken nicht mehr ansteckend waren.

Als Helena jetzt mit ihrer Puppe zurück ins Wohnzimmer kam, fing Vater Schläpple noch einmal von vorne an: Er klopfte mit dem Kugelschreiber gegen die Kaffeetasse.

»Liebe Familie! Herzlich willkommen zum neuen Quartalsfälscher-Treffen. Ich habe seit dem letzten Mal die Regeln leicht verändert. Das wird euch gefallen ...«

Mutter Schläpple griff nach ihrem Strickzeug und erklärte, wie jedes Mal, bei dem Unfug nicht mitzumachen.

Davon unbeeindruckt lüftete ihr Mann derweil den Suppenschüsseldeckel, schloss genießerisch die Augen und atmete tief ein, als entströme von dort ein köstlicher Duft.

»Hier drin sind meine gesammelten privaten Quittungen des letzten Quartals. Ich werde nun eine ziehen, sie laut vorlesen, und wem der beste plausible, finanzamtsfreundliche Verwendungszweck dafür einfällt, der kriegt die Quittung und darf sie genau dort einreichen. Wer die meisten hat, gewinnt.«

»Halt«, rief Sandra. »Die geänderten Regeln bedeuten hoffentlich nicht, dass ICH die Quittungen einreichen muss, die ich gewinne? Willst du damit sagen, du willst meine Steuererklärung nicht mehr für mich machen? Hilfe!«

»Kannst du das nicht langsam selbst?«, fragte ihr Bruder.

»Das sage ich jedes Mal«, mischte sich ihre Mutter ein.

Doch Rolf Schläpple beruhigte seine Tochter.

»Keine Sorge, natürlich mache ich das weiterhin für dich. Mir macht das doch Spaß. Und jetzt: Mögen die Spiele beginnen!« Er rührte mit der Suppenkelle in der Schüssel und schöpfte eine Quittung heraus. »Was Leichtes, zum Aufwärmen: eine Quittung für Mamas Fußpflege, neununddreißig Euro. Als was könnten wir das absetzen?«

»Steht da etwa Fußpflege drauf? Dann wird's schwer.«

»Selbstverständlich nicht! Ich bin zwar die einzig Ehrliche in dieser Familie, aber ich bin nicht blöd«, empörte sich Mutter Schläpple.

»Dich kriegen wir noch auf die richtige Seite. Nein, hier steht nur der Studio-Name: ›Nails & More‹.«

»Tun wir so, als wäre das kein Kosmetikstudio, sondern ein

Baumarkt!«, sagte Sandra, »und nennen es ›Ausgaben für Renovierungsarbeiten‹.«

Der Beifall der Familie war groß – größer noch als für die Schwarzwälder Kirschtorte vorhin, wie an Erika Schläpples missmutiger Miene unschwer abzulesen war. Sandra nahm stolz ihre Quittung entgegen und legte sie neben ihren Kuchenteller.

»Renovierungsarbeiten«, murmelte ihre Mutter. »So alt bin ich doch noch gar nicht.«

Die nächste Quittung war tatsächlich eine Betriebsquittung: ein Päckchen Ringelblumensamen für 1,56 Euro. Die Quittung gehörte Sandra und stellte ein interessantes Problem dar: Das Papier hatte, wie der größte Teil ihrer Buchhaltung, mehrere Monate im Fußraum ihres Lieferwagens zugebracht, war nass geworden, gefroren, wieder aufgetaut und getrocknet, und nun war die Druckerschwärze an einer Stelle so hilfreich verschwommen, dass man problemlos aus der 1 vor dem Komma eine 7 machen könnte. Die Familie beugte sich fachmännisch über die Quittung, aber Vater Schläpple schüttelte den Kopf und machte Anstalten, das Papier wegzuwerfen.

»Sieben ist eine schlechte Zahl. Wegen diesem neumodischen Chi-Chi-Scheiß …«

»Chi-Quadrat-Test heißt das, Papa.«

»Aber die Sieben ist gar nicht schlecht! Sieben ist meine Lieblingszahl!«, protestierte Helena. Und Rolf Schläpple strahlte über die Gelegenheit, seiner Enkelin ein paar lebenspraktische Ratschläge mit auf den Weg geben zu können. Am besten schnell. Da ihre Großmutter gerade in der Küche war.

»Du hast recht«, sagte er zu Helena. »Die Sieben ist eine tolle Zahl, ist auch meine Lieblingszahl. Und die von Sandra und …«

»Nee, meine ist die Drei.«

»Warum drei, Tante Sandra?«

»Aller guten Dinge sind drei. Und du weißt doch, dass die Schätze im Märchen immer unter den drei Tannen vergraben sind. Oder dass die Mäuse zu den drei magischen Steinen gehen, wenn sie weisen Rat brauchen …«

»Vergiss kurz die magischen Mäuse«, fuhr Rolf Schläpple irritiert fort. »Jedenfalls ist die Sieben die Lieblingszahl von ganz vielen Menschen. Aber das Finanzamt weiß, dass man seine Lieblingszahlen unbewusst so oft verwendet wie möglich. Und eigentlich müssten in einer Steuererklärung alle Zahlen gleich häufig auftauchen, wenn sie das aber nicht tun, ist das schon mal verdächtig und ...«

»Kann ich das Papier haben, Opa?«, fragte Helena und zeigte auf die Quittung.

Er seufzte und gab sie ihr.

»Musst du ja nicht verstehen, aber zumindest hast du jetzt schon mal davon gehört. Schadet nie. Außerdem ...«

Sandra und ihr Bruder fingen an zu husten, denn Mutter Schläpple kam mit der Kaffeekanne zurück ins Wohnzimmer. Ihr Mann verstummte. Helena schaute irritiert von einem Erwachsenen zum anderen. Dann schlüpfte sie mit der Quittung, ihrem Malblock und einer Faust voll Stifte unter den Tisch. Dort sang sie mit glockenreiner Stimme »Schi-Schi-Scheiß« vor sich hin, bis ihre Großmutter sich wirklich wundern musste, wer dem Kind solche Wörter beibrachte.

Rolf Schläpple schöpfte schnell eine neue Quittung aus der Suppenschüssel. Ah, die war schon mehr nach seinem Geschmack: eine Rechnung über einen Sitzrasenmäher. Rolf junior schüttelte ungläubig den Kopf.

»Papa, du hast in einem Quartal mehr Quittungen als ich in einem ganzen Jahr! Und wozu brauchst du einen Sitzrasenmäher für neunhundertfünfzig Euro?«

»Brauch ich nicht. Hab nur Quittungen getauscht mit dem Helmut, der hatte welche übrig.«

»ICH könnte einen Sitzrasenmäher brauchen.«

Sandra fiel das hohe Gras im Schulgarten ein. Und dann der Anhänger, der dort noch irgendwo lag. Aber in zwei Stunden traf sie sich mit dem Archäologen oder eher: mit dem Kerl, der behauptet hatte, er sei Archäologe und hätte einen Metalldetektor ... Wenn das gelogen war, dann war sie aufgeschmissen, denn allein fand sie den Anhänger heute nicht mehr. Und dann ging morgen ihr schöner Plan schief: Morgen, am

Sonntag, würde sie mit Gerry zum Bauplatz fahren. Sie hatte beschlossen, sich keine Sorgen wegen dem Besserwesser zu machen. Der saß morgen irgendwo weit weg im Flugzeug. Sandra musste nichts anderes tun, als Gerry zum Bauplatz zu kriegen und ihn dort wieder für seine eigenen Visionen zu begeistern. Das konnte nicht so schwer sein. Aber auf jeden Fall war es einfacher, wenn Gerry bis dahin nicht mehr sauer war.

»Was ist, Schwesterlein, gehen dir schon die Ideen aus?«

»Betriebsmittel!«, rief Sandra. »Schließlich ist das ein Rasenmäher, und ich bin Gärtnerin.«

Vater Schläpple zögerte. Eine korrekte Antwort, und trotzdem: Mit dem Verwendungszweck Betriebsmittel eine so hohe Quittung zu gewinnen, war wider den Sportsgeist und verstieß gegen eine unausgesprochene Regel. Betriebsmittel war in diesem Spiel der Joker, weil sich fast alles auf Betriebsmittel umschreiben ließ. Betriebsmittel war, kurz gesagt: ein Spielverderber.

»Hat noch jemand was Besseres?«, fragte Vater Schläpple hoffnungsvoll. Selbst die Hausherrin überlegte mit. Und nahm, als es ihr auffiel, schnell wieder das Strickzeug zur Hand.

Helena verkündete unter dem Tisch, eine Collage zu basteln, und verlangte nach mehr Papier. Doch keiner hörte ihr richtig zu, denn Sandra rief:

»Ich hab's! Dienstwagen!«

Verwirrung am Familientisch.

»Du hast doch einen Dienstwagen«, sagte ihr Bruder. »Deinen Lieferwagen?«

Aber Sandras Vater, der sie genau verstanden hatte, schloss genießerisch die Augen.

»Ein zweiter Dienstwagen. Wenn das Fahrzeug zu mehr als zehn Prozent beruflich genutzt wird. Und je nach Nutzungsverhältnis ...«

»Moment, reden wir immer noch von einem Sitzrasenmäher?«

Sandra erklärte es ihrem Bruder:

»WIE ich zu meinen Kunden komme, ist doch meine Sache:

mit dem Auto oder mit dem Bus ... und der Rasenmäher hat einen Motor! Und einen Sitz! Und dann rechne ich noch die verkehrsmittelunabhängige Pendlerpauschale ab!«

Ihr Vater wischte sich die Tränen aus den Augen, so sehr musste er lachen.

»Aber vergiss bloß nicht, ein zweites Fahrtenbuch zu führen!«

Erika Schläpple legte das Strickzeug weg. Das wurde jetzt zu wild, sie musste eingreifen.

»Aber das glaubt dir das Finanzamt doch nie! Ein Rasenmäher als Dienstwagen!«

Vater Schläpple winkte den lästigen Einwand weg.

»Und wenn schon. Das ist ZU hübsch, um es nicht zu tun. Stellt euch nur den Sachbearbeiter vor, der das auf den Schreibtisch kriegt!«

Das Gelächter war so laut, dass Helena sich unter dem Tisch die Ohren zuhielt.

Vater Schläpple hatte recht: Selbst wenn sie am Ende nur die Quittungen einreichen würden, die so schlau gefälscht waren, dass sie kein Misstrauen erregten. Was zählte, war, zusammen Kaffee zu trinken, Schwarzwälder Kirschtorte zu essen und Vater Schläpple zu applaudieren, wenn er zum hundertsten Mal seine Lieblings-Finanzbeamtenwitze zum Besten gab. Was zählte, war, vor Lachen über das Finanzamt und die eigene Kühnheit Krümel über den Tisch zu prusten. Ein lautes, fröhliches Familientreffen. Nur eben ein kleinkriminelles. Andere Familien hatten ihre Spielenachmittage, die Schläpples fälschten gemeinsam Betriebsquittungen.

Nach zwei Stunden wurde Sandra zur strahlenden Siegerin des Quartalsfälscher-Nachmittags gekürt. Die größte Begeisterung hatte ihre Idee ausgelöst, eine Busfahrkarte nach Böblingen nicht als »Fahrt-/Reisekosten« abzusetzen, was das Finanzamt problemlos anerkannt hätte. Sondern als »außergewöhnliche Belastung«. Es war einfach so viel lustiger.

Sandra erfand Verwendungszwecke für Quittungen mit derselben Begeisterung wie Märchen für ihre Nichte. Die Belege, die sie damit gewann, interessierten sie nicht. Sie vergaß sie meistens, sobald sie sie unter ihren Kuchenteller geklemmt hatte. Heute war es ein ansehnlicher Stapel geworden, aber dass der verschwunden war, fiel ihr erst auf, als ihr Vater danach fragte. Sie hob ihren Teller, schaute unter ihren Stuhl und dann unter den Tisch. Aber dort war nur Helena. Sie überreichte Sandra das Bild, an dem sie die ganze Zeit gebastelt hatte.

»Das ist aber ein tolles Bild, danke!«

»Kein Bild«, verbesserte Helena und kletterte auf Sandras Schoß. »Eine Collage. Das ist was viel Besseres.«

Es war ein großes Herz. Zusammengeklebt aus Papierschnipseln. Alle fein säuberlich angemalt mit rotem Glitzerstift und …

»Helena!«, rief ihre Großmutter entsetzt. Sandra fing an zu lachen. Rolf junior und ihr Vater begutachteten den Schaden.

»Ich fürchte, die Quittungen kannst du wegwerfen. Sie ist wohl doch noch zu klein für die Steuerhinterziehung.«

Helena, die gar nichts mehr verstand, fing an zu weinen. Sandra umarmte ihre Nichte.

»Das ist eine supertolle Collage. Die hänge ich gleich auf.« Dann fügte sie, mit einem Seitenblick auf ihren Vater, hinzu: »Falls sie mir der Opa nicht wegschnappt. Ich weiß zufällig, dass der genauso eine auch immer wollte.«

»Opa«, rief Helena, »ich kann dir auch eine machen! Ich brauch nur noch mehr von dem alten Papier!«

Als die Familie in den Garten umzog, um Mutter Schläpple beim Spinatpflücken zu helfen, suchte Sandra ihre Handtasche, Handy und Autoschlüssel. Sie musste los, um diesen Fred – oder hieß er Frank? – im Schulgarten zu treffen. Auf dem Handy fand sie einen verpassten Anruf und eine Nachricht von Gerry. Sicher bereute er es doch, dass er nicht mitgekommen war. Was für ein schöner Nachmittag! Sie winkte Helena, die auf die Steinplatten vor dem Küchenfenster mit Kreide drei magische Mäuse malte, und sprang ins Auto.

Aber als sie die Mailbox abhörte, stellte sie fest, dass Gerry nur wissen wollte, ob der Grundschulkunstlehrer Fingerfarbflecke auf das Armband gemacht hatte. Mit einem Mal zerplatzte der schöne Nachmittag in ihrer Erinnerung wie ein leuchtendroter Ballon, in den jemand eine Nadel gestochen hatte. Sie wurde böse auf Gerry, weil der sie dazu brachte, ihn dauernd anzulügen. Gestern Abend hatte sie ihm erklärt, dass sie das Armband nicht hatte holen können, weil der Kunstlehrer den Tag freigehabt hätte. Der Kunstlehrer, dem sie das Ding angeblich ausgeliehen hatte. Er hatte aber versprochen, versicherte sie Gerry, heute, am Samstag, in die Schule zu kommen und Sandra das Armband zu geben ... Wie unwahrscheinlich das alles klang! Dann wollte Gerry wissen, was der Kunstlehrer dazu gesagt hatte. Sandra hatte nicht verstanden: was gesagt?

»Was hat er *zu dem* Armband gesagt? Deshalb hat er es sich doch ausgeliehen, oder? Weil er sich für Kunst interessiert?«

»Er findet es sehr ... hübsch.«

»Hübsch!?«, hatte Gerry gerufen. Es klang triumphierend und ein bisschen angeekelt zugleich, und Sandra war sicher, dass sie aufgeflogen war.

»Ein Häkeldeckchen ist HÜBSCH! Ich hab's dir ja gesagt, solche Leute verstehen nichts von Kunst. Ein Geschmack wie ein Haufen Spießer vom Dorf.«

Spießer vom Dorf. Da war Sandra zusammengezuckt. Gerry hatte es nicht bemerkt, zum Glück. Und natürlich hatte Gerry auch nicht sie gemeint. Oder doch? Und warum brachte sie sich dauernd in Situationen, aus denen sie sich schwerer befreien konnte als ... eine Karotte aus den Fängen einer Ackerwinde?!

Missmutig fuhr sie los, durch die samstagsemsigen Wohnstraßen von Sindelfingen, vorbei an den frisch gewaschenen Autos, in deren Kotflügel sich die Reihenhäuser spiegelten, vor denen sie parkten. Als sie einer Baustelle ausweichen sollte, gab sie Gas und fuhr so scharf daran vorbei, dass der Dreck hochspritzte.

Sofort ging es ihr besser. Was sie jetzt brauchte, war ein kleines Abenteuer.

Und eine echte Schatzsuche.

13

Wie erwartet, hatte das Unkrautjäten auf Fred eine beruhigende Wirkung ausgeübt und Ordnung in seine Gedanken gebracht: Es bestand überhaupt kein Grund zu Panik oder einer anderen, unangemessen negativen Reaktion. Er hatte den Anhänger also bereits gefunden, gut. Was bedeutete, er musste Sandra die Wahrheit über seinen Beruf sagen, ohne mit ihr auf Schatzsuche zu gehen, gut. Ohne mit ihr in der untergehenden Abendsonne auf Schatzsuche zu gehen. Ohne mit ihr Arm in Arm in der untergehenden Abendsonne …

Er hörte ein Auto und drehte sich um: Sandras Lieferwagen! Schnell warf er zwei Arme voller Ackerwindenwurzeln auf den Kompost und seine Einweghandschuhe in den Mülleimer daneben. Da kam sie schon über den Parkplatz.

Traurig, aber entschlossen fasste er in der Tasche nach dem Anhänger. Er wollte ihr damit zuwinken, aber … Stattdessen warf er den Anhänger in hohem Bogen hinter sich in den Garten. Doch während er warf, wusste er bereits: So tief würde er, Fred Eisenbogen, nicht sinken. Also stapfte er in die ungefähre Wurfrichtung zurück, traf zielgenau wieder auf das hässliche Metallding und hob es auf.

Sandra öffnete das Gartentor.

»Ich muss dir etwas gestehen«, sagte er statt einer Begrüßung.

»Oh nein. Ist der Detektor kaputt?«

Fred schüttelte den Kopf. Sandra atmete auf.

»Puh. Können wir gleich anfangen?«

Fred gab ihr den Anhänger.

»Das ist er, oder? Ich habe ihn zufällig gefunden, als ich hier auf dich gewartet habe.«

Sie strahlte.

»Einfach so?! Wow. Ich wette, du bist wirklich gut in deinem Job.«

Er drehte sich schnell um, weg von ihr, damit sie sein Gesicht nicht sah. Gut in seinem Job! Ja! Aber nicht der, an den sie dachte!

»Musst du schon gehen?«, fragte sie.

Es klang enttäuscht!

»Darf ich mal?« Sie zeigte auf den Karton mit dem Metalldetektor. Fred hatte ihn noch gar nicht ausgepackt. Ehrfürchtig klappte sie die Pappdeckel auf und holte das Gerät heraus. Sie drückte einen Knopf, und ihre Augen leuchteten, als das Ding lospiepte. Sie drehte an einem Zahlrad, und ein rotes Licht blinkte auf und dann, gleich daneben, ein grünes. Sie lachte, und Fred strahlte: Weil es doch SEIN Metalldetektor war, der Sandra glücklich machte.

»Ich glaube, in Wahrheit lege ich fremde Gärten an, weil ich mir immer vorgestellt habe, wie viele Schätze ich beim Umgraben finde. Als Kind hab ich nie Häuser oder Strichmännchen gemalt. Immer nur Schatzkarten. Deshalb konnte ich auch nicht widerstehen, als du gestern gesagt hast, du hättest einen Metalldetektor.«

Sie zeigte auf drei Pusteblumen unter einem Baum, die ein perfektes gleichschenkliges Dreieck bildeten.

»Ich sehe immer noch überall perfekte Orte, um einen Schatz zu vergraben. Hier: Sieht das nicht aus, als hätte jemand die Pusteblumen extra gepflanzt, um eine geheime Stelle zu markieren? Meine Schätze waren immer entweder unter drei Tannen versteckt oder unter drei Steinen. Oh, und da drüben gibt es einen dreiteiligen Aststumpf, der aussieht wie ein Garderobenhaken. Und um zwölf Uhr mittags wirft er einen mysteriösen Schatten, der genau …«

»Du warst bestimmt die Königin aller Schnitzeljagden«, sagte Fred, um von dem Aststumpf abzulenken, der in Zukunft weder um zwölf Uhr noch zu sonst einer Zeit mysteriöse Schatten werfen würde, nachdem er unter Freds Regenmantellast zerbrochen war.

»Nicht die Königin, eher die Spielverderberin. Ich habe alle Schätze immer sofort gefunden. Aber nie so schnell wie du.« Sie klopfte auf ihre Handtasche, in der jetzt der Anhänger lag.

Da fiel Fred wieder ein, warum er gekommen war: Weil er mit Sandra Schluss machen musste. Jetzt sofort. Bevor es zu spät war. Obwohl es zu spät war.

»Es ist noch nicht soooo spät, oder?«, fragte sie. »Wenn du es nicht eilig hast: Könnten wir einmal den Garten damit absuchen? Mit deinem Metalldetektor?«

»Jetzt? Sofort? Das Problem ist ... er ist verstopft.« Warum bloß hatte er nicht doch noch die Gebrauchsanleitung gelesen?!

»Verstopft? Wie ein Staubsauger?«

»Das ist ein ... ganz neues Modell, und ich bin nicht ganz sicher ...«

»Oh. Du kennst dich damit gar nicht aus?«

»Doch! Ich arbeite nur gerade eher theoretisch. Im Völkerkundemuseum. Zur Vorbereitung auf eine Ausgrabung.«

Sandra beugte sich über den Detektor und drehte an ein paar Knöpfen, Fred griff nach der Gebrauchsanweisung: Sie war groß genug, um sich dahinter zu verstecken. Er atmete tief. Einmal. Zweimal ... Dreiundvierzigmal ... und dann:

»Das war ein Missverständnis gestern. Und eben auch.«

Stille. Er konnte hören, dass sie wartete.

»Ich bin gar kein Archäologe. Ich bin Finanzbeamter und muss deine Steuerprüfung durchführen.«

»Yippieh!«

Fred schnellte hinter dem Papier hervor und sah ... Sandra hatte das Gerät zum Laufen gebracht. Und die dazugehörigen Kopfhörer aufgesetzt. Sie hatte kein Wort verstanden.

Sie hakte sich bei ihm ein, und so zogen sie los, in den Abend hinein, das Licht war so weich wie ihre Haut. Und zwischen ihnen nichts als ein sanft grünlich blinkender Metalldetektor.

»Falls wir noch einen Schatz finden«, sagte Sandra, »baue ich mir von meinem Anteil mein Traumhaus. Und in den Garten drei Gewächshäuser.«

»Aber so ein Fund muss doch gemeldet werden!«

Sie lachte, als hätte er einen Witz gemacht. Fred versuchte, schnell das Thema zu wechseln. Er zeigte auf das große, verwilderte Grundstück, zu dem der Schulgarten gehörte.

»Darf man hier bauen? Ist das ein Grundstück für Wohnnutzung?« Er biss sich auf die Zunge: Warum bloß fiel ihm immer nur Bürokratisches ein, wenn er nervös war?

»Oh, willst du auch bauen?«

Jetzt war es Fred, der beinahe gelacht hätte, weil er dachte, sie hätte einen Witz gemacht: bauen! Bei DEN Bodenrichtwerten! Die gingen ja gerade durch die Decke! Sein Bankberater erzählte ihm jedes Mal Horrorgeschichten von Leuten, die sich ausgerechnet jetzt Grundeigentum zulegen mussten. Abgesehen davon hatte Fred nicht vor, jemals wieder irgendwas zu tun, das ihn auch nur theoretisch in die Nähe eines Baumarkts brachte.

»Ich habe mich vor ein paar Jahren mal wegen des Grundstücks hier erkundigt«, erklärte Sandra, weil Fred nicht antwortete. »Es gehört der Stadt. Nur den kleinen Teil hier vorn, den darf die Schule bis in alle Ewigkeiten nutzen. Es gibt da irgendeine Klausel. Wenn du also da hinten bauen willst, musst du hier vorne den Schulgarten in Kauf nehmen. Mich hätte das nicht gestört, aber …«

Plötzlich stieß sie einen Schrei aus, ließ den Metalldetektor mitten auf der Wiese fallen, rannte zu dem Beet zwischen den Karotten und den Gurken und fiel davor auf die Knie. Fred folgte ihr und trat dann verlegen einen Schritt zur Seite, damit Sandra das gesamte Beet bewundern konnte: Es war, das musste er zugeben, durchaus beeindruckend, was er in nur drei Stunden geschafft hatte.

»Mein Löwenzahn! Mein Ampfer! Meine Ackerwinde! Und ich hab den Kindern hundertmal gesagt, dass sie hier nichts anfassen dürfen!«

Sandra brach einen trockenen Zweig in kleine Stücke, steckte das Holz in die Erde und versuchte vorsichtig, ein paar Halme, die Fred nicht mehr geschafft hatte, daran aufzurichten. Es waren nicht viele.

»Ich habe hier extra Unkraut stehen lassen, um es den Kindern zu erklären: Ganz viel von dem, was heute Unkraut heißt, wurde früher gezüchtet. Interessant, oder?«

Aber das Einzige, was Fred im Moment interessierte, war, Sandra den Blick auf ihren Komposthaufen zu verstellen.

»Seitdem hat sich das Kraut nicht verändert, es ist immer noch dasselbe. Nur sehen wir es anders. Ackerwinde ist übrigens eine Heilpflanze. Beruhigend, gut bei Herzrhythmusstörungen ...«

Fred, der inzwischen versuchte, gleichzeitig den Komposthaufen UND den Mülleimer zwei Meter daneben zu verdecken, wurde panisch: Denn oben auf dem Mülleimer lag, gut sichtbar und verschmiert von verräterischer Erde, Löwenzahn und Ackerwindenblüten: sein Paar Einweghandschuhe.

»... viele Sorten, die früher gezüchtet wurden, dürfen inzwischen nur noch im Giftschrank aufbewahrt werden. Weil sie so schädlich sind für das, was wir heute anbauen. Wenn ich ein eigenes Gewächshaus habe, züchte ich darin verbotenes Unkraut.«

Sie drehte sich suchend nach ihm um, Fred machte einen Satz neben sie: Wenn sie weiter mit ihm sprach, musste sie dem Komposthaufen den Rücken zudrehen. Sie musste ihn nur weiter ansehen, nur weiter reden.

»Ach ja?«, fragte er. »Wirklich?«

»Es ist doch interessant, dass etwas plötzlich zu Unkraut wird, das vorher kein Unkraut war. Nicht weil es sich verändert hat. Nur, weil es Grenzen überwindet, die wir definiert haben.«

»Wirklich?«, wiederholte Fred. Dieses Mal meinte er es ernst. Er vergaß die Deckung, den Kompost und die Ackerwinde. Er hatte eine unglaubliche Idee. So schnell er konnte und so gut ihm das unter den Umständen möglich war – verschwitzt, in der Wildnis und ohne Stift und Papier –, überprüfte er die Idee auf Schwachstellen. Er fand keine.

»Das bedeutet also, nur, weil es für den einen Unkraut ist, heißt das noch lange nicht, dass es wirklich Unkraut ist? Also: böse, verbrecherisch, halsabschneiderisch ...«

Sie musste über das Wort halsabschneiderisch lächeln. Da fiel er neben ihr auf die Knie, um ihr in die Augen sehen zu können.

»... dann ist ein Finanzbeamter nichts anderes als ein Archäologe.«

»Was?«

»Es ist eine Frage der Definition, genau wie bei Unkraut: Beide, Archäologen und Finanzbeamte, setzen Puzzleteile zusammen. Wir wühlen beide im Dreck, metaphorisch gesprochen. Staub spielt eine große Rolle. Wir graben beide nach Schätzen. Wir verfolgen Spuren! Und jetzt komme ich zum Punkt ...«

»Ich weiß, was ein Finanzbeamter ist. Und ein Archäologe hat mit einem Finanzbeamten nichts zu tun.«

»Doch! Archäologen haben mit Grabräubern zu kämpfen und Finanzbeamte eher nicht, gut. Aber dafür mit ganz gewöhnlichen Räubern! Und ...«

»Warum willst du dich ausgerechnet mit einem Finanzbeamten vergleichen?«, fragte sie und stand auf. »Du bist Indiana Jones aus Böblingen.«

Indiana Jones.

Fred Eisenbogen.

Fred Indiana Eisenbogen Jones.

Fred Eisenbogen, der nicht Indiana Jones war, aber auch nur ein Mensch – Fred atmete tief ein. Und wieder aus. Dann schloss er die Augen und war einen Moment ganz still vor Glück und Verzückung.

Als er die Augen wieder öffnete, war Sandra, die nicht bemerkt hatte, was sie angerichtet hatte, zurück zum Detektor gelaufen. Sie winkte, aber Fred blieb sitzen. Im Gras. Grasflecken gingen nie wieder raus. Er hatte seine eine Chance gehabt, ihr die Wahrheit zu sagen. Und er hatte sie verstreichen lassen. Und deshalb war Fred Eisenbogen in diesem Moment der glücklichste Mensch auf der ganzen Welt.

Er sah ihr zu, wie sie den Detektor im Kreis um die Tanne herumführte. Plötzlich stoppte sie, ließ sich auf die Knie fallen und grub mit beiden Händen. Als sie zu ihm zurückgerannt kam, hielt sie den Deckel einer Blechdose in der einen Hand.

Und eine Tonscherbe in der anderen.

»Das fühlt sich an wie ein Relief hier, schau mal! Und die Linie da!«

Fred konnte nichts erkennen außer Schmutz.

»Ist die Scherbe wertvoll? Kennst du dich damit aus?«

Fred schüttelte den Kopf.

»Aber«, sagte sie, »du kannst sie doch bestimmt einem Fachmann zeigen, bei dir im Museum, oder?«

Bevor er etwas erwidern konnte, hatte sie ihr Tuch aus den Haaren gelöst und sorgfältig die Scherbe darin eingewickelt. Sie überreichte ihm das kleine Paket. Dann schrieb sie ihre Telefonnummer auf einen Zettel und ließ sie ihn laut vorlesen. Damit sie auch ganz sicher war, dass er ihre Schrift entziffern konnte.

14

Am liebsten wäre Sandra am nächsten Morgen schon ganz früh zum Bauplatz gefahren. Sie wollte ihn ausmessen und abmessen und umgraben und den Hügel im Sonnenaufgang rauf- und runterrennen. Sie hatte so ein Weihnachtsgefühl im Bauch: Der Bauplatz war das große Geschenk unter dem Tannenbaum und wartete nur darauf, ausgepackt zu werden. Außerdem wollte sie Gerry endlich die Überraschung geben, die sie seit Monaten mit sich herumtrug. Für genau diesen Tag.

Aber aus irgendwelchen geheimnisvollen Gründen, die er ihr nicht hatte sagen wollen, hatte Gerry darauf bestanden, nicht schon bei Sonnenaufgang zum Bauplatz fahren, sondern erst am späten Nachmittag.

Nach dem Mittagessen brach ein Gewitter los, das sich noch längst nicht verzogen hatte, als sie endlich ins Auto stiegen. Im Nieselregen stapften sie über den aufgeweichten Bauplatz. Gerry vorweg, Sandra zwei Schritte dahinter. Mit jedem Schritt hatte sie mehr Mühe, ihre Gummistiefel aus dem Matsch zu ziehen. Und schon wieder diese Stechmücken! Reichte es nicht, dass ihr Schlafzimmer voll war damit?

Schließlich flüchtete sie unter eine Tanne, schüttelte die Kapuze ihres Regenmantels ab und legte prüfend den Kopf in den Nacken – sehr gut, hier war es wenigstens trocken. Eine Turmuhr schlug Viertel vor vier.

»Gerry!« Sie winkte ihm, zu ihr ins Trockene zu kommen.

Dann holte sie aus ihrer wasserdichten Innentasche eine schmale Papierrolle und zupfte ein letztes Mal die rote Schleife zurecht, mit der das Dokument umwickelt war.

Als Gerry endlich kam, überreichte sie ihm die Rolle feierlich, mit beiden Händen. Er stopfte seinen Dreikantmaßstab in die Jackentasche und riss die Schleife ab: Es war die Zeichnung einer Schatzkarte, auf braunem Packpapier, sorgfältig und stilecht an den Rändern angekokelt. Unten rechts stand der krakelige Name der Verfasserin: *Sandra Schläpple*. Der Filzstiftpfad, der sich zwischen Bergen und Inseln durch eine Art Dschungel schlängelte, war in den letzten fünfundzwanzig Jahren nur leicht verblasst. Er führte, flankiert von Totenkopfflaggen, zu einer Dreiergruppe Bäume und einem riesigen roten »X«.

»Das ist meine allererste Schatzkarte«, sagte Sandra. »Hier liegt der Schatz. Da, bei den drei Tannen und …«

Gerry hob den Kopf: Oben an der Straße hielt ein Auto. Fuhr wieder weg.

»… bei den drei Tannen! Und jetzt haben wir unsere eigenen drei Tannen, schau!«

Gerry begutachtete die drei Bäume, unter denen sie standen.

»Das hier sind eine Tanne und zwei Fichten.«

»Keine Sorge«, sagte sie großzügig. »Es gilt trotzdem.«

Gerry kickte mit dem Stiefel gegen die Tanne, Rinde splitterte ab.

»Die sind viel zu alt und zu groß. Du glaubst nicht, wie viel Licht die schlucken. So was passt nicht in den Vorgarten.«

»Wieso Vorgarten? Ich will keinen Vorgarten! Wir hatten doch extra den Garten hinten größer geplant, damit ein zweites Gewächshaus reinpasst. Vorgärten sind unnütz und spießig. Das hast du selber gesagt! Warum willst du plötzlich einen Vorgarten? Kommt das etwa von Romo?«

Sie hörten beide oben an der Straße eine Autotür zuschlagen. Gerry hielt Sandra ihre Schatzkarte hin und winkte den Hügel hinauf. Dort erschien, angestrahlt von den Scheinwerfern, die er extra für diesen Zweck angelassen haben musste: der Besserwesser.

»Was macht der hier? Können wir jetzt nichts mehr allein entscheiden? Mussten wir deshalb bis genau Viertel vor vier warten und dann im strömenden Regen hierherkommen? Weil es nicht anders in Romos Terminplan passte?«

»Sandra! Er kommt fast direkt vom Flughafen, außerdem ...« Dann drehte sich Gerry mitten im Satz weg und rief: »Hallo, es ist so großartig, dass Sie es einrichten konnten. Vielen, vielen Dank.«

Der Besserwisser stieg den Berg hinunter und neigte, unten angekommen, leicht huldigend den Kopf. Als er Sandra sah, fing er an zu lachen.

»Sie beide haben noch nicht mal angefangen zu bauen und streiten sich schon?«

Er hatte eine gute Beobachtungsgabe, zugegeben.

»Lassen Sie mich Ihnen das Geheimnis einer guten Architektenehe verraten, Herr Kollege ...«

Vielleicht, dachte Sandra, war der Kerl doch nicht so übel?

»... nichts glättet die Wogen effektiver als ein begehbarer Kleiderschrank.«

Gerry lachte. Sandra konnte es nicht glauben. Ihr Freund stellte sich schützend vor den Besserwesser.

»Es geht um den Vorgarten. Ich versuche, Sandra verständlich zu machen, dass ein Haus in einem dörflichen Bebauungsgebiet einen Vorgarten braucht. Man darf nicht mit allen Konventionen brechen, sonst wird das Haus zum Fremdkörper in der Umgebung. So, wie Sie es im letzten Seminar dargestellt haben: Es geht um Authentizität.«

»Selbstverständlich. Die Welt wäre ein besserer Ort, wenn alle ein paar simple stilkritische Regeln befolgen würden.« Der Besserwesser seufzte schwer. Als läge die gesamte Last einer stillosen Welt auf den schmalen Schultern unter dem Rollkragenpullover. »Gehen wir.« Ohne eine Antwort abzuwarten, stieg er zurück den Hügel hinauf.

Sandra hielt Gerry am Arm fest, aber der raunte ihr zu:

»Jetzt mach bitte nicht so ein Drama wegen drei alten Bäumen. Ich pflanze dir Buchsbäume an die Stelle. Die sind auch grün. Und nicht nur drei – so viele du willst! Hey, das wird unser Haus, wir können machen, was wir wollen!«

Dann rannte er dem Besserwesser hinterher.

Sandra ging ihm langsam nach. Plötzlich war der Hang wirklich steil. Als sie oben ankam, ließen die beiden zusammen den Blick über die Weinberge schweifen, und der Besserwesser sagte:

»Lassen Sie mich nur machen!«

15

So leise er konnte, schloss Fred die Wohnungstür auf und hängte vorsichtig seinen nassen, schweren Regenmantel an die Garderobe. Daneben stellte er die Plastiktüte. Er wischte die beschlagenen Brillengläser frei, hielt den Atem an und horchte konzentriert auf ein Geräusch aus der dunklen Wohnung. Nichts!

Es war schon kurz vor sechs Uhr abends. Winnie war offenbar immer noch mit der Frau von gestern Nacht unterwegs. Und das bedeutete, Fred musste sich keine unangenehmen Fragen gefallen lassen – nicht, was das Treffen gestern im Schulgarten betraf und auch nicht, was ... das Buch betraf, das er eben gekauft hatte: Er holte es aus der Plastiktüte und wischte mit dem Ärmel ein paar Regentropfen ab. Es war das einzige archäologische Fachbuch, das er an einem Sonntag hatte auftreiben können. Zugegeben, es war ein Bilderbuch: *Der Schatz in deinem Garten. Archäologie für Kinder.* Der Museumsshop im Völkerkundemuseum war der einzige Buchladen weit und breit, der sonntags geöffnet hatte.

Fred machte sich sofort an die Arbeit. Zuerst die Werkzeuge – vorne im Buch fand sich eine Liste: Im Badezimmer füllte er ein Glas mit Wasser, dann holte er fünf Wattestäbchen aus dem Spiegelschrank. Jetzt noch die Pinzette ... die war im Nageletui in Freds Geheimversteck. Er bückte sich und zog das Etui hervor: Die staubigen Quadratzentimeter unter der Waage waren der einzig sichere Ort in der Wohnung, weil Winnie nur um die Waage einen Bogen machte. Fehlte noch der Kuchenpinsel. Fred durchsuchte Winnies Küche und fand Bratenthermometer, ein Set Olivenlöffel, elf Flaschenöffner ... aber keinen Kuchenpinsel. Das hatte er befürchtet: Winnie kochte gern, Backen aber fand er unmännlich. Allerdings erinnerte Fred sich an sein Staubtuch, das er sonst mit zu Betriebsprüfungen nahm, weil viel zu viele Leute ihre Aktenordner im Kartoffelkeller aufbewahrten. Er würde also eventuell improvisieren müssen … und dieser Gedanke allein war schon aufregend.

Er legte sein Buch und die Werkzeuge auf ein Tablett und trug es durch die Küche über den Flur. Vor seiner Zimmertür blieb er stehen. Er fühlte sich wie an der Schwelle zu einem Abenteuer.

Da hörte er jemanden pfeifen, es kam aus seinem Zimmer!

Mit dem Ellenbogen stieß Fred die Tür auf und hätte dabei beinahe das Tablett fallen lassen. Auf seinem Bett lümmelte Winnie, grinste breit und gab sich große Mühe, so klar und deutlich wie möglich zu pfeifen. Aber Fred hatte schon verstanden, es war die Titelmelodie von *Stirb langsam*.

Fred und Winnie hatten sich im Wohnheim der Hochschule für öffentliche Verwaltung und Finanzen in Ludwigsburg kennengelernt. Winnie war ein paar Semester über Fred gewesen, aber ihre Zimmer lagen auf demselben Flur und sie teilten sich eine Küche. Nach ein paar Wochen stellten sie erstaunt fest, dass sie sich ergänzten: Winnie kochte ausgezeichnet, benutzte dazu aber sämtliches verfügbare Geschirr und spülte nie ab. Fred, der nicht kochen konnte, ernährte sich von Fertigmenüs, die nur minimalen Abwasch produzierten. Dafür spülte er nur allzu gern. Es beruhigte ihn einfach. Bald begann Winnie, doppelte Portionen zu kochen, und kurz darauf war es schon Ritual, dass er Fred morgens eine Einkaufsliste in die Hand drückte.

Eines Abends kam Fred so spät aus der Bibliothek, dass er keine Zeit mehr hatte, abzuspülen, bevor Winnie die zwei überbackenen Schweinelendchen aus dem Ofen holte. Aber in einer derart vollgemüllten Küche wollte Fred nicht essen, und weil es in Winnies Zimmer genauso aussah, bot Fred an – ausnahmsweise ohne nachzudenken –, in sein Zimmer zu gehen. Nur deshalb entdeckte Winnie an diesem Abend Freds seit mehr als zehn Jahren gehütetes Geheimnis: eine beeindruckende Videosammlung amerikanischer Actionfilme, alphabetisch geordnet im Regal: *Stirb langsam*, *Independence Day*,

Rocky, *Terminator*, *Indiana Jones*, *Top Gun* ... Dass die Sammlung überhaupt ein Geheimnis war, darauf wäre Winnie nie im Leben gekommen – wäre Fred die Entdeckung nicht so furchtbar peinlich gewesen. Er hatte eine geheime Schwäche für Prädikat-wertlos-Blockbuster. Weil dort alles immer so einfach war, Gut und Böse, Schwarz und Weiß, Richtig und Falsch. Und am Ende siegten die Guten, weil – und das war die Wahrheit – sie keine unverzeihlichen Fehler machten.

Winnie hatte Fred versprechen müssen, niemandem von der Sammlung zu erzählen. Daran hatte er sich gehalten. Aber das Versprechen hatte ihn nicht daran gehindert, danach immer und überall die *Stirb-langsam*-Melodie zu pfeifen, wenn er einen Gefallen wollte. Als es Fred zu viel wurde, wartete er eines Tages, bis kurz nach einer Vorlesung genügend Publikum vorhanden war. Dann schlenderte er den Gang hinunter und summte, mit einem langen Blick auf Winnie, die *Traumschiff*-Melodie.

Seitdem waren sie Freunde.

Erst als Fred scheppernd sein Tablett mit dem Buch und seinen Werkzeugen abstellte, hörte Winnie auf zu pfeifen und leckte sich die Lippen.

»Ich bringe heute Abend eine Frau mit. Willst du nicht ins Kino? Es gibt einen neuen Bruce Willis.«

»Dich stört es doch sonst auch nicht, wenn ich hier bin und du eine Frau mitbringst.«

»Ich habe nicht gesagt, dass es MICH stört.«

»Wen dann?«

»Die Romantik.« Winnie wiegte den Kopf, als wären alle weiteren Auskünfte dazu vertraulich.

»Du willst doch nicht etwa mit ... VERENA?!«

Fred beruhigte sich erst, als Winnie empört ein Kissen nach ihm warf. Gut, dann war es also nicht Verena ... und da fiel es ihm ein: Er hatte ihren Geburtstag vergessen! Reflexartig bekam er ein schlechtes Gewissen.

Winnie hatte inzwischen nachgedacht und machte sein letztes Angebot.

»Ich zahl dir auch die Kinokarte.«

»Ich hab zu arbeiten. Aber wenn es dich beruhigt: Ich verspreche, ich bleibe auf meinem Zimmer.«

Fred hielt Winnie die Tür auf. Der war sichtlich unzufrieden, aber ihm blieb nichts anderes übrig, als das Feld zu räumen. Da fiel sein Blick auf das Buch, das Fred im Museum gekauft hatte. Genauer gesagt: auf die Rückseite. Und plötzlich schien Winnie alles klar.

»Wie ist denn überhaupt die Sache im Schulgarten ausgegangen?«

Als Fred nicht antwortete, nickte Winnie, als hätte er sich so was schon gedacht. Dann boxte er Fred in den Arm, so mitleidig, dass es wehtat.

»Also, das sage ich jetzt nicht nur, weil ich dich heute Abend los sein will: Willst du nicht Verena anrufen?«

»Nein!«

»Gut, dann: Kneipe! Du trinkst schon mal vor, ich komm nach, wenn ...«

»Ich will arbeiten!«

»Aber sich in die Arbeit zu stürzen bringt nichts. Ich weiß, wovon ich rede.«

»Wovon redest du, Winnie?«

»Okay, schön, ich weiß NICHT, wovon ich rede, weil ich mich noch nie in die Arbeit gestürzt habe, wenn mit einer Frau Schluss war. Obwohl das mit dir und der Schläpple ja noch nicht mal angefangen hatte. Ich weiß nur, du musst dich ablenken. Aber mit etwas SINNVOLLEM.«

»Wie kommst du drauf, dass ich ... Ich habe keinen Liebeskummer und ich würde jetzt wirklich gerne etwas wirklich Sinnvolles tun!«

Bei Freds letztem Satz verzog Winnie das Gesicht, und Fred folgte seinem Blick: Da stand das Tablett mit seinen Werkzeugen ... Wasserglas, Wattestäbchen und Pinzette ... daneben Freds Obstschale mit einer Banane, zwei Orangen ... und das Buch aus dem Museum, mit dem Rücken nach oben. Hinten war es mit einer ganzseitigen Anleitung bedruckt: *Wie du dir eine mumifizierte Orange basteln kannst – in 12 einfachen Schritten.*

Nachdem er Winnie endlich losgeworden war, hätte sich Fred am liebsten sofort an die Reinigung der Tonscherbe gemacht, aber in Unordnung konnte er sich nicht konzentrieren: Winnie hatte sich offenbar gelangweilt, während er auf Fred wartete, und im Schrank gekramt. Das Gästezimmer, in dem Fred wohnte, war in Wahrheit so etwas wie Winnies Vorratskammer. Andere Leute sorgten für einen harten Winter vor, Winnie für den Fall, dass er sich langweilte. In dem Zimmer stapelten sich zerfledderte Kochzeitschriften, Nintendo-Wii-Spiele, drei Motorradjacken, die Winnie niemals gepasst haben konnten, eine Karaokemaschine, ein Gitarrenkoffer ohne Inhalt, Inlineskates, die in einem leeren Aquarium steckten, und eine Bergausrüstung. Fred war sicher, dass Winnie sich nicht mal an die Hälfte der Dinge erinnerte, die er hier hortete, aber das störte Winnie nicht: Seine Sammlung beruhigte ihn. Winnie hatte schreckliche Angst davor, sich plötzlich zu langweilen. Dass er tagsüber im Finanzamt praktisch nichts anderes tat, nahm er in Kauf: Dass sei, hatte er Fred einmal erklärt, eben der Unterschied zwischen Arbeit und Vergnügen.

Noch in der Nacht, in der Fred bei Verena aus- und bei Winnie eingezogen war, hatte Fred Winnies Spielzeuge, die er nicht mehr im Schrank und unter dem Bett verstauen konnte, mit Laken und Wolldecken verhüllt. Seinen Ordnungssinn hatte das so weit befriedigt, dass er einschlafen konnte. Fred hatte keine großen Ansprüche an eine Unterkunft. Für ihn war eine Wohnung ein Ort, an dem es nicht tropfte und wo die Wände stabil genug waren, Regale anzuschrauben. Mehr interessierte ihn nicht, wenn es nach ihm ging, konnte er bis an sein Lebensende zur Untermiete wohnen. Er besaß nur ein einziges Möbelstück. Einen Schreibtisch aus liebevoll poliertem Birnbaumholz, den er extra hatte anfertigen lassen. Der Tisch besaß einen raffinierten doppelten Boden unter der Arbeitsplatte, in dem man Computerkabel und dergleichen verstecken konnte. Den Schreibtisch hatte Verena ihm nachliefern lassen, am Tag nachdem sie Schluss gemacht hatte. Der Gedanke an Verena fühlte sich an, als wäre er Jahre alt.

Vor zwei Jahren hatte er sie bei einer Party im Ordnungsamt kennengelernt. Nach einem exakten Plan war jede Stunde jemand anderes an der Reihe, die Musik aufzulegen. Verena war die Einzige, die darauf achtete, jede CD sofort wieder in die korrekte Hülle zu stecken, nachdem sie einen Song gespielt hatte. Sie hatte braune, glatte Haare und ein dunkles Kleid. Wenn sie lachte, versteckte sie mit der Zungenspitze einen ganz leicht schiefen Zahn, was Fred faszinierte. Winnie, der damals dabei gewesen war, hatte einen Blick auf Verena geworfen und erklärt: »Die krümelt nicht.« Er hatte recht gehabt. Als Verena mit Fred Schluss machte, war er davon überzeugt, dass es sich um ein Missverständnis handelte. Denn zwei Jahre lang war Fred sicher gewesen, dass er und Verena sich viel zu ähnlich waren, um nicht zueinander zu passen.

Fred drückte schnell die Schranktür zu, hinter der er Winnies Kochzeitschriften wieder verstaut hatte. Am Ende zog er noch das Betttuch über dem Aquarium samt Inlineskates zurecht. Dann setzte er sich an seinen Schreibtisch und holte das kleine Bündel aus der Aktentasche, Sandras Tuch, in das die Tonscherbe eingewickelt war. Er platzierte die Keramik in der Mitte des Schreibtischs. Das Tuch roch nach frisch geschnittenem Gras.

Er schlug das Archäologiebuch auf und war fasziniert. Unglaublich, was Menschen alles in ihren Gärten fanden: Goldmünzen und matt angelaufene Silberschalen, die man sicher nur etwas polieren musste, damit sie wieder glänzten. Eine Kette mit einem blauen Stein, tausend Jahre alt – aber der Verschluss war noch voll funktionsfähig!

Und hier: Tonscherben.

Bei der Abbildung einer römischen Vasenscherbe mit altgriechischem Muster blieb er hängen. Sie hatte dieselbe seltsame Bruchform wie die Scherbe aus dem Garten, und über den rechten Rand zog sich dasselbe kreisrunde Relief. Aber natürlich war seine Scherbe noch viel zu schmutzig, um eine korrekte Aussage treffen zu können. Da sah er es: links unten, zwei winzige römische Zahlen!

Aus der Aktentasche holte er die Lupe, mit der er sonst bei

Betriebsprüfungen Unterschriften und Notizen entzifferte. Es waren eindeutig römische Zahlen: Zuerst ein D – das bedeutete 500. Hieß das etwa, die Scherbe war aus dem Jahre 500? Oder eher: Wenn die Scherbe Teil einer Amphore gewesen war, war das der Wert des Inhalts? Hier in der Nähe hatte der Limes vorbeigeführt. Besaßen römische Legionäre Tongeschirr? Vielleicht war die Amphore auf der Flucht kaputt gegangen oder bei einem Überfall durch die Germanen. Plötzlich schien alles möglich. Aufgeregt tauchte Fred ein Wattestäbchen ins Wasserglas und begann, Schmutz wegzutupfen. Aber alles Tupfen half nichts, er musste reiben. Er legte schließlich noch zwei römische Zahlen frei: I, das bedeutete 1. Und daneben ein schiefes M. Aber M bedeutete 1000 – und das machte keinen Sinn. Er kratzte mit dem Daumennagel und stellte fest: kein M sondern ein N! Er durchsuchte die römische Zahlentabelle in dem Bilderbuch, konnte aber kein N finden. Ein Rätsel! War das nicht sogar besser als ein Schatz? Noch nie im Leben war er wegen einer Entdeckung so aufgeregt gewesen, nicht einmal bei der großen Betriebsprüfung in dem Autohaus. Er knipste die Schreibtischlampe an, um nur ja nichts zu übersehen, und tauchte ein letztes Mal das Wattestäbchen ins Glas. Die nächsten Zeichen stellten dann kein Rätsel mehr dar. Fred brauchte nicht mal mehr eine Lupe. Dort stand 453. Und zusammengelesen ergab das: DIN 453. Er konnte die Scherbe jetzt relativ genau datieren – mithilfe seiner eigenen Unterlagen. Vor Fred lag ein korrekt nach DIN-Norm zertifiziertes Bruchstück eines schwäbischen Dachziegels. Laut Excel-Tabelle, in der Fred einmal sämtliche DIN-Nummern aufgeschlüsselt hatte, stammte die Scherbe vermutlich aus den Vierziger Jahren. Dachziegeltyp Biberschwanz.

Plötzlich hatte er Kopfschmerzen. Er holte eine Aspirintablette aus der Schublade und warf sie in das Wasserglas. Während sie sich auflöste, studierte er grimmig die Abbildung der Vasenscherbe in seinem Buch. Das Muster war ein simples schwarzes Zickzack: 100 v. Chr.! Aber wie viele von den angeblichen Kunstschätzen in den Museen waren überhaupt echt? Und wie viele hatten die Museen nur von geschickten

Fälschern eingekauft und dabei Millionen an Steuergeldern verschwendet?

Fred fiel das Labor im Bundeskriminalamt ein, mit dem das Finanzamt zusammenarbeitete: Als er einmal bei einer Betriebsprüfung in einem großen Konzern den Verdacht gehabt hatte, dass ein Vertrag nachträglich aufgesetzt und dann zurückdatiert worden war, hatte er den Wisch an die Kollegen im Labor weitergegeben. Die konnten das Alter von Kugelschreiberpasten auf Papier bestimmen. Dünnschichtchromatographie. Damit hatte Fred bewiesen, dass der Vertrag erst hastig vier Tage zuvor ausgestellt worden war. Und nicht, wie das Datum suggerierte, vor vier Jahren. Aber die im BKA-Labor waren Spezialisten mit Pipetten und chemischen Lösungen in durchsichtigen Glasfläschchen. Ein Laie würde doch niemals ...

Fred nahm sich einen schwarzen Filzstift, der neben ihm auf dem Tisch lag, und übertrug das Muster der Abbildung auf einen Post-it-Zettel. Freihändig, kinderleicht. Er legte den Stift zur Seite und malte sich Sandras Freude aus, wenn er sie anrufen und ihr sagen konnte, dass sie eine echte altrömische Vasenscherbe gefunden hatte. Er würde natürlich gleich dazusagen, dass die Scherbe leider nicht viel wert war. Gebrauchsgeschirr. Nicht, dass Sandra noch auf falsche Gedanken kam. Aber was auch immer passieren würde zwischen ihnen beiden: Er wusste, sie würde die Scherbe für immer und ewig hüten. Der erste echte Schatz, den sie gefunden hatte. Zusammen mit ihm.

Er zog den Vorhang vor dem Fenster zu. Dann warf er eine zweite Aspirin in das Wasserglas und griff nach dem schwarzen Filzstift.

Fast gleichzeitig klingelte jemand Sturm an der Tür. Fred erschrak so sehr, dass er zusammenzuckte und einen dicken, schwarzen Filzstiftstrich hinterließ. Quer über der Scherbe. Er spuckte darauf, rieb, rubbelte, erst mit dem Finger, dann mit seinem Hemdsärmel – der Fleck ging einfach nicht weg! Dann sah er den Aufdruck auf dem Filzstift: Permanentmarker. Wasserfest.

Draußen ließ jemand die Klingel nicht los, Fred zog den Vorhang zur Seite und spähte aus dem Fenster: Vor der Tür stand

Sandra! Er konnte es nicht glauben. Aber fast noch weniger konnte er glauben, dass jemand einfach so spontan vorbeikam, ohne sich vorher anzumelden, ohne abzuklären, ob er, Fred, überhaupt daheim war oder Zeit hatte. Jetzt erst realisierte er, dass sie fröhlich zu ihm hinaufwinkte. Sie hatte ihn gesehen! Er musste ihr also öffnen!

Sein Blick fiel auf das Bücherregal. Nein, er durfte sie nicht hereinlassen! Nicht hier rein!

Sie klingelte noch einmal.

Fred warf seine Actionfilme unters Bett und riss ein Dutzend Bücher aus dem Regal: Steuerverfahrensrecht, Einkommenssteuerrecht, zwei Kommentare zum Strafrecht, Umwandlungssteuerrecht, Betriebsprüfungsordnung ... Er stopfte alles in den Schrank zu den Kochzeitschriften und, als dort kein Platz mehr war, in Winnies leeren Gitarrenkoffer. Wohin mit dem Rest? Fred rannte auf den Flur, kippte einen Arm voll verräterischer Fachzeitschriften in Winnies Zimmer aus – und schloss es zur Sicherheit ab.

Dann endlich drückte er den Türöffner. Als er Sandra die Treppe heraufkommen hörte, rannte er zurück in sein Zimmer und riss eine gerahmte Urkunde von der Wand: die Ernennung zum Dipl.-Finanzwirt. Er warf sie kurzerhand ins Bett, Bettdecke drüber. Raus.

Ausatmen.

Und Tür auf.

»Störe ich?«, fragte Sandra.

Fred, noch ohne genügend Luft zum Sprechen, schüttelte den Kopf.

»Ich war neugierig, was unsere Scherbe macht. Außerdem war ich gerade in der Gegend.«

Fred wurde ganz heiß vor Glück: Wie unglaubwürdig das klang! Wie wunderbar unglaubwürdig! Zum ersten Mal in seinem Leben freute er sich über eine offensichtliche Lüge. Denn wenn er Sandra nicht wichtig gewesen wäre, wenn er irgendjemand wäre – dann hätte sie sich keine Mühe mit einer Ausrede gegeben.

Sie trat ein, sein Blick fiel automatisch auf ihre Schuhe.

Gummistiefel. Und so schmutzig, als hätte sie den Sonntagnachmittag in einem Matschhaufen zugebracht. Sie musste lachen, als sie sein Gesicht sah.

»Haben Archäologen etwa auch Angst um ihren Teppichboden?«

»Hast du im Schulgarten gearbeitet?«, fragte er, während sie gekonnt aus dem rechten Stiefel schlüpfte. Es war das Erstbeste, das ihm einfiel, um zu überspielen, wie recht sie hatte. Mit dem Teppichboden. Sie aber dachte über die Frage nach, ein Bein hoch in der Luft, als wären gleichzeitiges Antworten und Gummistiefelausziehen unmöglich.

»Nein«, sagte sie schließlich. »Ich hatte was vor. Aber das ist schiefgegangen. Geht's da lang?«

Sie öffnete seine Zimmertür.

»Wow. Arbeitest du gerade an etwas Geheimen?« Sie lüpfte den Zipfel eines Betttuchs, unter dem Winnies leeres Aquarium mit den Inlineskates verborgen war.

Nach einer irritierten Pause fragte sie:

»Machst du etwa auch Kunst?«

Fred zog schnell das Betttuch über dem Aquarium zurecht.

»Ich wohne bloß vorübergehend hier. Die Sachen gehören meinem Kollegen – äh: Kumpel. Ich habe nur was drübergehängt, damit es ordentlicher aussieht. Die Schränke sind schon alle voll.«

Er schob ihr den Hocker zu, die einzige Sitzgelegenheit. Aber dann erinnerte er sich, dass der Hocker ein ausrangiertes Möbel des Finanzministeriums gewesen war und noch einen Aufkleber mit Logo auf der Sitzfläche hatte. Er riss ihr den Hocker noch gerade rechtzeitig weg und hechtete selbst drauf. Sandra blieb nur das Bett. Sie setzte sich – haarscharf neben die Beule unter der Wolldecke: Freds Urkunde von der Hochschule.

Und weil er nicht anders konnte, als auf die Beule zu starren, blieb sie auch von Sandra nicht unbemerkt.

»Welche finsteren Hobbys verbergen sich hier drunter?« Neugierig streckte sie die Hand danach aus.

Ohne Nachzudenken griff Fred nach dem Wasserglas auf dem Schreibtisch und warf die Scherbe hinein, die er noch immer heiß umklammerte.

»Hier! Schau!« Er hielt ihr das Glas unter die Nase, staunend nahm sie es ihm aus der Hand. Die beiden aufgelösten Schmerztabletten trübten das Wasser so stark, dass sich auf dem Grund gerade noch dunkel die Tonscherbe abzeichnete, unscharf genug, um keine Einzelheiten erkennen zu lassen. Zum Beispiel den wilden Filzstiftstrich über einem halb fertig gefälschten römischen Vasenmuster. Fred nutzte die Gelegenheit, seine Urkunde weiter von Sandra weg unter ein Kissen zu schieben.

»Ich reinige die Scherbe gerade.« Er nahm ihr schnell das Glas weg und stellte es auf das leere Bücherregal, außerhalb ihrer Reichweite. »Aber sie muss leider noch ein paar Stunden drinbleiben, in der – Lösung.«

»Das ist so spannend! Ich finde sonst nie was Aufregendes.«

»Wirklich? Leute finden so viel, wenn sie ihren Garten umgraben.«

»Was denn?«

»Silberschalen, Goldmünzen. Eine Kette mit blauen Steinen. Tausend Jahre alt, aber sogar der Verschluss ist noch intakt.«

Prüfend sah sie ihn an.

»Kann ich dir vertrauen?«

Sie flüsterte jetzt, und Fred konnte sich nach vorne beugen, näher zu ihr hin. Auch, um sie besser verstehen zu können.

»Eigentlich sollte es ein Geheimnis bleiben. Ich meine, wenn sich das rumspricht, wer weiß, wer sonst noch in den Garten kommt, um dort zu graben. Aber dir erzähle ich es: Ich hab letzte Woche tatsächlich etwas im Schulgarten gefunden.« Sie machte eine gespannte Pause. »Achtzehn alte Kaugummis. Ich hab sie unter der Holzbank abgekratzt.«

Sie lachte und lehnte sich zurück. Fred musste auch lachen.

»Und was hast du damit gemacht?«

»Fürchte, ich hab sie in die Mülltonne geworfen. Glaubst du, das war voreilig?«

Fred wiegte den Kopf, als wäre es eine Frage, die abgewogen werden müsste.

»Die waren sicher steinalt ...«

»Auf jeden Fall steinhart.«

»Dann waren es, wenn auch keine Raritäten, auf jeden Fall Antiquitäten.«

So hatte sie das noch nie gesehen, das Spiel machte ihr jetzt Spaß.

»Ich habe sogar mal einen Spickzettel gefunden.«

»Welches Fach?«

Sie lachte, überrascht.

»Mathe, glaub ich. Macht das einen Unterschied?«

»Oh, sicher. Gute Mathematik-Spickzettel sind rar. Wenn sie sehr gut sind, dann sind sie in Wahrheit ja nichts anderes als codierte Miniatur-Schriftrollen, echte Kunstwerke.«

Fred kannte sich mit Spickzetteln aus: Sein Vater war Lehrer für Deutsch und Geschichte, seine Mutter für Mathematik. Beide waren in den Siebzigern aus großem Idealismus in den Schuldienst gegangen. Danach unterrichteten sie an einem staatlichen Gymnasium und waren bald so entsetzt und desillusioniert, dass sie anfingen, die Spickzettel ihrer Schüler zu sammeln. Die breiteten sie zu Hause aus, wenn Besuch kam, als Beweis, dass der kapitalistische Leistungsdruck Kinder zu Kriminellen machte. Fred, der auf eine Waldorfschule hatte gehen müssen, wo es keine Noten gab und niemand je sitzenblieb, faszinierten diese Spickzettel. Oft hatte er sie aus der Schreibtischschublade im Arbeitszimmer geholt, sich mit seiner Briefmarkenlupe darübergebeugt und versucht, die fremden Zeichen und tausenderlei Abkürzungen zu entschlüsseln. Geheimnisvolle Botschaften aus einer fremden, halbdunklen Welt.

Sandra hatte ihn jetzt schon sehr lange angesehen, mit schief gelegtem Kopf.

»Du bist ein Rückseitenentdecker.«

»Oh. Ist das – gut?«

»Ich stelle mir vor, dass die Wirklichkeit ein Buch ist. Aber die meisten Leute tun so, als hätte das Buch nur Vorderseiten. Selbst wenn sie umblättern: Sie lesen immer nur die rechte Seite und nie das, was hinten draufsteht. Und dann wundern sie sich, wenn die Hälfte keinen Sinn macht.«

Sie drehte ihm den Rücken zu und schaute hinaus auf die Straße, in den kleinen Vorgarten. Beiläufig fragte sie:

»Was denkst du über Vorgärten?«

Als sie sich wieder umdrehte und er ihr Gesicht sah, wusste er: Es ging um so viel mehr als einen Vorgarten. Aber was war die Antwort? Die Wahrheit war längst nicht mehr gut genug. Er musste ihr etwas Besseres geben als eine ehrliche Antwort – die richtige. Warum ausgerechnet Vorgärten! Das, was er dachte, konnte er ihr nicht erzählen. Sie sah ihn zwar an, als gäbe es keine falsche Antwort, aber darauf fiel Fred nicht rein. Er versuchte, die richtige Antwort von ihrem Gesicht abzulesen: Doch da waren bloß ihre Sommersprossen, die ein Muster bildeten, das keinen Sinn ergab. Wenn er doch nur ein einziges Mal über ihr Gesicht streichen könnte. Er wollte seine Hand ausstrecken und ...

»Ah, lass mal.«

Sie sah sich im Zimmer um, als versuchte sie sich zu erinnern, wie sie hierhergekommen war. Und warum.

»Ich kenne die Geschichte von dem Mann, der den Vorgarten erfunden hat«, sagte Fred, ohne sie anzuschauen. Er hörte, dass sie sich aufs Bett setzte. Jetzt konnte er nicht mehr zurück. »Das war ein unglaublicher Angeber. Er hatte ein riesiges Haus in der Stadt. Es war voll mit teuren Teppichen und kostbaren Bildern und Möbeln, aber all das war ihm nicht genug: Er war besessen davon, seinen Nachbarn zu beweisen, dass er reicher war als sie alle zusammen. Und da ließ er sich einen Vorgarten anlegen, direkt vor der Haustür.« Wann war das? Welches Jahr? Nicht mal das wusste Fred. »Der Vorgarten war leer. Keine Obstbäume, keine Kräuter, keine Nutztiere – einfach ein Stück leere Wiese direkt vor dem Haus. Und so konnte jeder sofort sehen, dass der Mann reicher war als all seine Nachbarn. Weil er es sich leisten konnte, wertvolles Land zu verschwenden.«

Als Fred fertig war, wurde ihm übel. Plötzlich war er sicher, dass die Geschichte verdächtig war, dass man sie durchschauen musste und Sandra wusste, woher sie kam: Er hatte sie von einem Schreiner gehört – bei seiner allerersten Betriebsprüfung.

Doch als er sich endlich aufzuschauen traute, saß Sandra immer noch auf seinem Bett. Sie hatte die Beine angezogen, die Arme um die Knie geschlungen und das Kinn sanft darauf gestützt. Sie wärmte Fred mit einem Blick, den er nicht kannte, nicht deuten und nicht einordnen konnte. Auf einmal hatte er das irre Bedürfnis, ihn irgendwo nachzuschlagen.

Und dann riss Winnie die Tür auf.

»Warum ist mein Zimmer abgesperrt? Wo ist der Schlüssel?«

Fred tastete taub seine Hosentasche ab, fand den Schlüssel nicht. Hinter Winnie erschien die übereifrige Praktikantin. Sie erschrak bei Freds Anblick mindestens ebenso wie umgekehrt. Winnie fluchte, als hätte er genau das vermeiden wollen.

»Das ist rein beruflich!«, beeilte sich die Praktikantin zu versichern. »Nicht, wie es aussieht. Und morgen bin ich fertig, ich lege eine Nachtschicht ein. Wir können gleich morgen den Vorgang besprechen und dann …«

Sie würde ihn verraten, jetzt, vor Sandra!

Er schaffte es, Sandra auf den Flur zu retten und gleichzeitig Winnie und die übereifrige Praktikantin in sein Zimmer zu zerren.

»Ihr könnt mein Zimmer haben«, rief er und schlug die Tür hinter ihnen zu.

Das war knapp.

Jetzt musste er Sandra alles erklären. Nein, nicht alles. Nur so viel wie notwendig war, um die letzten drei Minuten ungeschehen zu machen. Bevor es dazu kam, hörten sie ein Klirren aus Freds Zimmer, Glas splitterte.

»Der Perversling! Er nimmt das Ding mit ins Bett!«

Freds Zimmertür flog auf und ein kaputter Bilderrahmen krachte ihnen vor die Füße. Es war Freds Finanzurkunde. Immerhin: mit der Rückseite zuoberst.

Fred streckte die Hand aus, um Sandra von der Tür wegzuziehen, und fasste ins Leere. Sandra war vor ihm zurückgewichen.

»Wow. Bei dir ist ja viel los. Und ich … muss jetzt auch los.« Blitzschnell stieg sie in ihre Gummistiefel, riss die Tür auf. Und war weg. Alles, was Fred noch fand, war eine feine Spur Erdkrümel, die die Treppe hinunterführte.

Später durchsuchte er sein Zimmer mit dem Metalldetektor nach Winnies Schlüssel. Er hatte seine Fachliteratur zurück ins Regal geräumt, die Actionfilme standen wieder an ihrem Platz. Die Urkunde hatte einen neuen Rahmen und hing an der Wand. Winnie, in Freds Bademantel, sah ihm bei der Arbeit zu.

»Du traust dich ganz schön was. Ich dachte, die Schläpple hat dich und deinen Metalldetektor gestern entweder versetzt oder du bist gar nicht erst hingegangen, aber …«

Der Detektor piepte, als Fred damit über sein Bett fuhr. Der Schlüssel lag zwischen den zerwühlten Laken, er musste ihm aus der Hosentasche gerutscht sein. Wortlos warf er Winnie den Schlüssel zu, und zwar so, dass der sich ducken musste.

»Jetzt mach kein Drama«, sagte Winnie. »Ihr wart noch nicht mal nackt. Ihr wart maximal beim Vorspiel.«

Fred schaute aus dem Fenster, die Sonne ging gerade unter.

»Beim Vorgarten«, sagte er leise. »Wir waren beim Vorgarten.«

16

Sandra raste über die Autobahn nach Hause. Die Heizung blies ihr heiße Luft ins Gesicht, aber der Rest blieb kalt. Sie trug nur ein kurzärmeliges Kleid und nahm abwechselnd eine Hand vom Steuer, um sich die Arme rot zu reiben und Leben zurück in ihre Zehen zu kneten. Dann schaffte sie es gerade noch rechtzeitig, auf die Bremse zu steigen: Weiter vorne hatte jemand einen Unfall gebaut. Sandra hörte Sirenen, konnte aber kein Blaulicht sehen, nur die endlos lange Autoschlange vor ihr. Dabei wollte sie jetzt nichts sehnlicher als nach Hause. Zu Gerry. Vor ihr stand ein Familienkombi: Am Steuer saß der Vater, auf dem Rücksitz schliefen links und rechts zwei Mädchen, die Köpfe im Schoß ihrer Mutter. Vorsichtig, um die schlafenden Kinder nicht zu wecken, beugte sie sich nach vorne und flüsterte sanft ihrem Mann ins Ohr.

Bei der nächsten Ausfahrt, auch wenn es die falsche war, floh Sandra von der Autobahn. Es war ausgerechnet die Straße, die am Bauplatz entlangführte, sie musste an den drei Tannen vorbei. Wie gemein war ihre Verabschiedung am Nachmittag gewesen! Eigentlich hatte sie sich gar nicht verabschiedet: Der Besserwesser hatte eine Audienz bei einem Espresso vorgeschlagen. Gut, nicht gerade eine Audienz, aber es war alles ein bisschen ZU großmütig gewesen. Und das, dachte Sandra, hatten sie nun wirklich nicht nötig. Aber Gerry hatte sofort gierig alles stehen und liegen lassen und außerdem das Versprechen vergessen, Sandras Mutter vor dem Abendessen endlich seine verdammte Farbkarte für die Küche vorbeizubringen.

Und er hatte nicht mal versucht, Sandra zu überreden, mitzukommen.

Jedenfalls nicht genug!

Die beiden waren in Romos Auto weggefahren. Sandra hatte ihnen mit zusammengekniffenen Augen hinterhergeschaut und war plötzlich so wütend geworden auf Gerry, dass nur noch zwei Dinge infrage kamen: entweder eine fette Delle in sein über alles geliebtes Auto zu fahren oder bei dem geheimnisvollen Archäologen vorbeizuschauen und sich nach der Scherbe zu erkundigen. Und weil Gerry nun mal kein Auto besaß, hatte sie sich im Innenspiegel ihres kleinen Lieferwagens mit ein bisschen Lippenstift angehübscht und war direkt vom Bauplatz nach Böblingen gefahren.

Als sie jetzt endlich vor dem Haus ihrer Eltern in eine Parkbucht einbog, war es längst dunkel geworden. Aber in ihrer kleinen Wohnung brannte kein Licht – und das konnte nur heißen, Gerry war ihr böse und schon ins Bett gegangen. Plötzlich hatte sie es nicht mehr eilig. Sie stieg aus und drückte so langsam die Autotür zu, dass sie sich beinahe die Finger einklemmte.

Oben im ersten Stock ging ein Fenster auf. Ihr Vater schaute heraus.

»Ich soll dir von Gerry sagen, es kann spät werden.«

»Oh. Er ist noch nicht wieder da?«

»Er hat heute Nachmittag euer Modell abgeholt, ich hab ihn vor dem Haus getroffen.«

Sandra trat näher ans Fenster, um nicht schreien zu müssen, aber sie musste es jetzt wissen:

»War er irgendwie … sauer?«

Hinter ihrem Vater erschien ihre Mutter.

»Müsst ihr denn so laut … Um diese Zeit!«

Ihr Vater schloss das Fenster, im Treppenhaus sprang das Licht an. Die Haustür ging auf, Fiskus rannte Sandra entgegen, ihren Vater, der einen Werkzeugkasten trug, im Schlepptau.

»Deine Mutter will wissen, ob du dich schon wieder mit ›dem armen Gerry‹ gestritten hast und ob er deshalb nicht mit der Farbkarte für die Küche vorbeigekommen ist. Aber ICH will nur wissen, ob du einen schönen Tag hattest.«

Schweigend gingen sie nebeneinanderher, durch den dunklen Garten und vorbei an Fiskus' Hundehütte, bis zu dem Gartenhaus. Dort hatte ihr Vater seit dreißig Jahren seine kleine Werkstatt.

Auf der langen Werkbank brannte wie an jedem Feierabend, an den sich Sandra erinnern konnte, die kleine Schreibtischlampe. Ihr Lichtkegel war gerade groß genug für zwei Menschen, die nebeneinandersaßen. Der Rest der Welt, zusammen mit den hohen Regalen und ihren geheimnisvollen Schubladen voller Schrauben, Drahtspulen und Scharniere blieb außen vor, im Halbdunklen.

Ihr Vater hob die Werkzeugkiste auf die Werkbank.

»Ich hätte heute beinahe eine richtig große Dummheit gemacht«, sagte Sandra. Sie zog einen Hocker heran und setzte sich neben ihren Vater.

»Beinahe?«

»Ja. Aber dann Gott sei Dank nicht.«

»Da wird deine Mutter aber froh sein.«

Sandra musste lächeln. Dann klappte sie die Werkzeugkiste auf und holte eine Flasche Obstbrand und zwei Schnapsgläser aus dem Versteck im Boden. Ihr Vater hatte auch die Dose mit den Keksen eingepackt, die ihre Mutter sonst für Besuch reservierte.

Sandra gab Fiskus einen Keks, ihr Vater schenkte die Schnapsgläser voll.

»Ich weiß noch«, sagte er plötzlich, »wie du einmal von zu Hause weggelaufen bist, weil du auf einem Schiff anheuern wolltest. Da warst du sechs.«

»Ich hatte einen Schuhkarton voll Schatzkarten, mit denen musste ich doch was anfangen.«

»Die Dummheit, die du heute beinahe gemacht hättest: War die größer oder kleiner, als mit einem Piratenschiff durchzubrennen?«

»Kleiner«, gab sie zu. »Obwohl Gerry das anders sehen würde.«

»Kleine Dummheiten sind in Ordnung, große Tochter.«

»Das hast du mir früher schon gesagt. Wenn ich zur Schule

gegangen bin. Du standest auf der Treppe und hast gewinkt und gerufen: ›Hab einen schönen Tag – und mach KLEINE Dummheiten!‹ Und Mama und alle Nachbarn haben immer gedacht, du sagst: Hab einen schönen Tag – und mach KEINE Dummheiten.«

»Deine Mutter versteht leider nichts von Dummheiten. Es ist so: Dummheiten kann man gar nicht vermeiden, dafür gibt es viel zu viele. Man muss nur aufpassen, dass man sich an die kleinen Dummheiten hält. Die großen, das sind die gefährlichen. Und die tarnen sich.«

»Aha. Und wie?«

»Als gute Idee. Sie wollen aussehen wie eine gute Idee.«

Jetzt war Sandra verwirrt.

»Von was reden wir hier, Papa?«

Ihr Vater nahm ihr die Keksdose aus der Hand und schraubte sie zu, viel konzentrierter als notwendig. Dann verstaute er sie umständlich in der Werkzeugkiste.

»Habt ihr schon den Termin beim Notar?«

Da hörte sie draußen jemanden auf dem Gartenweg. Gerry!

»Was? Oh, der Termin ist in zwei Wochen.« Sie stand auf. »Die Finanzierung ist ja schon klar, von letztem Mal. Ich muss jetzt ... Schlaf gut!«

Sie umarmte ihren Vater und rannte nach draußen, Fiskus lief ihr hinterher. Als sie den dunklen Gartenweg entlangstolperte, schloss Gerry gerade die Wohnungstür auf. Unter den Arm geklemmt trug er, lose und ungeschützt, das Modell.

»Gerry!«

Aber der ging, ohne sich umzudrehen, einfach weiter ins Wohnzimmer. Sandra holte endlich auf.

»Es tut mir so leid! Ich weiß, du willst nur das Beste für unser Haus, und es wird sicher toll, und ich ...«

»Vergiss es.«

»Es tut mir wirklich leid, dass ich nicht mitgekommen bin, als du dem Bess..., als du Romo das Modell gezeigt hast. Es war nur ... nächstes Mal komme ich mit.«

Gerry knallte das Modell so heftig auf den Tisch, dass der kleine weiße Schornstein zitterte.

»Es gibt kein nächstes Mal. Er hasst das Modell. Er sagt, die Fassade spricht nicht, der Heimatbezug ist viel zu wenig ironisch und überhaupt ... ist es einfach nicht authentisch.«

Sandra legte zärtlich die Arme um ihn.

»Hey«, flüsterte sie. »Romo soll sich seine fragmentarischen Sphären an seinen eigenen Balkon nageln. Wir brauchen ihn nicht. Wir bauen doch viel mehr als ein blödes Haus: Wir bauen doch ein Zuhause.«

Gerry schüttelte Sandras Umarmung ab.

»Du kapierst es nicht, oder? Wenn es nach dir ginge, würden wir ein hübsches Fertighaus aus dem Katalog aussuchen, mit KiZi 1 und KiZi 2, und in der Küche die hübschen Scheibchengardinen aufhängen, die deine Mutter gehäkelt hat. Kannst du nicht mal verstehen, dass mir das nicht REICHT? Kannst du mich nicht mal in Ruhe meine Arbeit machen lassen und dir ein anderes Hobby suchen?«

Sandra machte einen Schritt zurück, Fiskus knurrte und fletschte die Zähne gegen Gerrys Schienbein: Er konnte es nicht leiden, wenn jemand laut wurde, schon gar nicht gegenüber Sandra. Sie ging in die Knie, kraulte ihren Hund und murmelte etwas, das tröstlich klingen sollte, so, als hätte sich Fiskus eben an Gerrys Schienbein verletzt. Dann ging sie steif zur Tür. Wenn Gerry sie zurückgehalten hätte, sie hätte ihm die ganze Wahrheit gesagt. So aber blieb es bei:

»Ich bin mit Fiskus weg. Warte nicht auf mich.«

Sie ahnte nicht, dass es die ganze Wahrheit war.

17

Am nächsten Tag im Finanzamt, es war schon fast Mittag, saß Fred immer noch vor einem Stapel ungeöffneter Post. Versuchsweise verteilte er den Haufen Briefe über den Schreibtisch, einen Umschlag neben den anderen. Das machte den Stapel zwar kleiner, aber die Arbeit nicht weniger. Im Gegenteil: Jetzt sah es so aus, als hätte er sich eine riesige Patience aus Arbeit gelegt.

Er versuchte, den gestrigen Abend in übersichtliche Zeiteinheiten zu zerlegen, um Distanz zu gewinnen. So, wie er es in dem dreitägigen Seminar »Proaktive Problemlösungen« gelernt hatte, das er sich zu seinem dreißigsten Geburtstag gegönnt hatte: Jede Zeiteinheit musste sorgfältig untersucht und anschließend abgehakt werden – bis zu dem Punkt, an dem der alles entscheidende Fehler aufgetreten war, der den nachfolgenden Prozess verunreinigte (der Seminarleiter hatte auf eine lange Karriere in der Getränketechnologie zurückblicken können).

Es war, wie Fred zum ersten Mal bewusst wurde, eine komplett unnütze Strategie. Denn er kam immer nur bis zu dem Kuss, der fast passiert wäre. Und er weigerte sich, strikt zu glauben, dass DAS der alles entscheidende Fehler gewesen war, der den nachfolgenden Prozess verunreinigt hatte. Obwohl tatsächlich alles Danach in seiner Erinnerung verschwamm. Klar und deutlich sah er nur Sandras Gesichtsausdruck vor sich, wie sie erkannte, dass es ein Fehler gewesen war, zu ihm zu kommen, ihn küssen zu wollen. Dass ER ein Fehler war.

Zu allem Überfluss machte Fred die übereifrige Praktikantin verrückt: Seit sie am Morgen das Büro betreten hatte, tat sie hartnäckig ihre Arbeit. So, als wäre der gestrige Abend nie gewesen.

So unkonzentriert war Fred, dass er sogar vergessen hatte, sein Handy während der Dienstzeit auszuschalten. Als es in seiner Aktentasche klingelte, erschrak er so sehr, dass er nicht gleich den Ausschaltknopf fand – und sein Blick auf das Display fiel: Sandra! Mit dem klingelnden Telefon in der Hand rannte er aus dem Zimmer und auf den Gang hinaus: Wohin jetzt? Wo führten die Kollegen Privatgespräche während der Dienstzeit? Er quetschte sich in die Kammer mit dem Kopierpapier und nahm das Gespräch an:

»Sandra!«

»Hi«, hörte er sie sagen. »Störe ich gerade bei der Arbeit?«

»Nein! Nein!« Er stapelte mit der freien Hand vier Packen Papier zu einer notdürftigen Sitzgelegenheit. »Ich erledige nur … Papierkram.«

»Prima, dann …«

»Wegen gestern, das tut mir leid. Mein Mitbewohner …«

»Hast du heute Zeit?«

»Heute? Äh … Ja! Ja, natürlich!«

»Hast du JETZT Zeit? Ich bin früher fertig geworden mit einem Garten am Killesberg, und jetzt steh ich vor deinem Büro. Also, vage vor deinem Büro. Ich winke mal, siehst du mich?«

Fred warf sich blitzschnell zu Boden. Dann robbte er zu dem kleinen Fenster und spähte über den Sims. Draußen fuhr gerade Kies spritzend der Chef vor. Keine Spur von Sandra.

Aber sie konnte auch unmöglich wissen, wo er arbeitete. Oder hatte er sich doch verraten gestern?

»Wo genau wartest du?«

»Siehst du mich nicht?«

»Woher … äh, weißt du, wo ich arbeite?«

»War das ein Staatsgeheimnis? Dann hast du es nicht sehr gut gehütet. Aber keine Sorge, ich verrate es niemandem, Erpressung ist lukrativer. Also, ich hätte gern eine kleine private Museumsführung. In deiner Mittagspause.«

Jetzt erinnerte er sich: Im Schulgarten hatte er ihr gesagt, dass er im Völkerkundemuseum arbeitete. Er musste sich setzen, aber der Papierstapel war umgefallen.

»Fred? Bist du noch da?«

»Ich bin hier! Aber ich ... es ist leider unmöglich.«

»Ich dachte, du erledigst nur Papierkram?«

»Es ist unmöglich, weil ... die aktuelle Ausstellung ist gar nicht mein Fachgebiet.«

»Ach, egal. Ich mag auch die ständige Ausstellung. Gibt es immer noch den Raum mit den Monster-Masken?«

»Wollen wir uns nicht lieber heute Abend treffen? Ich könnte auch früher Schluss machen. Nur jetzt geht es wirklich nicht.«

In der Leitung war es still. Fred presste das Telefon fester ans Ohr.

»Mal sehen«, sagte sie schließlich. »Vielleicht ruf ich dich an.«

Verdammt!

»Also gut. Ich komme jetzt. Aber ich brauche vierzig Minuten.«

»Ist euer Aufzug kaputt?«

Es war eine nackte Tatsache: Selbst wenn Fred das Büro sofort verließ und ein Taxi nahm – die Fahrtdauer vom Finanzamt Böblingen bis zum Völkerkundemuseum Stuttgart schätzte er auf mindestens dreißig Minuten. Ohne Berufsverkehr.

Er kam gerade noch rechtzeitig in sein Büro, um zu sehen, wie die Praktikantin Winnie – der also auch endlich einmal aufgetaucht war – einen Stapel Briefe zusteckte. Mit Geschenkband umwickelt.

»Aber das wäre doch nicht nötig gewesen«, sagte Winnie und warf die Briefe lässig in seinen »Postausgangs«-Korb.

Als die Praktikantin Fred sah, errötete sie.

»Ich habe auch etwas für Sie.«

Sie rannte aus dem Zimmer.

»Sie macht jetzt deine Arbeit?«

»Hast sie doch gestern gehört: ›Alles rein beruflich. Nicht, wie es aussieht‹. Sie kann das hervorragend trennen. Ich übrigens auch.«

»Was soll das heißen!?«, hörte Fred sich schreien. »ICH kann Beruf und Privatleben sehr gut trennen. Hervorragend! So gut wie … wie meinen Müll!«

Dann erinnerte er sich: So beiläufig wie möglich nahm er seinen Mantel, legte ihn sich über den Arm und tat, als studierte er den Wandkalender neben der halb geöffneten Tür. Er hörte, wie Winnie raschelnd ein Brötchen auspackte.

»Übrigens«, sagte Fred über die Schulter. »Ich mache heute ausnahmsweise Mittagspause. Könnte etwas länger dauern. Kannst du, wenn der Chef fragt, sagen, ich bin im Aktenkeller? Bitte?«

Winnie lachte. Fred fuhr herum.

»Ich dachte gerade, du hättest so etwas Unglaubliches gesagt wie: ›Ich mache heute ausnahmsweise Mittagspause, könnte etwas länger dauern. Kannst du, wenn der Chef fragt, sagen, ich bin im Aktenkeller? Bitte?‹«

Fred schwieg.

Winnie grinste jetzt breit und ließ sein Brötchen sinken.

»Du triffst sie also! Jetzt?«

Fred hängte den Mantel wieder zurück, Winnie hatte recht. Er konnte doch nicht einfach so während der Dienstzeit ins Museum!

Die Praktikantin kam zurück und überreichte Fred feierlich eine Liste.

»Hier habe ich alles aufgeschrieben: Die Unterlagen für das Finanzgericht sind kopiert, relevante Kommentare habe ich in einem Dokument vermerkt und draußen in Ihr Fach gelegt. Zusammen mit den Auszügen aus der Richtsatzsammlung. Und die farblich unterteilten AfA-Tabellen …«

»Die farblich unterteilten AfA-Tabellen?«, echote Winnie die Frage mit interessiertem Gesichtsausdruck.

Fred wich seinem Blick aus.

»… die habe ich in einer Excel-Tabelle angelegt. Ich bin sicher, es fehlt nichts mehr. Kann ich nun die Prüfungsanordnung endlich rausschicken? Bitte?«

Fred musste die Liste nehmen. Er las, nickte, und bat sie, ihm noch das Dokument zu bringen, das sie draußen in sein

Fach gelegt hatte. Als sie weg war, warf er das Blatt auf seinen Schreibtisch, riss seinen Mantel vom Haken und schnappte sich die Aktentasche. Winnie konnte nicht glauben, was er sah.

»Was will diese Frau überhaupt von dir? Hast du dich das schon mal gefragt? Warum hat so eine Frau keinen Freund? Hat sie Herpes? Torschlusspanik? Eine Wette verloren? Will sie irgendjemanden eifersüchtig machen?«

Fred war schon an der Tür, aber DAS konnte er so nicht stehenlassen.

»Warum ist es so schwer zu glauben, dass sie einfach nur mit mir, mit Fred Eisenbogen, zusammen sein will!?«

Noch bevor er ausgesprochen hatte, wusste Fred, was Winnie sagen würde.

»Das glaubst du doch selbst nicht. Oder warum würdest du ihr sonst immer noch vorspielen, dass du jemand anderes bist?«

Der Taxifahrer, der Fred zum Völkerkundemuseum fuhr, war jung und stellte sich als promovierter Altertumswissenschaftler heraus. Leider konnte er Fred nichts über die aktuelle Ausstellung im Museum erzählen, weil er noch nie dort gewesen war. Zu populistisch. Worüber er Fred aber stattdessen einiges erzählen konnte, war die Vetternwirtschaft der Universitäten bei der Stellenvergabe.

Fred hörte auf dem Rücksitz kaum zu: Was wollte er überhaupt im Museum? Was hatte er vor? Was konnte er ihr sagen? Er hatte sich inzwischen so tief in so viele Lügen verstrickt, dass er nicht einmal mehr daran glaubte, dass die Wahrheit irgendetwas lösen konnte.

Der Taxifahrer schimpfte weiter über das ganze undurchschaubare System und die elenden akademischen Strippenzieher. Im Rückspiegel suchte er nach Freds Zustimmung:

»Manchmal möchte ich nur reinhauen in diesen ganzen Universitätsfilz. Wie Alexander der Große mit seinem Schwert in den Gordischen Knoten.«

Und da war sie, die Lösung. Fred lehnte sich zurück.

Er brauchte kein Schwert, er brauchte nur einen Kuss. Plötzlich war er ganz sicher, dass ein Kuss mit einem Schlag alle Verwicklungen lösen würde, in die er sich verstrickt hatte. Er zweifelte keine Sekunde daran, dass das möglich war: So magisch stellte es sich Fred Eisenbogen vor, Sandra Schläpple zu küssen.

Aber vorher musste er noch ein paar ganz kleine, neue Strippen ziehen.

18

Fred ließ den Taxifahrer hinter dem Museum parken und lief dann um den Bau herum zum Vordereingang, wo er sich hinter einem Mauervorsprung versteckt hielt und Sandra beobachtete: Sie wartete, wie verabredet, auf der großen Freitreppe. Er musste es also schaffen, sich an ihr vorbeizuschleichen. Es gelang ihm mit hochgestelltem Mantelkragen und einer johlenden Schulklasse als Deckung. Das machte ihn erst stolz und versetzte ihm fast gleichzeitig einen Stich: Früher hätte er nicht gewusst, wie man sich erfolgreich an jemandem vorbeischleicht. Allerdings, und darauf war er eben erst im Taxi gekommen: Wenn er hier arbeitete, musste er von drinnen kommen – wie jemand, der dort hingehörte.

Die erste Hürde war genommen, jetzt fehlte nur noch der Kassenschalter und der war zum Glück gleich hier vorne – aber umlagert von einer Horde Schulkinder. Fred hatte keine Zeit, sich hinten anzustellen! Durchs Fenster konnte er sehen, wie Sandra ungeduldig die Treppe auf und ab lief. Sie schaute auf die Uhr und legte den Kopf schief, als würde sie überlegen, ob es sich wirklich lohnte ... Was, wenn sie wieder ging? Oder, noch schlimmer: reinkam?!

Die Schulkinder waren als Neandertaler und Pharaonen verkleidet. Sie hatten ihre Schuhe ausgezogen und schlitterten sockfüßig über den Steinfußboden, die Schuhe schwangen sie an den Schnürsenkeln über den Köpfen wie alttestamentarische Steinschleudern. Die Klassenlehrerin neben Fred, die sich von der Kassiererin gerade komplizierte Gruppenermäßigungen erklären ließ, warf immer wieder nervöse Blicke über ihre Schulter. Aber erst als jemand »Stirb, Sklave!« brüllte, ließ sie ihre Tasche fallen und rannte nach hinten.

Und Fred sah die Lücke, die sich neben ihm geöffnet hatte. Er dachte daran, wie er es damals, als Kind, geschafft hatte, vom Fünfmeterbrett zu springen: Augen zu und einen einzigen Schritt ...

Als er die Augen öffnete, schnappte er nach Luft und sagte:

»Einen Katalog und zwei Erwachsene, bitte.«

Da boxte ihm jemand von hinten in die Bandscheiben: ein kleines rothaariges Mädchen. Sie hatte große Mühe darauf verwendet, sich als etwas zu verkleiden, bei dem sie weder auf ihr altägyptisches Pharaonen-Kleid noch auf ihr Harry-Potter-Kostüm verzichten musste.

»Frau Rahmer!«, rief das Mädchen und hielt Fred am Arm fest: »Der Mann hier hat sich vorgedrängelt!«

Ihre zwanzig Freundinnen schrien jetzt, dass sie es auch gesehen hätten, aber als Frau Rahmer endlich von der Prügelei am Ende der Schlange zurück nach vorne kam, war Fred mit seinen beiden Eintrittskarten schon über alle Berge.

Oder, vielmehr, um die Ecke, bei einem der Museumswärter, der die Karten kontrollierte. Der richtete gerade korrekt die rote Samtkordel neu aus, die den Einlass begrenzte. Fred musste es schaffen, den Mann dazu zu bringen, dass er gleich beide Karten entwertete – und sie dann behielt. Denn wenn Fred anschließend Sandra hereinholte, konnte der Museumswärter sie beide durchlassen, ohne sich Tickets zeigen zu lassen: Und Sandra konnte glauben, dass Fred natürlich keine Karten brauchte. Schließlich arbeitete er hier.

Die ungewohnte kriminelle Voraussicht machte Fred kurz schwindelig. War er womöglich begabt in solchen Dingen?

Fred warf einen letzten Blick nach draußen, Sandra wartete noch immer auf der Freitreppe, gut. Jetzt aber schnell: Er legte beide Karten sorgfältig übereinander, Kante auf Kante, bis es so aussah, als hielte er nur eine einzige in der Hand. Der Museumswärter bemerkte den Irrtum erst, nachdem er beide Karten eingerissen hatte:

»Das sind ja zwei. Sind Sie nicht allein?«

»Oh«, sagte Fred und bemühte sich, überrascht zu klingen,

»meine Begleitung ist wohl noch draußen – ich hole sie! Ich bin sofort zurück.«

»Moment.« Der Museumswärter kritzelte mit einem Kugelschreiber etwas auf die Tickets und hielt sie Fred hin. »Ich mache ein Zeichen drauf. Sie zeigen die Karten einfach wieder vor, wenn Sie zurück sind, dann kommen Sie rein.«

Fred versenkte die Hände in den Hosentaschen.

»Können Sie die nicht so lange behalten? Ich bin wirklich in einer Minute ... Sind Sie nicht noch so lange da? Sie können uns ja dann einfach durchwinken.«

Jetzt wurde der Mann misstrauisch.

»Hier wird niemand ›einfach durchgewunken‹. Nehmen Sie bitte Ihre Karten!«

Was jetzt? Was war Plan B? Was würde ein Krimineller tun, wenn Plan A schiefgegangen war?

Fred entschied sich, logisch zu argumentieren.

»Es ist doch nichts dabei, ob ich Ihnen die Eintrittskarten jetzt gebe oder in zwei Minuten. Das Schlimmste, was passieren kann, ist, dass ich nicht wiederkomme und dem Museum damit vierzehn Euro geschenkt habe.«

»Das kann jeder sagen.«

Was?! Der Satz ergab überhaupt keinen Sinn!

Jetzt begann der Museumswärter auch noch, die Karte kritisch zu untersuchen. Fred verachtete Leute, die nur aus Langeweile korrekt wurden. Als er sich umdrehte, um sich zu versichern, dass Sandra noch wartete – da war sie fort. Er ließ den Wärter stehen und rannte hinaus.

War sie wirklich ... hatte sie ihn ... aber er war doch nur kurz ...

»Hey.«

Fred wirbelte herum.

Sie war nicht weggegangen, sie hatte sich nur auf die Stufen gesetzt. Fred musste sich ebenfalls kurz setzen.

»Haben wir uns verpasst?«, frage sie und stand auf. »Hast du etwa die ganze Zeit drinnen auf mich gewartet?«

Sie hakte sich bei ihm ein, und Fred fragte sich, ob nicht einfach sein größtes Problem war, dass er sich zu viele Gedanken über alles machte. Der Museumswärter stemmte die Hände in die Seiten, als Fred mit Sandra zurückkam. Fred blieb nicht stehen: Er nickte dem Mann freundlich, aber bestimmt zu – dann führte er Sandra an der roten Samtkordel vorbei, ins Innere.

Der erste Raum war so weit und frei und hoch, dass Fred den Impuls hatte, die Arme auszubreiten. Er hob den Blick zum Kuppeldach, das ganz mit einer uralten Sternenkarte bemalt war. Die Sterne leuchteten so golden und hell von dem mitternachtsblauen Himmel, dass sie unmöglich weit entfernt sein konnten. Fred legte den Kopf in den Nacken und hätte sich, ohne zu zögern, in diesem Moment eine kleine Weltherrschaft zugetraut.

Sandra war in der Mitte des Saals vor einer Tafel stehen geblieben und las dort die Heldensage von Alexander dem Großen und dem Gordischen Knoten. Fred trat neben sie und beugte sich zu ihren Lippen hinunter. Sandra öffnete leicht den Mund ...

»Gibt es schon was Neues von unserer Scherbe?«

Fred murmelte Verneinendes und versteckte sich hinter seinem aufgeschlagenen Katalog. So geschützt, hinter mehreren Zentimetern Papier, räusperte er sich.

»Wie gesagt, die neue Ausstellung ist nicht mein Fachgebiet. Aber wir haben ja den Katalog und deshalb ...«

»Was ist denn dein Fachgebiet?«

»Äh ... Inschriften.«

»Hieroglyphen und so was?«

Fred, immer noch den Katalog vorm Gesicht, dachte angestrengt nach: Manchmal war das Gekritzel auf den Belegen, die er auf den Schreibtisch bekam, so schwer zu lesen, dass man sie durchaus Hieroglyphen nennen konnte ... Aber was half ihm das! Er wusste, dass es überhaupt keinen Sinn hatte, nach Doppeldeutigkeiten zu suchen, die theoretisch sowohl zu Archäologen als auch zu Finanzbeamten passten, es machte seine Lügen nicht kleiner. In Wahrheit machte es alles sogar noch schlimmer, weil Fred sich so verbissen Mühe gab, doppeldeutige Antworten zu finden. Aber er fühlte sich damit einfach ein kleines bisschen weniger schlecht. Und das war, in diesen Tagen, schon viel. Er sah auf die Uhr.

»Wenn wir uns beeilen, schaffen wir noch die Zwölf-Uhr-Führung zu den Museums-Höhepunkten.«

Sandra schüttelte den Kopf, sie wollte keine professionelle Führung.

»Ist hier irgendwas dabei, das du ausgegraben hast?«

»Nein.«

Das zumindest war keine Lüge.

»Oh, dann ... zeig mir dein liebstes Ausstellungsstück.«

Fred blätterte im Katalog hastig durch die Jahrtausende. Hunnen? Zu unromantisch. Höhlenmenschen? Dito. Außerdem hatten die, wie ihm gerade noch rechtzeitig einfiel, keine Inschriften hinterlassen. Und idealerweise hatte sein »liebstes Ausstellungstück« etwas mit seinem Fachgebiet zu tun ... Aber welche historische Epoche gab den besten Hintergrund ab? Inspirierend genug für einen Kuss, aber gleichzeitig so langweilig, dass Sandra nicht auf die Idee kam, gefährliche Fachfragen zu stellen?

»Nicht schummeln«, sagte sie und nahm ihm sanft den Katalog aus der Hand. Als sie sah, wie ratlos Fred ohne den Katalog war, wurde sie ungeduldig.

»Zeig mir einfach, was du hier als Erstes raustragen würdest, wenn es brennt.«

Wenn es brennt ... Und da wusste er es plötzlich.

»Es gibt etwas, das ich zum ersten Mal bei einem Schulausflug gesehen habe. Danach wusste ich, was ich werden wollte.«

Er konnte sich an die Nummer des Ausstellungsstücks erinnern, aber nicht mehr an das Stockwerk, geschweige denn an den Saal. Hinter ihrem Rücken gelang es ihm, einen Blick auf den Etagenplan neben der Tür zu werfen: die Treppe hinauf in den zweiten Stock, durch den großen Saal, dann rechts in einen Nebenraum. Jetzt konnte er nur noch hoffen, dass Ausstellungsstück »163b« tatsächlich noch dort war – fast zwanzig Jahre später.

Fred erkannte den Schaukasten sofort, er stand noch immer in derselben halb finsteren Ecke. Und wie damals war das Glas auch heute blank und sauber, denn hierher verirrte sich kaum jemand: Es war kein Schaukasten, an dem sich Menschenmassen die Nase platt drückten und Handabdrücke hinterließen. Seit Jahrzehnten drängten sich alle Schulklassen im Saal nebenan um das Prunkstück des Museums: ein ägyptischer Sarkophag mit einer Mumie.

Ausstellungsstück 163b war eine kleine Tontafel, gerade groß genug, um angenehm in einer Handfläche zu liegen. Sie war übersät mit winzigen Zeichen, tief in den Ton geritzt. Sandra war überrascht. Sie hatte etwas Spektakuläreres erwartet.

»Das ist sumerische Keilschrift«, flüsterte Fred, und Sandra beugte sich, ganz von selbst, zu ihm hin, um ihm zuzuhören.

»Die Tafel ist mehr als viertausend Jahre alt. Eines der ältesten Schriftstücke, die wir kennen. Es gab auch Papyrus, natürlich, aber das ist inzwischen fast alles verrottet. Diese Tontafel hat nur überlebt, weil mehrere Brandkatastrophen sie praktisch unzerstörbar gemacht haben.«

»Und was steht da?«

Jetzt flüsterte sie auch.

»Da steht, dass jemand von jemand anderem vier Schafe gekauft hat, aber dass ein Schaf noch aussteht und nachgeliefert werden muss.«

Fred richtete sich langsam wieder auf.

Sandra auch.

Dann erzählte er, wie er bei einem Schulausflug in der neunten Klasse die kleine Tontafel zum ersten Mal gesehen hatte. Während seine Klassenkameraden sich um die ägyptische Mumie nebenan drängelten, schritt Fred im stillen Nebenraum von Schaukasten zu Schaukasten und las in seinem Katalog, den er extra gekauft hatte: Bei der kleinen Tontafel stand, dass die ersten Schriftzeichen nicht etwa Zaubersprüche festhielten oder Geschichten oder Rezepte für Tinkturen. Da stand, dass der Mensch die Schrift erfunden hatte, um sich Rechnungen, Quittungen und Steuerbescheide auszustellen.

»Und da wusstest du, was du später werden wolltest?« Sandra klang jetzt eher amüsiert als ergriffen, aber das störte Fred nicht. Es stimmte, das war der Moment, in dem er gewusst hatte, dass er wirklich zum Finanzamt gehen würde. Denn mit einem Mal schien der Beruf gar nicht mehr so absurd. In Wahrheit hatte er sogar einiges mit dem Studienfach seines Vaters gemeinsam – Geschichte.

Freds Eltern waren darüber entsetzt. Sie hatten ihn von klein auf zu Demonstrationen mitgenommen: für die Dritte Welt, gegen Amerika, für die Hausbesetzer, gegen Castor, für die verkehrsberuhigte Spielstraße und gegen Helmut Kohl. Fred hasste Demonstrationen, weil die Polizisten, die am Weg standen, nie aussahen, als wären sie wirklich einverstanden, mit dem, was er, seine Eltern und ihre Freunde da taten. Außerdem hatte sein Vater ihn immer auf die Schultern genommen, damit er im Gewühl nicht verloren ging – obwohl Fred jedes Mal sicher war, gleich verhaftet zu werden, weil die Polizei ihn hier oben doch viel besser sehen konnte. Was er dagegen wirklich gerne tat, war, Karottenkuchen und selbstgebackene Plätzchen in Stuttgart für hungernde Kinder in Afrika zu verkaufen. Und wenn er am Ende eines Sonntagnachmittags nicht zufrieden war mit seinen Einnahmen, besserte er sie mit seinem Taschengeld auf. Seine Eltern hätten stolz sein können auf ihre Erziehung: Fred hatte gelernt, dass die, denen es gut ging, die Pflicht hatten, denen etwas abzugeben, denen es schlecht ging. Was seine Eltern allerdings bis heute nicht fassen konnten, war die vollkommen verquere Logik, mit der ihr einziges Kind daraus geschlossen hatte, Finanzbeamter zu werden.

»Und was haben deine Eltern damals gesagt?«, fragte Sandra. »Die wollten doch bestimmt, dass du was Anständiges wirst?«

»Ich hab es ihnen erst ein paar Jahre später erzählt.«

Dann nämlich, als Fred – in seinem ersten und bisher einzigen Akt der Rebellion – verkündet hatte, dass er nach der zehnten Klasse von der Waldorfschule abgehen und auf eine richtige Schule wechseln würde. Ein Wirtschaftsgymnasium.

Und plötzlich, als wäre ein Bann gebrochen, fielen Fred tausend Geschichten ein, die er mit Sandra teilen wollte. Im nächsten Saal, vor einer Vitrine mit römischen Münzen, erzählte er ihr von dem schlauen Provinzstatthalter, der in Gallien einfach das Jahr um ein paar Monate verlängert hatte, um mehr Steuern für Rom eintreiben zu können. Als er erklärte, dass »fiscus« im Lateinischen nichts anderes bedeutete als »Korb zur Geldaufbewahrung«, klatschte Sandra in die Hände vor Begeisterung. Im nächsten Saal bestaunte sie eine Schatzkiste voller silberner Becher, die aus einem Wrack geborgen worden war. Fred erzählte ihr, dass alle Seemannskisten früher mit diesem typisch gewölbten Deckel gebaut worden waren, damit sich das Meerwasser dort nicht sammeln konnte und das Holz nicht verrottete. Das hatte er bei der Betriebsprüfung in einer Antiquitätenhandlung gelernt. Später, als sie vor einer Fotowand standen und Sandra fragte, wozu man eigentlich diese weißen Betttücher über die Ausgrabungsstätten spannte, da wusste Fred auch das: Die kleinen Zelte schützten gegen Regen. In seinem Archäologie-Bilderbuch war eine sehr ausführliche Anleitung zum Nachbauen.

Fred musste nichts erfinden und nichts ablesen – und es war ihr trotzdem genug. Dass fast alle seine Geschichten mit Steuern zu tun hatten, fiel ihr gar nicht auf. Begeistert lief sie neben ihm her, hörte ihm zu und lachte laut, wenn er etwas Lustiges erzählte. Fred genoss es so sehr, dass er irgendwann vergaß, dass er nicht zum Vergnügen durch diese Ausstellung lief. Sondern einen Kuss zu planen hatte.

Es fiel ihm wieder ein, als Sandra ihn in einen abgedunkelten niedrigen Raum zog. Hier waren sie allein mit sieben Schaukästen aus dickem Glas, in denen schwere Holzmasken ausgestellt waren. Die Masken hatten krumme Teufelshörner und weit ausgeschnittene, rot unterlaufene Augenlöcher. Wenn es in diesem Museum einen perfekten Ort für einen ersten Kuss gab – hier war er nicht.

Sandra zog Fred vor einen Schaukasten mit einer besonders finsteren Maske: Sie war wutrot, hatte keine Haare, aber einen Schnurrbart aus ausgebleichtem Maisstroh und große schwarze Ringe um die Augenhöhlen – die fast wie eine Brille aussahen.

Fred musste, ganz plötzlich, an seinen Chef denken.

»Ich war hier als Kind zum letzten Mal, mit meinem Vater. Er hat auf die Maske gezeigt und gesagt, dass die genauso aussieht wie jemand, dem er mittags manchmal in der Kantine begegnet. Es sollte ein Witz sein, aber danach wollte ich ihn sehr lange nicht mehr in seinem Büro besuchen.«

Sie lachte und sah Fred an, der nicht lachte.

»Ah«, sagte sie. »Ich hatte die Pointe vergessen. Die Geschichte ist nur lustig, wenn du weißt, dass mein Vater damals beim Finanzamt gearbeitet hat.«

»Wir sollten ... willst du nicht lieber noch ein paar Vasen sehen?«

»Ich brauche eine Pause von der Hochkultur. Soll ich dir mal was von einem lustigen Familienausflug erzählen?«

Sandra ließ sich auf eine Holzbank fallen. Fred setzte sich neben sie, aber er war auf der Hut: »Familienausflug« klang harmlos genug, aber er witterte Gefahr. Er durfte nicht mit Sandra über das Finanzamt reden. Aber, was noch viel wichtiger war: Er *wollte* nicht mit Sandra über das Finanzamt reden.

»... und dann haben wir uns alle ins Auto gesetzt und sind zu der großen Tankstelle an der Autobahn gefahren.«

»Als Familienausflug?«

»Wir haben alte Tankquittungen aus den Automaten geklaut. Aber natürlich nur die hohen Belege.«

Sie musste lachen – über das Entsetzen in Freds Gesicht.

»Natürlich haben wir nicht alle selber beim Finanzamt eingereicht! Mein Vater hat sie gern an Leute verschenkt, die er mochte. ›Kleine Aufmerksamkeit des Hauses‹, so hat er das genannt. Auf der Fahrt hat er uns Finanzbeamtenwitze erzählt. Ich kenne niemanden, der so viele Witze über Beamte weiß wie mein Vater. Und einmal ...«

»Entschuldige, aber mir wird schwindelig. Die Luft hier ist ...« Fred stand auf.

Doch sie zog ihn zurück auf die Bank und holte eine Thermoskanne aus ihrer Tasche. Natürlich. Fred hätte sich denken können, dass Sandra Schläpple sich nicht an das Getränkeverbot in den Ausstellungsräumen hielt. Sie schraubte den Becher von der Kanne und goss dampfenden Tee hinein. Fred blieb nichts anderes übrig, als den Becher zu nehmen und zu hoffen, dass sie niemand erwischte.

Es war Pfefferminztee, gekocht aus frischen Blättern. Als Fred einen Schluck nahm, blieb ein Pfefferminzblatt am Becherrand hängen. Fred legte seine Lippen darüber und nippte es ganz vorsichtig weg. Er stellte sich vor, wie Sandra genau dasselbe passiert war, als sie heute früh den ersten Tee aus diesem Becher getrunken hatte. Er versuchte die Tasse unauffällig so zu schwenken, dass noch mal ein Pfefferminzblatt am Becherrand hängen blieb.

»Kennst du das F-Wort?«

Fred verschüttete beinahe seinen Tee.

»Finanzamt!« Sie strahlte. »Den Witz hab ich erfunden.«

Als Fred die Augen wieder öffnete, hatte er sie geküsst.

Und da war er wieder, derselbe Blick, den er gestern Abend nicht hatte deuten können. Aber jetzt wusste er, warum. Weil ihn noch nie eine Frau so angesehen hatte: Als wäre er, Fred Eisenbogen, ein feines, wunderbares Rätsel.

Ruhig sagte sie:

»Kommt ein Finanzbeamter in eine Bar …«

Und da küsste er sie noch mal und wusste, dass sie überhaupt nichts dagegen hatte, dass er sie nicht ausreden ließ.

Plötzlich passierte etwas Seltsames. Es war, als hätte Fred den perfektesten aller Pläne geschmiedet und alle Parameter und Eventualitäten miteinberechnet, ohne es zu wissen: Die Holzbank, auf der sie saßen, war jetzt genau richtig hart, die Luft genau richtig stickig und die Holzmasken hinter den Glaskästen genau richtig bedrohlich. Wie von fern hörte er, dass ein paar flüsternde Schüler in den Raum schlenderten. Und selbst als einer rief, dass er die Toiletten gefunden hätte, war das genau der richtige Satz im richtigen Moment.

»Huhu, Frau Schläpple!«

Blinzelnd drehte Sandra sich um.

»Hey, dich kenne ich ja sonst nur mit Gummistiefeln aus dem Karottenbeet.« Hinter Sandra stand das als Harrypotterpharao verkleidete Mädchen. Als sie Fred sah, versuchte sie, ihn mit ihrem Zauberstab aufzuspießen.

»Frau Rahmer! Da ist der Mann, der sich an der Kasse vorgedrängelt hat!«

Ihr Blick fiel auf die Thermoskanne in Freds Hand.

»Und er hat auch noch Getränke mit hier reingenommen!«

Sandra und Fred gelang die Flucht vor Frau Rahmer, und kurz darauf standen sie beide wieder draußen, in der Welt, auf der großen Freitreppe. Als wären sie sich unausgesprochen einig gewesen, dass es nach dem Kuss nichts mehr im Museum gab, das sich zu sehen lohnte.

Sandra zu küssen war so magisch gewesen, wie es sich Fred vorhin im Taxi ausgemalt hatte: Er sah jetzt ganz klar. Der Kuss hatte alle verwirrten Verstrickungen aufgelöst – allerdings fast ein bisschen zu gründlich. Fred wusste nun, dass er Sandra nie mehr anlügen konnte. Nur was er stattdessen tun sollte, wusste er nicht. Denn ihr schonungslos die Wahrheit zu sagen, mochte früher eine Möglichkeit gewesen sein – jetzt aber, nach diesem Kuss, war es ganz und gar ausgeschlossen.

Und wenn er sie einfach noch einmal …?

Aber hier draußen schien es plötzlich viel zu hell, um sich noch einmal zu küssen.

Vor ihnen, auf der Hauptstraße, stockte der Berufsverkehr. Sandra betrachtete gefesselt den Stau, als wäre es eine Aussicht. Fred schaute auf die Uhr.

»O Gott«, murmelte er ehrlich erschrocken. »Ich muss zurück ins Büro.«

Neben ihm zuckte sie zusammen, als hätte er sie aus einem Traum geweckt.

»Oh, klar, ich muss auch los. Zum Glück hast du es nicht weit.«

Sie dachte, sein Büro sei im Museum! Sie war schon halb die Treppe hinunter, aber er lief ihr nach. Wollte sie in den Arm nehmen, aber sie blieb steif stehen. Nach einer Weile, als er immer noch nichts gesagt hatte, machte sie einen vorsichtigen Schritt auf ihn zu.

»Aber wenn du lieber zu dir willst, nach Hause, statt ins Büro, könnte ich ausnahmsweise meine Prinzipien vergessen und dich nach Böblingen fahren. Schließlich hast du dir im Kampf um meine Steuerunterlagen eine Kriegsverletzung zugezogen.«

Sie streckte die Hand aus.

»Sandra Schläpple, aus Sindelfingen, freut mich.«

Genau dasselbe hatte sie bei ihrem ersten Treffen in der Post gesagt. Fred musste lachen und gab ihr die Hand.

»Fred Eisenbogen«, sagte er. »Aus Böblingen, tut mir leid.«

Sie lief zu ihrem kleinen Lieferwagen, der direkt vor dem Museum parkte. Im Halteverbot. Fred sah sofort den Strafzettel hinter dem Scheibenwischer, aber Sandra steckte ihn nur achtlos ein und schloss das Auto auf. Fred zögerte. Er musste ja nicht nach Hause nach Böblingen, sondern ins Finanzamt nach Böblingen. Und er würde Sandra nicht mehr anlügen.

»Ich ... Ich könnte den Bus nehmen?«

»Ich glaube, Ihr letzter Kuss ist gerade weg«, murmelte Sandra, und Fred wurde rot. »Außerdem dürfen Sie bei mir während der Fahrt die Fahrerin ansprechen und Ihre Füße auf den Vordersitz legen.«

Und da war sich Fred plötzlich ganz sicher, dass es vollkommen korrekt war, zuerst einmal nicht mehr zu lügen, bevor man sich aktiv mit der Wahrheit befasste. Passive Wahrheit sozusagen. Das war der erste, logische Schritt.

Also sagte Fred:

»Ich will aber nicht die Füße auf den Vordersitz legen. Ich komme nur mit, wenn ich dieses Mal vorne sitzen darf.«

19

Fred durfte vorne sitzen, denn ausnahmsweise machte sich nicht Fiskus auf dem Beifahrersitz breit. Doch Sandras Hund war ein dankbares wie unerschöpfliches Gesprächsthema für zwei Menschen, die nicht wissen, was sie miteinander reden können, weil sie sich gerade alles in einem Kuss gesagt haben. Unter dem Siegel der Verschwiegenheit erzählte Sandra von Fiskus' Liebesleben: Offenbar war Fiskus in eine Hündin verliebt, die sich aber überhaupt nicht für ihn interessierte. Über den Kummer tröstete er sich hinweg, indem er Löcher in den Garten grub. Hatte er einmal Mäuse gerochen, war er von so einem Loch nicht mehr wegzukriegen.

Sandra bremste direkt vor Freds Haus und fuhr, wie schon vor drei Tagen, auf den Randstein. Sie stellte den Motor ab. Schwere Tropfen klatschten auf das Autodach, und innerhalb von Sekunden machte der Gewitterregen die Windschutzscheibe undurchsichtig. Dabei wäre Fred jetzt wirklich gerne ausgestiegen, weil er befürchtete, dass sein Konzept von der passiven Wahrheit möglicherweise doch noch nicht ganz ausgereift war. Sandra tastete nach dem Scheibenwischer-Hebel, und beide sahen zu, wie der Wischer einen klaren Halbkreis freilegte.

»Als ich dich gestern besucht habe, habe ich gesagt, ich war zufällig in der Gegend. Das war gelogen.«

»Das, äh ... macht doch nichts.«

»Ich frage mich, was ist, wenn man wirklich in der Gegend ist und einfach bei jemandem vorbeischauen will. Dann muss man den anderen anlügen, weil man denkt, dass die Wahrheit irgendwie nicht ... gut genug ist, oder?«

Fred, der keine Ahnung hatte, von was sie redete, nickte vorsichtig. Er wollte nicht nachfragen, weil er fürchtete, sie dann von dem abzulenken, was sie eigentlich sagen wollte.

Sandra schwieg. Und zwar so, als würde sie auf etwas warten. Als wäre es jetzt an Fred, etwas zu sagen. Er wünschte sich plötzlich, er wäre woanders. Nein, das stimmte nicht: Was er sich wünschte, war ein anderer Fred, an genau diesem Ort. Ein Fred, der wusste, was zu tun war.

Sie drehte sich zu ihm und sah ihn direkt an.

»Ich erzähle dir das, weil ich will, dass wir ehrlich miteinander sind.«

Fred schluckte. Dann holte er tief Luft und löste seinen Gurt.

»Würdest du gern mit hochkommen?«, fragte er, »ich muss dir etwas zeigen.«

Winnies Wohnung war im fünften Stock, und zwischen Erdgeschoss und Wohnungstür lagen neunzig Treppenstufen. Zum ersten Mal war Fred dankbar, dass das Haus keinen Aufzug hatte. Denn es bedeutete, dass Fred noch ein paar Minuten neben Sandra herlaufen konnte. Obwohl er sich für ihren letzten gemeinsamen Spaziergang einen anderen Ort gewünscht hätte als ein Treppenhaus, das nach gebratenen Maultaschen roch. Neunzig Treppenstufen. Er nahm die erste und begann stumm von neunzig rückwärts zu zählen: ein Countdown. Denn oben, das wusste Fred, war das Ende.

Er öffnete ihr seine Zimmertür, und sie trat ein. Fred blieb im Türrahmen stehen. Er sah, wie sie den Kopf schief legte, sich höflich im Zimmer umschaute ... Aber dann drehte sie sich einfach nur zu ihm um und streckte die Hand nach ihm aus. Als würde sie ihn vermissen.

Moment!

Das war es nicht, was Fred geplant hatte, oder gemeint, oder ... Entsetzt machte er sich an dem Schrank zu schaffen, neben dem er gerade stand. Sanft zog sie ihn weg.

»Kann es warten? Das, was du mir zeigen willst?«

Fred wollte seinen Kopf schütteln, aber dann hatte er vergessen, warum. Den Schlüssel in der Zimmertür drehte Sandra um.

Zuerst schloss Fred die Augen, weil er sich beobachtet fühlte. Aber dann hielt er sie einfach geschlossen, selbst unter der Bettdecke. Es machte ihm keine Mühe, er brauchte sie einfach nicht. Aber noch mehr wusste er plötzlich, dass ihn Sandra so wirklich sehen konnte: Alles von ihm, wie er war und was er war. Weil er sich zum ersten Mal die Möglichkeit nahm, sich zu beobachten. In seinem ganzen Leben war Fred nie ehrlicher gewesen als jetzt, mit Sandra, in diesem Bett. Als er nichts sagte und nur fühlte.

Nur einmal machte er die Augen auf, weil es ihren Sommersprossen gegenüber wirklich unfair gewesen wäre, sie im Multipack zu küssen. Anstatt jede goldene einzeln.

Später setzte sich Sandra im Bett auf und streckte ein langes Bein aus. Mit dem Zeh stieß sie nachdenklich die Tür einer Kommode auf und zu. Auf und zu. Darin lagerten zwei Jahrgänge der Zeitschrift »Steuerliche Betriebsprüfung«, ein Ordner mit Fortbildungsunterlagen zu Neuerungen im Verwaltungsrecht sowie Freds Mitschriften aus den für die Abschlussprüfung relevanten Monaten. Auf jeder Zeitschrift, jedem Ordner und jedem Ringbuch stand sein Name. Fred lag ganz still.

Dann hörte er, dass sie ihm von jemandem erzählte, der Gerry hieß. Weil sie ehrlich sein wollte. Und da wurde ihm klar, wie sehr er sich eben etwas vorgemacht hatte, als er geglaubt hatte, ehrlich zu sein: Es zählte überhaupt nicht! Was für ein Unsinn! Ehrlich sein zu können, ohne ein Wort zu sagen! Er drehte sich von Sandra weg. Er wollte ihre Geheimnisse nicht hören, weil es ihm nur klarer machte, dass er zu feige war, ihr seine zu gestehen.

Sie berührte seinen Arm.

»Fred?«

Er bewegte sich nicht.

»Ich muss los.«

Aber als sie sich anzog, küsste er sie, und sie nickte und lächelte: So, als hätte er sie nicht geküsst, sondern ihr stattdessen etwas gesagt. Etwas, das sie schon gewusst hatte, aber froh war, noch einmal zu hören.

Als sie fort war, blieb er im Bett liegen und schaute auf seine Steuerfachbücher. Alle standen an Ort und Stelle im Regal, und über dem Bett hing seine Urkunde von der Hochschule. Das war es, was er ihr hatte zeigen wollen. Die Wahrheit, passiv. Er hatte so sehr gehofft, es würde genügen, einfach stumm alle Beweise vor ihr auszubreiten: Paragraph 371 der Abgabenordnung – Straffreiheit durch Selbstanzeige. Dass sie seine Beweise ignorierte, dass sie nur sah, was sie hatte sehen wollen: Dieser Fall kam in keinem Lehrbuch vor.

20

Als Fred an diesem Tag ins Finanzamt zurückkam, konnte jeder sehen, dass etwas mit ihm nicht stimmte. Dabei hatte er sich große Mühe gegeben, sich so gut es ging wieder herzurichten. Aber schon zu Hause vor dem großen Flurspiegel wurde ihm klar, dass das nicht möglich war. Zuerst wollte sein Scheitel nicht mehr halten, dann war kein frisches Hemd mehr da, und er fand seinen Gürtel nicht, sodass das verschwitzte Hemd ständig aus der Hose rutschte. Wenn die Kollegin aus der Schreibkanzlei ihn nicht besser gekannt hätte, sie hätte geschworen, Fred Eisenbogen käme von einem Stelldichein während der Dienstzeit.

Fred öffnete seine Bürotür und sagte:

»Ich mach Schluss.«

Er schreckte Winnie auf, der blitzschnell versuchte, mit seiner Motorradzeitschrift etwas auf dem Schreibtisch zu überdecken. Die Praktikantin war nicht da.

»Wurde auch Zeit. Diese ganzen Versteckspielchen.«

»Aber ich meine doch nicht Schluss mit Sandra.«

»Gibt es etwa noch jemand?«, murmelte Winnie, während er die Beule auf dem Schreibtisch unauffällig mit mehr Zeitungspapier kaschierte. Und das kam Fred plötzlich sehr seltsam vor: Denn weil Winnie nie etwas unangenehm war, versteckte er auch nie etwas. Fred riss ihm die Zeitung weg. Darunter fand er seinen geheimen Karteikasten.

»Aber ... meine Schublade war abgeschlossen!« Den kleinen roten Schlüssel trug er immer bei sich, an seinem Schlüsselbund. Er lief zu seinem Schreibtisch, sah das aufgebrochene Schubladenschloss und befühlte es wie eine Wunde.

»Hättest du mir gleich den Schlüssel gegeben! Und überhaupt: Wozu sammelst du die Witze denn, wenn du sie immer nur einschließt? Das hier ist ein Schatz!«

Fred nahm Winnie den Karteikasten weg und untersuchte ihn vorsichtig auf Schrammen. Dann stutzte er, ließ den Finger über die Karten gleiten.

»Du hast welche rausgenommen. Her damit!«

»Das ist ein Karteikasten, kein Hochsicherheitstrakt! Mein Lieblingswitz ist übrigens der mit dem Finanzbeamten und der Mücke. Der mit dem Betriebsprüfer und der Käseglocke, der ist auch …«

Dann sah Winnie Freds Gesicht und begann, seinen vollgemüllten Schreibtisch zu durchwühlen. Er fand sechs Karteikarten. Eine hatte Senf an der Ecke. Fred sperrte sie trotzdem alle sofort zurück in den Kasten. Dann versenkte er ihn tief in seiner Aktentasche. Gerade noch rechtzeitig, denn die Praktikantin platzte zurück ins Zimmer. Sie hatte rote Backen, knöpfte sich schnell die Jacke auf und schien noch übereifriger als sonst.

»Sie ist weg«, verkündete sie stolz, als sie Fred sah.

Fred sah Winnie an, der zuckte die Achseln.

»Keine Sorge«, versicherte die Praktikantin, »ich habe extra noch mal alles auf Schreibfehler und Grammatik durchgelesen. Wir können jetzt anfangen mit der …«

»Sie haben die Prüfungsanordnung Schläpple RAUSGESCHICKT?«

»Sie waren nicht da. Also habe ich sie dem Chef gezeigt. Der hat sein O. K. gegeben.«

»In welchen Briefkasten? In der Poststelle?« Fred griff erst zum Telefon und rannte dann zur Tür: Er musste den Brief abfangen, bevor …

»Nein, ich habe die Prüfungsanordnung persönlich abgegeben bei Herrn Schläpple. In meiner Mittagspause.«

Dann war es plötzlich so still im Zimmer, dass Winnie auf eine irre Idee kam, die er schon ewig hatte ausprobieren wollen. Er hatte keine Stecknadel, also versuchte er es mit einer Büroklammer, konnte dann aber doch nicht rausfinden, ob man sie wirklich fallen hören konnte, weil Fred das Experiment versaute.

»In der Prüfungsanordnung steht der Name des Prüfers. Welchen Namen haben Sie reingeschrieben?«

Sie zögerte.

»Ihren Namen, Herr Eisenbogen.« Und dann: »War das falsch?«

21

Eigentlich hatte Sandra mit dem Bauern verabredet gehabt, an diesem Nachmittag den Pferdemist abzuholen – bei vier ihrer Kunden mussten dringend die Rosenstöcke gedüngt werden. Aber als sie Freds Treppen hinuntergesprungen war, war der Pferdemist nicht mehr wichtig gewesen. Wichtiger als alles andere war plötzlich, die Kräuter-Setzlinge in das Beet im Schulgarten einzupflanzen. Sie hatte damit noch warten wollen, aber als Sandra aus Freds Haus getreten war und in den Himmel geschaut hatte, war sie sich sicher gewesen, dass es nie wieder Frost geben würde.

Die Palette mit den kleinen Kräutertöpfen wartete auf der Terrasse ihrer Eltern, also fuhr Sandras direkt nach Sindelfingen.

Den Lärm hörte sie sofort, als sie vor dem Haus aus dem Auto kletterte: Wumm! Wumm! Wumm! Es klang so, als klopfte ihre Mutter Schnitzel fürs Mittagessen – aber es war fast fünfzehn Uhr. So spät aßen ihre Eltern nie, es sei denn ... vorher war etwas passiert.

Am Küchentisch saß ihr Vater, der blitzschnell aufstand, als er Sandra sah. Ihre Mutter erstarrte mit dem Fleischklopfer in der Hand.

»Du bist aber früh zurück. Hattest du einen schönen Tag?«, fragte ihr Vater und nahm ihr eilig den Korb ab. Und dann, leiser: »Hast du kleine Dummheiten gemacht?«

»Ich habe alles richtig gemacht. Was ist denn hier los?«

Ihr Blick fiel auf den Küchentisch. Dort lag ein Brief und daneben der Umschlag: ein dünner, ungebleichter Umschlag mit Fenster – die übelste Sorte. Ihr Vater griff nach dem Brief, machte Anstalten, ihn einzustecken. Aber dann fächelte er sich damit nur bemüht lässig Luft zu.

»Rolf!«, sagte Mutter Schläpple.

»Ah, du hast nur Post vom Finanzamt.« Ihr Vater schaute sie nicht an. »Deine Mutter übertreibt. Du kriegst nur eine kleine Betriebsprüfung.«

Ihre Mutter ließ wortlos den Fleischklopfer auf die Schnitzel niedersausen, als wollte sie Hackfleisch daraus machen. Wumm! Wumm! Wumm!

»Ich mache das alles, Sandra. Du hast damit überhaupt nichts zu tun. Mach dir keine Sorgen.«

WUMM!

»Rolf. Sag es ihr. Sofort.«

Er schwieg.

»Bei meinen Unterlagen ist doch alles in Ordnung, oder?«, fragte Sandra. »Ich meine, du machst das ja alles, ich kümmere mich da ja nie drum.«

Entsetzt sah Sandra, wie ihr Vater in den Obstkorb griff und in die nächstbeste Frucht biss, die er fassen konnte. Es war eine Mandarine.

Sie zog einen wackligen Küchenstuhl unter dem Tisch hervor und setzte sich.

Ihr Vater spuckte ein Stück Mandarinenschale aus und knetete seine Hände.

»Hör zu, es ist ... du weißt doch, was die Herren in Stuttgart und Berlin mit den ganzen Steuern anstellen. Und deshalb bin ich ein paar Umwege gegangen und habe ein paar Einsparungen gemacht. Nichts weiter. Das meiste ist dir zugutegekommen und nicht irgendeinem unnützen Großbahnhof ...«

Fett zischte, als Sandras Mutter viel zu heftig das Fleisch in die Pfanne warf. Dankbar über die Ablenkung, sprang Rolf Schläpple auf und riss einen Stapel Teller aus dem Küchenschrank.

»Heute decke ich den Tisch!«

Aber Sandras Mutter schob ihn zur Seite und stellte, ein bisschen zu heftig, selbst die Teller auf den Tisch. Besteck warf sie hinterher.

Nicht bereit, sich geschlagen zu geben, beugte sich ihr Vater über die Pfanne auf dem Herd, schnupperte. Und stellte fest, dass etwas nicht stimmte.

»Hast du nicht gesagt, es gibt Schnitzel? Aber das ist ...«

»Hackfleisch.« Dann drückte sie ihm eine Glasschüssel in die Hand und klatschte einen Löffel hinein. »Mit Kartoffelsalatbrei.«

Später, als ihre Mutter den Abwasch in die Spüle donnerte, folgte Sandra ihrem Vater ins Gartenhaus.

Als sie einen Hocker heranzog und sich neben ihren Vater an die Werkbank setzte, fiel ihr auf, wie selten sie tagsüber hierherkam. Und was abends, im Schein der kleinen Lampe, im gnädigen Halbdunkel verschwand, konnte sie jetzt klar sehen: den Staub, die Holzspäne, die übervoll gestopften Schubkästen und die tiefen Kerben in der Werkbank, wo ihrem Vater Feile oder Stemmeisen ausgerutscht waren.

Er bückte sich nach einem schmutzigen Lappen, der nach Motoröl roch, und begann ihren Rasenmäher zu schmieren. Seit Wochen hatte er versprochen, das zu tun. Sie nahm ihm den Lappen weg.

»Ich will jetzt wissen, wie schlimm es ist.«

»Ich mach das alles. Du hast damit nichts zu tun.«

»Weiß Rolf junior es schon?«

»Nein, warum denn? Ist doch kein großes Ding. Und du, mach dir auch keine Sorgen.«

»Aber ich kann niemals Steuern nachzahlen! Wovon denn?«

»Ich habe gesagt, ich mache das. Du hast damit nichts zu tun.«

Sie schüttelte den Kopf. So kam sie nicht weiter.

»Kennst du den Kerl, der mich prüfen soll? Von früher?«

Ihr Vater holte umständlich den Brief aus der Hosentasche, suchte nach dem Namen des Prüfers ... und schüttelte den Kopf.

»Wahrscheinlich ein neuer, frisch von der Hochschule. Die wissen doch nichts.« Er steckte den Brief wieder weg.

»Und was soll ich mit dem Bauplatz machen? Frau Keller wird nicht mit dem Verkauf warten, bis das Finanzamt mit uns fertig ist und dann ...« Sie brach ab. Verunsichert darüber, dass der Gedanke nicht die Panik auslöste, die sie erwartet hatte.

»Mir hat der Bauplatz noch nie gefallen, ein bisschen zu abschüssig. Ich weiß: Gerry sagt, er kann ein spektakuläres Haus darauf bauen, und Gerry kennt sich aus. Aber vielleicht findest du doch einen besseren ... Bauplatz?«

Sandra biss sich auf die Lippen.

Ihr Vater nahm ihr den schmutzigen Lappen aus der Hand, wischte sich die Hände daran ab und stand auf.

»Wenn es dich beruhigt, dann rufe ich jetzt sofort den Prüfer an und fühle ihm auf den Zahn. Willst du mithören?«

22

Als das Telefon auf Freds Schreibtisch klingelte, griff er danach wie nach einem Rettungsanker. Er würde jetzt sofort jedem Steuerpflichtigen etwas Gutes tun, selbst Herrn Feininger.

»Finanzamt Böblingen, Fred Eisenbogen«, meldete er sich, »was kann ich für Sie tun?«

»Mein Name ist Schläpple. Rolf Schläpple.«

»Herr ... Schläpple.«

Winnie, der Fred gegenübersaß, riss erstaunlich geräuschlos seine Chipstüte auf, um ja nichts zu verpassen. Die Praktikantin griff sich ihren Notizblock und stellte sich neben Fred, um hilfreich die wichtigsten Punkte mitzustenographieren. Als sie ihren Finger nach dem Lautsprecherknopf ausstreckte, riss Fred den Apparat weg.

Er hörte, wie Herr Schläpple sagte: »Ich wollte nur sehen, ob Sie noch etwas brauchen, ob Sie noch Fragen haben ...?«

Fred hatte nur eine einzige Frage. Aber die musste er unauffällig formulieren, damit die Praktikantin, die immer noch mit spitzem Stift neben ihm stand, nicht misstrauisch wurde. Fred räusperte sich so geschäftlich wie möglich.

»Weiß Ihre Tochter von der Prüfung?«

»Selbstverständlich«, hörte er Rolf Schläpple. »Für ihre Unterlagen bin ich verantwortlich, aber Sie können sie gerne sprechen.«

»Nein!« Fred riss entsetzt den Hörer vom Ohr und hielt ihn weit von sich. Die Praktikantin runzelte die Stirn. Nach einer langen Pause fiel Fred ein, zu husten. Er hoffte, es würde so aussehen, als hätte er den Hörer nur aus Höflichkeit von sich weggerissen.

»Hallo?«, hörte er Herrn Schläpple. »Sind Sie noch da? Herr ...«

»Kann ich Sie später zurückrufen? Ich muss einen ganz dringenden Fall auf der anderen Leitung bearbeiten.«

Ohne auf Antwort zu warten, warf Fred den Hörer auf die Gabel, riss sein Handy aus der Aktentasche und wählte Sandras Nummer. Sie ging sofort dran.

»Fred«, sagte sie. Dann legte sie die Hand über die Muschel, aber er konnte trotzdem hören, was sie sagte:

»Papa? Wir reden später.« Sie hatte die ganze Zeit neben ihrem Vater gesessen.

Schon an der Art, wie sie ein- und ausatmete, konnte Fred hören, wie verwirrt sie war.

»Man sollte nicht fluchen. Erinnerst du dich? Mein Finanzamtswitz? Das F-Wort? Und als ich nach Hause komme, habe ich eine Steuerprüfung am Hals.«

Fred glitt von seinem Stuhl, am Schreibtisch entlang, zu Boden.

»Ich kann dir alles erklären.«

»Kennst du dich damit etwa auch aus? Hattest du schon mal eine Steuerprüfung?«

Fred verstummte unter der Wucht der Frage.

»Jedenfalls, du musst mir nichts erklären. Mein Vater macht das, schon immer. Ich will mit dem ganzen dreckigen Zeug nichts zu tun haben.« Fred sah sie vor sich, wie sie sich angeekelt schüttelte. »Und Fiskus wird umgetauft: Ich kann ihn doch sonst nie wieder in den Arm nehmen.«

Sie lachte, aber Fred wusste plötzlich, dass er sich etwas vorgemacht hatte. Er war so entschlossen ins Büro zurückgekommen, um Schluss zu machen. Aber nicht mit Sandra, sondern mit all den Lügen. Noch heute wollte er mit dem Chef sprechen und den Fall abgeben, zum Teufel mit den Konsequenzen. Aber all das hätte nichts genützt, das sah er jetzt. Fred Eisenbogen und Sandra Schläpple, das konnte niemals funktionieren. Winnie hatte recht gehabt.

»Fred?«, hörte er sie. »Bist du noch da? Können wir uns heute Abend sehen? Es gibt so viel zu reden.«

»Was ich dir vorhin zeigen wollte, das war ein Terminplan. Ich muss weg. Auf eine – Ausgrabung.«

»Oh. Wohin?«

»Weit weg. Ich melde mich, wenn ich wieder ... ich meine, falls ich wieder ...«

Und dann hörte er so lange nichts mehr, dass er schon fürchtete, sie hätte aufgelegt. Es war schlimmer.

»Sag doch einfach die Wahrheit. Sag doch einfach, dass du nur mit mir ins Bett wolltest.«

Erst dann legte sie auf.

Er blieb am Boden. Als er aufschaute, sah er Winnie und die Praktikantin vor sich. Die hatte er ganz vergessen. Winnie sah aus wie jemand, der gerade von einem Logenplatz auf der Rennstrecke einen Jahrhundert-Crash verfolgt hatte. Die Praktikantin hatte keine Ahnung, was passiert war.

»Können wir jetzt?«, fragte sie irritiert.

»Finden Sie nicht, dass Sie für heute genug angerichtet haben? Wollen Sie nicht mal früher Schluss machen?«

»Hey«, sagte Winnie.

»Ich habe nichts eigenmächtig veranlasst! Ich habe alles abgesprochen. Mit Ihrem Sachgebietsleiter. Die Prüfung ist in vierzehn Tagen! Und wenn ich dabei sein soll ...«

Fred stand auf.

»Da würde ich mir an Ihrer Stelle keine Sorgen machen. Sie werden dieser Prüfung nicht beisitzen. Sie werden nicht mal in der Nähe sein, wenn diese Prüfung stattfindet.«

»Hey, hey«, sagte Winnie noch einmal und legte eine Hand auf Freds Schulter.

Der schüttelte ihn ab.

»Warum wollen Sie eigentlich unbedingt meine Arbeit machen?« Er ging zu Winnies Schreibtisch und riss die unterste Schublade auf, das Schwarze Loch. »Es ist doch genug Arbeit für alle da!« Er schaufelte eine Handvoll Papier heraus und knallte es vor die Praktikantin auf den Schreibtisch. »Bedienen Sie sich. Ich bin sicher, der Herr Kollege hat nichts dagegen.«

Die Praktikantin drehte sich um und schritt aus dem Zimmer. Aber vorher versetzte sie Freds privatem Laminiergerät auf dem Boden noch einen gezielten Tritt mit ihrem Stöckelschuh. Winnie lief ihr hinterher. Er kam nicht wieder.

Es war bereits dunkel draußen, als Fred noch immer in seinem leeren Büro saß. Vor ihm auf dem Schreibtisch stand der Karteikasten mit dem *Vorsicht Giftmüll*-Aufkleber. Der Aufkleber hatte längst angefangen, sich aufzurollen, so alt war die Sammlung schon. Fred tupfte ein bisschen Klebstoff darunter und hämmerte alles mit der Faust fest. Seit er siebzehn war, notierte er sich sofort jeden Witz, den er über Finanzbeamte hörte. Und er hörte viele. Alle schloss er, alphabetisch nach Stichwörtern geordnet, in dem Kasten weg – wie etwas, das sonst großen Schaden anrichtete, wenn es mit Sauerstoff in Berührung kam.

Den *Vorsicht Giftmüll*-Aufkleber hatte er damals von einer Demonstration gegen das Atommüll-Endlager in Gorleben mitgebracht. Eine der letzten, zu der ihn seine Eltern mitschleppten. Er hatte längst die Details vergessen, aber bis heute konnte sich Fred an sein Staunen erinnern. So unglaublich fand er es, dass es immer noch Dinge gab, die der Mensch nur bezwingen konnte, indem er sie in einem Berg verschloss. So tief, dass sie keinen Schaden anrichten konnten.

Kurz danach hatte er seine Sammlung begonnen: Als seine Eltern anfingen, sich köstliche Finanzbeamten-Witze zu erzählen, wenn sie dachten, er würde sie nicht hören.

Jetzt nahm er eine leere Karteikarte und zwang sich, den neuesten Witz draufzuschreiben. Den, den Sandra ihm im Museum ins Ohr geflüsterte hatte: *»Wie heißt das F-Wort?«* Dann ordnete er die Karte bei »F« ein, schloss langsam den zerkratzen Deckel und flüsterte:

»Fuck.«

Später am Abend wuchtete Sandra den ersten Sack Pferdemist aus ihrem Lieferwagen und schleppte ihn über den dunklen Gartenweg auf die Terrasse ihrer Eltern. Die Terrasse war Sandras inoffizielle Sammelstelle für alles, was sie nicht im

Lieferwagen aufbewahren konnte. Sie stellte mit einer bitteren Zufriedenheit fest, dass sie trotz der Wolljacke fror. Es war also doch wieder kalt geworden, und sie war nur froh, dass sie noch zur Vernunft gekommen war und heute den Pferdemist vom Bauern abgeholt hatte. Anstatt die Kräuter-Setzlinge rauszupflanzen. Was für eine Schnapsidee!

Die Palette mit den kleinen Töpfen – vor allem Pfefferminze, ein paar mit Basilikum und Liebstöckel – stand ebenfalls auf der Terrasse: Dort gewöhnte Sandra die ganz jungen Pflänzchen an das neue Leben draußen, in der Freiheit. Ganz vorsichtig und immer nur für ein paar Stunden am Tag. Die Kräuter hätte sie längst wieder reinholen müssen. Mit der Gummistiefelspitze schob Sandra prüfend ein paar Töpfe auseinander: Die Blätter der Pfefferminze hingen schon schlaff über den Rand, die Kräuter brauchten dringend Wasser.

Aber plötzlich wurde sie wütend auf die Setzlinge – sollten sie doch verrotten!

Sie gab dem Sack Pferdemist einen gezielten Tritt, sodass er dumpf in die Palette krachte. Sofort ging das Licht in ihrer kleinen Einliegerwohnung an. Sandra brauchte einen Moment, um sich daran zu erinnern, dass dort ja auch noch Gerry wohnte.

Als sie zum Lieferwagen schlurfte, um den nächsten Sack auszuladen, kam Gerry in den Garten.

»Wo warst du denn? Und warum hast du dein Handy ausgeschaltet? Deine Mutter hat mir erzählt, dass die Steuer – warte, das ist viel zu schwer für dich.« Er krempelte die Ärmel seines weißen Hemdes hoch und schob Sandra sanft zur Seite.

»Es ist Pferdemist.«

Gerry zögerte.

»Ich zieh mich schnell um.«

Als er zurückkam, zerrte sie gerade den letzten Sack auf die Terrasse.

»Es tut mir wirklich leid wegen gestern Abend«, sagte er. »Das war unschön.«

Sandra musste nachdenken – oh, der Streit? Der ganze gestrige Abend mit Gerry schien ihr heute so unwirklich, dass sie nicht sicher war, ob sie überhaupt dabei gewesen war oder die Geschichte nur vom Hörensagen kannte.

»Ich war nur so wütend wegen diesem ignoranten Herrn Wesser. Ich meine, ich hab dir ja noch nicht mal die ganze Geschichte erzählt. Stell dir vor, er hat mein Modell gesehen und einfach …«

»War ein langer Tag, ich will nur ins Bett«, sagte sie und schloss den Lieferwagen ab. »Morgen muss ich früh raus, die Steuerprüfung vorbereiten.«

23

Als der nächste Morgen graute, war Sandra so müde wie kaum je in ihrem Leben. Es war schlimmer als eine Nacht ohne Schlaf, nicht nur, weil sie es noch immer nicht geschafft hatte, die Stechmücken im Zimmer zur Strecke zu bringen: Sie war die ganze Nacht von einem Halbtraum in den nächsten gestolpert, nur um jetzt, am Ende, dort wieder aufzuwachen, wo sie versucht hatte einzuschlafen. Neben Gerry, unter dem ausgebleichten Bettbezug ihrer Mutter. Er hatte im Schlaf fest die Arme um sie geschlungen. Sie entzog sich, ohne sich darum zu kümmern, ob er davon aufwachte. Er wachte nicht auf.

Sie duschte kurz und stieg in ihre Arbeitskleidung, alte Jeans, Sweatshirt, vernünftige Schuhe. Draußen war es kälter, als sie zu hoffen gewagt hatte. Sie würde als Erstes die Palette mit den Kräuter-Setzlingen auf den Kompost werfen. Die hatten die Nacht draußen sicher nicht überlebt. Als Sandra am Gartenhaus vorbeikam, sah sie, dass drinnen die Stehlampe auf der Werkbank brannte.

Sie öffnete die quietschende Tür, ihr Vater schreckte hoch: An seiner Wange klebten Sägespäne. Verschlafen wischte er sie fort.

»Warst du etwa die ganze Nacht hier?«

»Ich musste die Liste fertig machen.« Umständlich durchsuchte er das Chaos auf der Werkbank. Aber dann gab er ihr eine Rolle braunes Packpapier. »Ich hatte nicht genügend normales Papier.«

Sie entrollte es: Das war die Liste, eng beschrieben. Vater Schläpple versuchte, ihrem entsetzten Blick auszuweichen.

»Mach dir keine Sorgen. Es sieht nach mehr aus, als es ist.«

Der erste Posten auf der Liste lautete: »Aus Abstellkammer Arbeitszimmer machen.«

Posten 2) bis 68) waren die restlichen Dinge, die erledigt werden mussten, bevor der Steuerprüfer kam. Sandra ließ die Rolle sinken.

»Auf solchem Papier hab ich früher Schatzkarten gemalt. Weil echte Schatzkarten nie aufgefaltet werden, immer nur entrollt.«

Sie drehte sich weg, weil sie merkte, dass sie gleich heulen würde. Aber ihre Mutter, die gerade mit einer Thermoskanne Kaffee in die Werkstatt kam, sah es trotzdem.

»Da schau, was du angerichtet hast«, schimpfte sie mit ihrem Mann. »Das arme Kind! Und alles nur wegen der Steuer!«

Sandra begann damit, die Abstellkammer auszuräumen. Die war ziemlich groß, weil es ursprünglich gar keine Abstellkammer, sondern ein zu kleines Gästezimmer gewesen war. Das Erste, was sie in den Garten trug, waren zwei Besen und ein Karton mit alten Schuhen. Ihr Vater lief ihr entgegen und nahm ihr den Karton ab.

»Es sieht ja nur auf den ersten Blick wie eine Schatzkarte aus«, versicherte er. »Sagen wir einfach Putzplan dazu.«

Sie musste lächeln, und das genügte ihm schon.

Als Gerry zu seiner üblichen Zeit, gegen zehn Uhr, aufstand und die Vorhänge aufzog, hatte Sandra bereits den Inhalt der Abstellkammer auf dem Rasen verteilt. Zwischen den zwei Staubsaugern, Besen, kaputten Stühlen, Teppichen und Weinkisten voller Verlängerungskabel strolchte selig schnüffelnd Fiskus herum, als wäre er ganz in seinem Element. Gerry würde bald in die Uni verschwinden, gut.

»Wie kann ich mich nützlich machen?«

Er kam in den Garten in einer ungebügelten Hose, und das hieß: Er wollte sich wirklich nützlich machen.

»Musst du nicht in die Uni?«

»Nach DEM Streit mit Romo? Ich brauche Abstand.«

Sie schob Gerry aus dem Weg und auf die Terrasse. Vor ihn auf den Tisch stellte sie zwei Schuhkartons: In dem einen waren ein Paar Wanderstiefel in Übergröße gewesen, in dem anderen Skischuhe. Jetzt quollen beide über mit Rechnungen, Geschäftsbriefen, Skizzen, Belegen und Kostenvoranschlägen: Das war Sandras Buchhaltung.

»Alles, was jünger ist als drei Jahre, sortierst du ... hier rein.« Sie sah sich nach einem passenden Behälter um und drückte Gerry einen leeren Putzeimer in die Hand. »Und danach gibst du alles, was in dem Putzeimer ist, meinem Vater. Der macht den Rest.«

»Steuern sind so bourgeois.« Gerry betrachtete angeekelt die überquellenden Kartons. »Und diese lächerlichen Erfüllungsgehilfen-Drohnen, die sie eintreiben. Eigentlich unfassbar, dass man sich mit so was noch rumschlägt. Das ist irgendwie mittelalterlich.«

»Das ist irgendwie nicht hilfreich, Gerry.«

Er fischte angeekelt eine Quittung aus dem Karton. Sandra wollte gerade wieder zurück in die Abstellkammer, da sah sie die Palette mit den Kräuter-Setzlingen. Immer noch halb unter dem Sack Pferdemist begraben, den sie gestern draufgeworfen hatte.

»Wusstest du, dass Romo Wesser gar nicht sein richtiger Name ist? Das ist nur sein Künstlername. In Wahrheit heißt er Robert Mollwesser. Ziemlich uncool, wenn man so was nötig hat.«

Sandra wuchtete den Sack von der Palette, um zu sehen, ob die Setzlinge die Nacht überlebt hatten: hmm, offenbar. Robustes Zeug. Bei einigen waren ein paar Blätter schlaff, aber die meisten sahen erstaunlich frisch und unverwüstlich aus.

»Eigentlich war er auch nur in den Neunzigern kurz berühmt. Im Institut sagen sie, wenn er so berühmt wäre, wie er tut, hätte er wenigstens einen einzigen Artikel in *Architecture and Space* veröffentlicht. Und so jemand maßt sich an, mein Modell zu kritisieren.«

Sandra beschloss, dass die Setzlinge nicht mal die Mühe wert waren, sie zum Kompost zu tragen. Sie würde sie einfach hier auf der Terrasse stehen lassen. Sollten sie vertrocknen oder erfrieren, beides ein befriedigend langsamer Tod.

»Hat dir sein Armband eigentlich gefallen? Sei bitte ganz ehrlich.«

Sandra holte tief Luft.

»Hör zu: Du musst ihn vergessen, okay? Er hat dich verletzt, er hat dir wehgetan und deshalb ist er ein verdammtes Arschloch. Aber du musst nach vorne schauen. Du musst aufhören, an ihn zu denken, sonst wirst du irgendwann wahnsinnig und … und fängst an, Pfefferminz-Setzlinge töten zu wollen.«

Gerry hatte mit offenem Mund zugehört. Sandras Blick fiel auf die Rechnung, die er in der Hand hielt.

»Wusstest du übrigens, dass die Schrift erfunden wurde, damit die Menschen Quittungen und Rechnungen und Steuerbescheide ausstellen konnten? Interessant, oder?«

24

Sandra und ihr Vater schufteten zwölf Tage lang. Ihre Mutter kochte und machte sich Sorgen, beides von Tag zu Tag mehr. Als die Abstellkammer endlich leer war, fing Sandra an, den Rest ihrer Buchhaltung aus Jackentaschen und dem Handschuhfach zusammenzuklauben. Und als das geschafft war, belud sie ihren Lieferwagen mit schwarzen Papiersäcken mysteriösen Inhalts und fuhr sie zu einem uneinsehbaren Winkel der Müllverbrennungsanlage, den ihr Vater gut kannte.

In der ersten Woche arbeitete sie an den Nachmittagen noch im Schulgarten, aber danach meldete sie sich bei der Direktorin krank. Sie redete sich ein, dass der Schulgarten jetzt einfach warten musste, bis für die Steuerprüfung alles geregelt war. Es gab wirklich unfassbar viel zu tun. Und Sandra war jeden Abend so müde, dass ihr selbst Gerry kaum noch auf die Nerven ging. Aber in Wahrheit mied sie den Schulgarten wie ein gefährliches Sumpfgebiet, überall lauerte die Erinnerung an Fred. Irgendwie war sie dem Finanzamt sogar dankbar für die Ablenkung.

Ihr Vater war regelrecht aufgeblüht, als hätte er endlich wieder eine echte Aufgabe. Er bastelte auch nicht mehr aus Langeweile an der Alarmanlage herum. Aber Sandra fing an, sich Sorgen zu machen, als sie ihn eines Nachts ertappte, wie er singend das Arbeitszimmer neu strich: auf dem Kopf einen Papierhut, gefaltet aus einem alten Steuerformular. Am nächsten Morgen übertrug er aus ihrem Auftragsbuch Termine in einen neuen Wandkalender. Für jeden Termin einen anderen Stift. Neben ihm, auf dem neuen Schreibtisch, der bis vor Kurzem der alte Tapeziertisch gewesen war, standen ein Pappbecher und eine offene Flasche Weißwein.

»Guten Morgeeeen!« Er winkte fröhlich, als er seine Tochter sah. Dann nahm er einen großen Schluck Wein aus dem Becher und schrieb einen neuen Termin in den Kalender, dieses Mal mit rotem Stift.

Entsetzt drückte Sandra die Tür hinter sich zu, bevor ihre Mutter ihn so sehen konnte.

»Papa, es ist noch nicht mal Mittag!«

»Die Arbeit ruft, die Arbeit lacht, und ich hab mir ein Fläschchen mitgebracht ...«

Sandra nahm ihm die Flasche weg: Sie war halb leer.

»Kind! Gib die wieder her, das ist ein Arbeitsmittel.« Und dann begann er so zu lachen, dass er sich setzen musste.

»Was MACHST du da?«

»Ich trage deine Termine in den Kalender, damit es aussieht, als würdest du wirklich hier arbeiten. Und natürlich müssen die Stifte wechseln. Kein Mensch benutzt immer denselben Kugelschreiber.«

»Mich interessiert nicht, was du am frühen Morgen mit einem Kugelschreiber machst! Sondern mit einer halb leeren Weinflasche!«

Er betrachtete sein Werk mit Stolz und hörte gar nicht zu.

»Natürlich können sie den Kalender ins BKA-Labor schicken und den Trocknungsgrad der Kugelschreiberpasten analysieren. Aber so viel Arbeit macht sich da doch niemand wegen einer kleinen Betriebsprüfung.«

Er trank den Becher leer. Dann erinnerte er sich plötzlich wieder an Sandra.

»Oh, der Wein? Der ist nur dazu da, dass sich die Schrift ändert. Man schreibt im normalen Leben ja nie gleich: Die Termine dort sind nüchtern geschrieben. Die da drüben nach den ersten zwei Bechern und die hier nach den ersten vier ...«

Sandra musste wider Willen lachen. Sie ließ den zerfledderten Stapel Papier, den sie mitgebracht hatte, auf den wackeligen Schreibtisch fallen.

»Mach Platz, Papa. Ich muss arbeiten.«

Rolf Schläpple überließ ihr zögernd den Stuhl.

»Und was ist das?« Er zeigte auf den Haufen Papier.

»Noch ist es ein Haufen loser Zettel, die ich hauptsächlich unter der Fußmatte aufbewahrt hatte. Aber heute Abend wird daraus ein Fahrtenbuch geworden sein, das aussieht, als hätte ich es ein Jahr lang sorgfältig und korrekt geführt.«

Sie nahm ihrem Vater die Stifte aus der Hand und goss den Rest Wein in den Becher. Es war, wie sie anerkennend feststellte, eine Flasche von dem guten Riesling.

Später, kurz vor dem Mittagessen, entsorgte sie heimlich die leere Flasche im Container, bevor ihre Mutter sie entdeckte. Im Garten traf sie ihren Vater. Der unterhielt sich aufgeräumt mit der Zillmann. Sandra konnte schon von Weitem sehen, dass sie seine Weinfahne bemerkt haben musste: Die Zillmann sah ekstatisch aus. Ihre Mutter tat ihr plötzlich leid. Wahrscheinlich machte ihr Vater in diesem Gespräch gerade den mühsam herausgeputzten Eindruck von Monaten zunichte. Mutter Schläpple hatte schon vergeblich protestiert, als Sandra und ihr Vater den Garten kurzfristig zur Ablade-, Sammel- und Sortierstelle umfunktioniert hatten. Jedenfalls so lange, bis jemand eine Idee hatte, wo man den Krempel unterbringen konnte, der bisher die Abstellkammer verstopft hatte. Die Zillmann zeigte neugierig auf ein altes Klappsofa, das unter einem Berg Gartenpolster begraben war. Ob die Schläpples Ungeziefer im Haus hätten?

Ihr Vater lachte.

»Nein. Wir kriegen erst welches.« Dann rieb er sich die Hände.

Und in diesem Moment verstand Sandra plötzlich, was sie so beunruhigte – ihr Vater bereitete keine Steuerprüfung vor. Sondern eine Schlacht. Sie wollte keine Schlacht, ganz sicher nicht. Aber wenn sie sich in diesen Tagen ehrlich gefragt hätte, *was* es war, das sie wollte, sie hätte es nicht sagen können. Die Wahrheit war: Sie wollte, dass die Vorbereitungen für diese Steuerprüfung nie zu Ende gingen. Diese beiden Wochen fühlten sich an wie die letzten großen Ferien vor dem bitteren Ernst des Lebens. Denn für den Tag vor der Steuerprüfung hatte Gerry den Termin beim Notar ausgemacht, um den Kaufvertrag für den Bauplatz am Hang zu unterschreiben.

Und die verdammten Kräuter auf der Terrasse lebten immer noch!

25

Fred verbrachte zwölf Tage damit, Sandra nicht anzurufen. Am dreizehnten Tag war er davon so erschöpft, dass er, kaum im Büro, seinen Kopf auf die Schreibtischplatte sinken ließ.

Aber das war ein Fehler, denn aus diesem Blickwinkel, auf gleicher Augenhöhe, wirkte das Telefon sogar noch verführerischer. Fred musste nur die Hand danach ausstrecken und dann ... Er würde nur ihre Stimme hören wollen, nur das. Und dann auflegen.

Aber Sandra würde gar nicht ans Telefon gehen, wenn sie die Nummer erkannte.

Und wenn er seine Nummer unterdrückte?

Er hatte den Hörer schon in der Hand, dann legte er doch wieder auf: Er brachte es nichts übers Herz, sie noch mal zu hintergehen. Und sei es nur mit einer Rufnummernunterdrückung.

Winnie war nicht mehr ins Büro gekommen, seit Fred die Praktikantin zurechtgewiesen hatte. Zu Hause hatten sie es geschafft, sich aus dem Weg zu gehen. Aber die Praktikantin war und blieb schuld daran, dass Fred mit Sandra Schluss machen musste. Hätte sie nicht die Prüfungsanordnung rausgeschickt, wäre das nie passiert! Wenn Winnie so verliebt in die Praktikantin war, dass er glaubte, solidarisch an ihrer Seite stehen zu müssen, dann wollte Fred ihn nicht wegzerren.

Nur eines bereitete ihm doch Kopfzerbrechen: Jetzt konnte er Winnie nicht mehr um Rat fragen, wie man korrekt krankfeierte. Morgen war Sandras Steuerprüfung. Und schon an jenem furchtbaren Abend vor knapp zwei Wochen hatte er beschlossen, sich am Tag der Prüfung krankzumelden. Wenn es sein musste, so lange bis der Chef aufgab und jemand anderen schickte. Es war der einzige Weg, ihr nie wieder unter die Augen treten zu müssen. Seine Personalakte war Fred inzwischen so egal, wie es ein kompostierbarer Haufen Papier nur sein konnte.

Fred hatte gerade den Vormittag irgendwie herumgebracht, als der Steuerberater von Herrn Feiningers Schnitzelwirtschaft anrief: Seine Sekretärin hätte beim Aufräumen einige Kopien alter Getränkepreislisten gefunden, die wohl von der Betriebsprüfung übrig geblieben waren. Ob man die dem Finanzamt noch zuschicken sollte für die Akten? Sonst würde man sie vor Ort schreddern.

Fred sah auf die Uhr.

»Nicht anfassen!«, sagte er. »Ich hole sie persönlich ab, in einer halben Stunde bin ich da.«

»Wirklich? Persönlich? Das alte Zeug?« Der Steuerberater war erst überrascht, dann wurde er panisch. »Aber der Betriebsprüfungsbericht ist doch schon raus! Die Schlussbesprechung ist durch! Haben Sie neue Erkenntnisse? Eine Kontrollmitteilung? Ist etwa die Umsatzsteuer-NACHPRÜFUNG auf dem Weg?

Es gab keine neuen Erkenntnisse. Die Kanzlei des Steuerberaters lag nur schräg gegenüber der Grundschule Sindelfingen.

Sandra war nicht da. Ihr Lieferwagen war nicht da, ihr Fahrrad war nicht da. Nur ein Mädchen angelte ein paar späte Tulpen durch den Zaun und schnippelte sie mit einer Kinderschere ab: Es war die Kleine aus dem Museum. Als Fred sie nach Sandra fragte, stopfte sie mit hochrotem Kopf die Tulpen in ihren Turnbeutel und murmelte, dass die Blumen, ganz ehrlich, für Frau Schläpple wären. Weil sie schon so lange krank war.

Als er kurz darauf wieder ins Finanzamt zurückkam, wollte er dort nichts anderes als seine Aktentasche holen. Er musste sich jetzt nicht mehr den Kopf darüber zerbrechen, wie man krankmachte. Er sah so elend aus, dass die Kollegin aus der Schreibkanzlei ihm besorgt die Tür aufhielt. Doch kaum an seinem Schreibtisch, brüllte ihn der Chef zu sich. Fred hörte es nur wie durch dicke, graue Watte. Alles, was er denken konnte, war: Sandra ist krank. Und ich bin schuld.

Im Büro des Chefs wartete bereits die übereifrige Praktikantin. Außerdem, und das überraschte Fred, war Winnie im Zimmer. Die Praktikantin hatte einen schadenfrohen Zug um den Mund. Winnie, der neben der Zimmerpalme stand, wich Freds Blick aus.

Der Chef kam gleich zur Sache.

»Das war ein Befehl!«, brüllte er. »Ich hatte Ihnen befohlen, den Kontakt zur Tochter Schläpple abzubrechen! Und Sie gehen mit ihr ins Bett!«

»Paragraph 83 AO«, erläuterte die Praktikantin. »Besorgnis der Befangenheit: ›Liegt ein Grund vor, der geeignet ist, Misstrauen gegen die Unparteilichkeit des Amtsträgers ...‹«

Der Chef kürzte das Ganze ab.

»Leugnen ist zwecklos, Eisenbogen. Es gibt Zeugen.«

Die Praktikantin schlug elegant ein Bein über das andere.

Fred konnte es nicht glauben.

»Winnie?«, fragte er ungläubig.

Winnie musste der Praktikantin von Sandra erzählt haben! Winnie hatte ihn verraten! Winnie versuchte, hinter der dürren Zimmerpalme zu verschwinden.

»Ich zieh Sie von dem Fall ab. Ich und die Kollegin hier werden den Schläpple zur Strecke bringen. Her mit den Akten.«

»Jetzt? Jetzt sofort?«

»Es sei denn, die Akten sind in Sindelfingen unter einer Bettdecke«, schob die Praktikantin spitz nach.

Da endlich trat Winnie aus dem Pflanzenschatten hervor, runzelte die Stirn und sagte:

»Hey. Hey.«

Fred ging zurück in sein Büro. Er brauchte eine Weile, bis er eine Plastikkiste gefunden hatte, die groß genug war. Er wollte nicht stopfen. Auf den Boden der Kiste hatte jemand zwei rote Stempel gedrückt: VERSCHLUSSSACHE und GEHEIM. Die Stempel hatte Fred lange nicht mehr gesehen. Wenn er sich aus dem Studium richtig erinnerte, bedeuteten sie:

Die Kenntnisnahme durch Unbefugte kann die Sicherheit der Bundesrepublik Deutschland oder eines ihrer Länder gefährden oder ihren Interessen schweren Schaden zufügen.

Winnie hätte gesagt: Wie im Film!

Die Kiste war staubig, Fred wischte sie mit seinem Taschentuch aus. Dann legte er behutsam die Akten hinein, eine nach der anderen. So langsam wie jemand, der Abschied nehmen muss, aber noch nicht bereit dazu ist. Als ihm das auffiel, stoppte er. Warum war er nicht erleichtert? Sollte er das Zeug nicht so schnell wie möglich in irgendeine Plastiktüte stopfen, sie dem Chef ins Zimmer werfen und nach Hause gehen? Er war Sandras Steuerprüfung los und musste noch nicht mal krankmachen dafür. War das nicht genau das, was er gewollt hatte?

Er schüttelte den Gedanken ab und trug die Kiste ins Büro des Chefs. In der Mitte des Zimmers blieb er stehen. Auge in Auge mit dem Lieblingsposter seines Vorgesetzten: ein Foto von Gangsterboss Al Capone, mit dem Schriftzug *Nur ein Steuerfahnder konnte ihn schnappen.*

Als die Praktikantin nach der Kiste griff, hielt Fred sie fest. Dann räusperte er sich und sagte:

»Wenn Sie den Fall übernehmen, war mein Undercover umsonst.«

»Undercover?« Das war der Chef.

»Nur so bin ich an – äh, Insider-Informationen gelangt.«

Der Chef winkte der Praktikantin, sich zu setzen. Die dachte gar nicht daran.

»Aber was ist mit Paragraph 83? Was ist, wenn Herr Schläpple ihn gleich wieder nach Hause schickt? Dann macht Herr Eisenbogen das ganze Finanzamt lächerlich!«

»Das Risiko müssen wir eingehen. Ich stufe es allerdings als gering ein.« Oder hätte Fred sagen sollen: Ich klassifiziere es als gering? »Aber wenn Sie mich jetzt abziehen, gefährden Sie die …« Er holte tief Luft, sah hilfesuchend Winnie an, der aber nur den Mund offen stehen hatte und keine Hilfe war. »… dann gefährden Sie die Operation Dienstausweis.«

»Operation Dienstausweis?«, wiederholte der Chef misstrauisch. »Warum haben Sie mich nicht eingeweiht in die Operation Dienstausweis?«

Gute Frage. Hervorragende Frage.

»Ich wollte Ihnen den Rücken freihalten. Für den Fall, dass die Bombe vorher platzt.« Den Chef, das konnte Fred sehen, bewegte das tief.

»Aber dann kann ich doch sicher der Prüfung beisitzen?« Schon wieder die Praktikantin, jetzt feilschte sie auch noch! Der Chef sah Fred an. Aber der schüttelte bedauernd den Kopf.

»Das würde die Operation gefährden.«

Der Chef, der nie wirklich die Chance gehabt hatte, den B-Movie-Star, der in ihm steckte, zum Leben zu erwecken, legte Fred ernst die Hand auf die Schulter.

»Ich verstehe. Sie müssen da alleine rein.«

Die Praktikantin hörte nicht auf, zu protestieren, bis der Chef sie mit einem Spezialauftrag betraute. Sie strahlte, straffte die Schultern und lief aus dem Zimmer, um sich sofort an die Arbeit zu machen. Es würde Wochen dauern, bis sie herausfand, dass es eine beeindruckend verschleierte Arbeitsbeschaffungsmaßnahme war.

Fred nahm der Chef noch einmal gesondert zur Seite.

»Wenn Sie das vermasseln, Eisenbogen, bearbeiten Sie in Zukunft Wohnungsbauprämien-Anträge. Im Aktenkeller.«

Als Fred endlich wieder in seinem Büro war, kam Winnie ihm nachgerannt.

»Operation DIENSTAUSWEIS?!«

Dann klemmte er einen Stuhl unter die Türklinke, an der jetzt die Praktikantin rüttelte. Fred begann, seine Tasche für die Betriebsprüfung am nächsten Morgen zu packen. Winnie würdigte er keines Blickes.

»Na schön. Ich war wütend auf dich, weil du die Praktikantin angeschrien hast. Und da habe ich ihr möglicherweise von dir und Sandra erzählt. Aber ich hätte doch nie gedacht, dass sie das ausnutzt und dich in die Pfanne haut.« Und das war – Fred konnte es sehen – eine ganz neue Erfahrung für Winnie. Eine Frau hatte ihn ausgenutzt.

»Aber jetzt zu dir«, sagte Winnie, der offenbar fand, dass er sich ausreichend erklärt hatte. »›Operation Dienstausweis‹: Gab's nichts Besseres?«

»Mir ist so schnell nichts anderes eingefallen. Es war entweder das, oder Operation Zimmerpalme.«

»Aber der Rest war große Klasse. Nur Popcorn hat gefehlt.«

»Ich wollte die Prüfung nicht abgeben. Und das war die einzige Möglichkeit, ihn – weichzukochen.«

»Warum willst du die Prüfung jetzt auf einmal nicht mehr los sein? Hast du ihr doch die Wahrheit gesagt, und ihr steckt alle beide unter einer Decke?«

Die Wahrheit war: Fred hatte erkannt, dass er die Prüfung niemand überlassen durfte, dem es nur darum ging, Sandra und ihre Familie fertigzumachen. Das Einzige, was Fred jetzt noch für Sandra tun konnte, war, sich nicht mehr hinter Paragraphen zu verstecken. Die Wahrheit war: Zum ersten Mal seit Wochen fühlte Fred sich wieder wie ein echter Mann. Aber das konnte er Winnie natürlich nicht sagen. Weil es sich wirklich anhörte wie aus einem B-Movie.

26

Während Fred für Sandra im Finanzamt zum Helden wurde, konnte Sandra sich nicht entscheiden, was sie zum Notartermin anziehen sollte. Es wäre einfach gewesen, wenn sie zu diesem Anlass besonders hübsch hätte aussehen wollen. Aber so war es nicht. Sie brauchte ein Kleid, das mehr war als ein Kleid: Sie brauchte eine Verkleidung.

Sie hatte ihre sämtlichen Kleider, Röcke, Hosen und Pullover auf dem Bett ausgebreitet. Jetzt hob sie ein Kleidungsstück nach dem anderen hoch, kritisch, gegen das Licht, als könnte sie so das richtige unter den falschen herausfinden. Zum Schluss das weiße Kleid mit den Blumen und dem roten Kreuzstichmuster, das sie getragen hatte, als sie Fred in der Post … Sie begrub es schnell und tief unter einem Stapel Jeans. Dann packte sie den ganzen Haufen Kleider zurück in den Schrank. Die Schranktür sprang immer wieder auf, sie schob einen Wäschekorb davor.

Schließlich kniete sie sich neben das Bett und zog eine verstaubte Pappschachtel darunter hervor. Darin war ein Kostüm, das sie damals, ihrer Mutter zuliebe, für Helenas Taufe gekauft hatte. Es war cremeweiß und furchtbar vernünftig. Sie hatte es nie getragen, weil sie gerade noch rechtzeitig vernünftig geworden war. Das Preisschild hing sogar noch dran. Sie schnitt es ab.

Das Kostüm war zu eng, und der steife Kragen juckte am Hals. Mit den hohen Schuhen, die ebenfalls dazugehörten, trat sie, ungewohnt schwankend, vor den langen Spiegel. Sie hätte sich beinahe nicht wiedererkannt – und das war es, was sie gebraucht hatte. Ganz am Ende legte sie noch Gerrys Armband an.

Aber die Verkleidung war offenbar nicht besonders gut. Sie wirkte gerade mal bis zum Gartentor, dann fühlte Sandra den dicken Kloß Zweifel im Hals. Gerade als ihr wirklich nichts mehr anderes übrig blieb, als ins Auto zu steigen, sah sie die drei magischen Mäuse, die Helena nach dem letzten Quartalsfälschernachmittag auf den Gartenweg gemalt hatte. Daneben war ein rotes Kreuz aus Kreide, direkt unter dem offenen Küchenfenster. Sandra, nicht wählerisch, wenn es um ein Zeichen ging, auf das sie dringend wartete, machte sich in die Küche auf. Wahrscheinlich traf sie dort um diese Zeit ihre Mutter.

Sandra hatte ihre Mutter nie so gut verstanden wie ihren Vater. Ihre Mutter schaffte und machte sich Sorgen, was die Nachbarn über die Schläpples dachten. Wenn sie nicht schaffte oder sich Sorgen um ihren Ruf machte, las sie Liebesgeschichten. Heimlich. Je dramatischer die Liebe war, je unerwiderter, je enttäuschter, desto besser. Im doppelten Boden einer Keksdose hatte Sandra kürzlich einen ganzen Stapel Romane gefunden mit Titeln wie *Rache aus Liebe* oder *Die Wahl fiel auf den Falschen.*

Aber vielleicht tat sie ihrer Mutter auch Unrecht, und in der Küche lag wirklich die Antwort auf ihre Fragen.

In der Küche, auf dem Tisch, den Stühlen, praktisch jeder freien Oberfläche, stapelte sich Fleisch: Schweinenacken, Hähnchen, Haxe und Rinderzunge. Dazwischen stand ihre Mutter und beschriftete Gefrierbeutel.

»Ich habe vorgesorgt«, sagte sie stolz und hielt eine Plastiktüte mit Maultaschen hoch. »Wenn das Finanzamt morgen kommt, wer weiß, ob die uns noch einen Pfennig übrig lassen.«

Sandra ließ sich dankbar auf einen Küchenstuhl fallen.

»Du hast recht! Ganz genau! Und deshalb sollten wir den Bauplatz nicht kaufen! Frau Keller lässt sich bestimmt noch überreden, zu warten. Nur bis der Steuerbescheid kommt und dann ...«

»Dein Vater sagt, das kann Monate dauern. Natürlich sollt ihr jetzt den Bauplatz kaufen. Der Gerry ist gut für dich.«

Aber das war wirklich nicht, was Sandra hatte hören wollen.

»Du tust so, als sollte ich vor allem Gerry kaufen.«

»Hübsch siehst du aus«, sagte ihre Mutter fest und tat, als hätte sie es nicht gehört. »Und jetzt geh, sonst kommst du wieder zu spät und der Gerry muss auf dich warten.«

Aber jetzt blieb Sandra. Jetzt erst recht. Sie schnappte sich einen Gefrierbeutel, stopfte ein Stück Rinderzunge hinein, beschriftete das Etikett und hielt ihrer Mutter das Paket hin. Sie hatte sehr wohl Zeit! Sie hatte so lange Zeit, wie sie nur wollte!

Als Mutter Schläpple das Paket in der Gefriertruhe verstaute, blieb ihr Blick an dem Etikett hängen. Und fiel dann, besorgt, auf ihre Tochter.

Sandra riss ihr ungeduldig den Beutel wieder aus der Hand und stellte fest: Sie konnte ihre eigene Schrift nicht mehr lesen. So sehr hatte ihre Hand beim Schreiben gezittert.

»Ich versteh dich nicht«, sagte ihre Mutter nach einer Pause. »Ein Haus, Gerry, Kinder mit Gerry. Das ist das, was du immer wolltest! Und jetzt, wo du alles haben kannst: Da willst du es nicht mehr?«

Statt einer Antwort drehte Sandra einen brutalen Knoten in eine Tüte mit Kalbsbrust.

»Angenommen, ich gehe zum Metzger, um eine Kalbsbrust abzuholen. Die Kalbsbrust hat der Metzger extra bestellt. Also: Ich stelle mich in eine lange Reihe und dann, gerade wenn ich dran bin, wird mir klar, dass ich in Wahrheit nie Kalbsbrust essen wollte! Sondern was ganz Einfaches, Suppenhuhn zum Beispiel. Aber dann kaufe ich die Kalbsbrust trotzdem, weil ich sie schon vorbestellt hatte und weil ich und alle anderen sich eingestellt haben auf Kalbsbrust und weil zu Hause im Kühlschrank schon die Füllung fertig zubereitet in einer Tupperdose liegt. Aber das ist doch furchtbar falsch, oder? Da ist es doch besser, man kauft gar nichts, bevor man Geld für das Falsche ausgibt. Oder? Mama?«

Erstaunt sah Sandra, dass ihre Mutter nickte.

»Der Gerry macht dir schon noch einen Antrag. Du willst einfach nicht mehr warten, deshalb bildest du dir alle möglichen Sachen ein. Ich hätte auch beinahe mal jemand anderen geheiratet, weil dein Vater sich ewig Zeit gelassen hat.«

Dann betrachtete sie zufrieden den Fleischberg in der Gefriertruhe und ließ den Deckel zufallen.

»Mach dir keine Sorgen, Kind«, sagte sie. »Du hast nur ein bisschen Torschlusspanik.«

27

Der Notar ließ alle gleich wissen, dass er nicht viel Zeit hatte, jetzt, nachdem Fräulein Schläpple über eine halbe Stunde zu spät erschienen war.

»Sollen wir einen neuen Termin ausmachen?«, fragte Sandra und blieb gleich stehen. Sie war eigentlich nur zehn Minuten zu spät gewesen. Die restlichen fünfundzwanzig hatte sie auf dem Parkplatz versucht, sich einzureden, dass sie wirklich nur ein bisschen Torschlusspanik hatte.

Der Notar schüttelte irritiert den Kopf und begann, den Vertrag herunterzuleiern:

»Der Notar hat die Beteiligten darauf hingewiesen, dass er das elektronische Grundbuch am heutigen Tag hat einsehen lassen ...«

Sandra hörte bald nicht mehr zu. Ihr Blick fiel auf ihr bleiches Spiegelbild in einer Glasvitrine. Erschrocken rieb sie sich die Wangen röter.

Neben ihr, auf dem gleichen unbequemen Stuhl, saß Gerry. Er trug einen dunklen Anzug und ein weißes Hemd mit einer dünnen Krawatte. Eine von diesen ironischen Krawatten, die dünner waren als normale Krawatten. Aber es war eine Krawatte. Hatte sie Gerry schon jemals mit einer Krawatte gesehen? Ihr Kostüm war cremeweiß. Und als die alte Frau Keller neben Sandra ein schon feuchtes Taschentuch aus dem Jackenärmel zog und sich die Augen abtupfte, da wusste Sandra, wie das hier alles aussah: wie ihre eigene Hochzeit.

»... die Verkäuferin Frau Luise Keller verkauft den vorbezeichneten Kaufgegenstand an den Käufer Herrn Gerry Wenkhoff und die Käuferin Frau Sandra Schläpple, die hiermit ...«

»Halt! Ich habe einen Einwand! Ich meine ... eine Frage«, unterbrach Sandra. »Kann ich ... können wir das Grundstück zurückgeben? Gibt es so was wie eine Rückgabefrist?« Neben ihr fühlte sie Gerry zusammenzucken. Nach einem kurzen Blick stellte sie fest: Es war aus Scham über Sandras Frage, nicht aus Besorgnis. Der Notar ließ den Vertrag sinken.

»Aber das macht man doch so, wenn man etwas kauft, oder? Was ist, wenn das Grundstück mangelhaft ist?«

»Das ist ein vierhundertfünfzig Quadratmeter großer Haufen Erde. Was soll da mangelhaft sein? Die Bodenproben sind einwandfrei. Können wir jetzt weitermachen?«

Er konnte nicht weitermachen, weil die alte Frau Keller aufschluchzte.

»Mein Mann, Gott hab ihn selig! Sechzig Jahre waren wir glücklich. Auf dem Grundstück hat er mir den Heiratsantrag gemacht. Und jetzt muss ich es verkaufen, um die Erbschaftssteuer zu bezahlen.«

»Tun Sie nichts, was Sie später bereuen!«

Frau Keller nickte Sandra dankbar zu. Dann bedeutete sie dem Notar, fortzufahren. Sandra drehte sich zu Gerry.

»Ich hatte eine Affäre.«

Stille.

»Das ist ... surreal.«

Während Gerry förmlich um eine kurze Unterbrechung bat und Sandra aus dem Zimmer zog, dachte sie: Selbst wenn ich ihm eine Affäre gestehe, ist das erste Wort, das ihm einfällt, eines aus der Stilkritik.

»Es tut mir wirklich, wirklich leid«, murmelte sie draußen auf dem Flur, in der Garderobe, eingequetscht zwischen Jacken, Mänteln und dem Regenschirmständer. Gerry sah aus, als konnte er es nicht fassen.

»Der Kunstlehrer der Grundschule Sindelfingen? Sandra ... wirklich?«

»Was ist mit ihm?«

»Denkst du, ich habe nicht gemerkt, wie du ins Stottern gekommen bist, als du mir von dem Kunstlehrer erzählt hast, der sich angeblich für Romos Armband interessiert? Hattest du das Armband bei ihm vergessen? Und bist dann am nächsten Tag hin, um es zu holen?«

Sandra wurde schwindelig. Die Mäntel, zwischen denen sie eingeklemmt war, rochen alle verschieden, nach Parfüm, Zigaretten, Sauerbraten, und sie wusste nicht einmal, wo sie hätte anfangen sollen, um all die Missverständnisse aufzuklären. Also übersprang sie sie einfach.

»Es war ein einziges Mal. Ich wollte unbedingt ehrlich sein mit dir, bevor wir ... weil es ja sein kann, dass du dir die Sache mit dem Bauplatz noch mal überlegen willst, jetzt?«

Sie konnte nicht verhindern, dass es hoffnungsvoll klang.

»Warst du deshalb so anders in den letzten zwei Wochen? So abweisend? Weil du dich nicht getraut hast, es mir zu sagen?«

Sandra staunte. Sie konnte nicht anders. So viel falsche Menschenkenntnis! Gerry deutete ihr staunendes Schweigen offenbar als Bewunderung seiner Menschenkenntnis: Er zuckte die Schultern. Als wäre DIESE Schlussfolgerung nun wirklich keine große Kunst gewesen. Und dann, als Sandra sicher war, dass sie nichts mehr überraschen konnte, küsste Gerry sie. Und zwar so innig und ehrlich und fest, dass sie angefangen hätte zu heulen, wenn nicht im selben Moment, ungeduldig, der Notar zwischen den Mänteln erschienen wäre.

Gerry ließ Sandra den Vortritt zurück ins Zimmer und zwar beinahe ehrfürchtig. Eine leibhaftige Affäre, auch wenn es nur mit dem Dorflehrer gewesen war, das hatte Gerry seiner bodenständigen Sandra nie und nimmer zugetraut.

Er war nicht der Einzige: Frau Keller rückte ihren Stuhl ein anständiges Stück von Sandra weg, und der Rest des Termins zog sich vor allem deshalb in die Länge, weil der Notar sich jedes Mal verhaspelte, wenn sein Blick an Sandra hängenblieb.

Aber Gerry griff nach ihrer Hand und hielt sie fest, bis der Notar ihnen die Verträge in einer klebrigen Kunstledermappe überreichte.

Bis zum Ende.

28

Am nächsten Morgen, dem Tag der Steuerprüfung, bestand Winnie darauf, Fred persönlich zu den Schläpples zu eskortieren. Fred war noch nie auf Winnies Motorrad mitgefahren, aus offensichtlichen Gründen. Aber er fühlte sich immer noch heldenhaft berauscht von seinem gestrigen Entschluss, die Steuerprüfung doch zu übernehmen. Und deshalb war es plötzlich nicht mehr leichtsinnig, nicht mal verwegen, sondern einfach nur angemessen, an diesem Tag nicht den Bus zu nehmen. Wenn da nur nicht dieses Gefühl gewesen wäre, dass er etwas Wichtiges vergessen hatte ...

Aber als Winnie endlich vor Sandras Haus bremste, hatte der Fahrtwind jegliche Restzweifel weggeblasen. Fred war auf eine neue, unausweichliche Art ruhig und vollkommen sicher, das Richtige zu tun – so sicher wie er sich, ohne auf ein Gesetzbuch zurückgreifen zu können, nur sein konnte. Dass er trotzdem etwas wackelig vom Motorrad stieg, schob er auf das ungewohnte Gefühl von Boden unter den Füßen.

In der rechten Hand trug er seine Aktentasche und unter dem Arm die rote Handakte, seinen Arbeitsordner, mit dem Aufkleber: *Eigentum des Finanzamts Böblingen*. In der Hemdtasche steckt der Betriebsprüferausweis.

Als er vor der Haustür stand, sechs Minuten zu früh, hörte er, wie drinnen jemand Geschirr wegräumte. Im Garten hinter dem Haus bellte Fiskus.

Die Haustür war aus massivem Holz. Es gab keine Klingel, nur einen Türklopfer: ein großer, goldener Löwenkopf. Der war nicht in Augenhöhe angebracht, sondern ein ganzes Stück darüber, sodass Fred zu ihm aufschauen musste. Er drehte sich nach Winnie um, aber der war schon weg.

Er beschloss dann doch noch ein paar Schritte die Straße hinunterzulaufen. Es war furchtbar unhöflich, zu früh zu erscheinen. Aber als er gerade auf dem Absatz umdrehen wollte, kam Fiskus um die Ecke gerannt und sprang bellend und schnüffelnd an ihm hoch. Fred, der nicht wusste, ob er begrüßt oder zerfleischt werden sollte, versuchte, seine Aktentasche als Schild zu benutzen und gleichzeitig den Hund zu beruhigen.

»Schhh«, flüsterte er, mit dem Rücken zur Hauswand. »Du kennst mich doch! Fiskus! Ich bin doch nur Fred!«

Und da wurde auch schon die Tür aufgerissen. Vor Fred stand Sandra.

»Ach«, sagte sie und machte keine Anstalten, Fred von dem bellenden, sabbernden Hund zu befreien. Und selbst nachdem Fred es endlich geschafft hatte, Fiskus in den dunklen Flur abzuschieben, blieb sie unbeweglich, mit verschränkten Armen, im Türrahmen stehen. Fred strich sich verwirrt den Anzug glatt. Sie musste ihm ja nicht gleich um den Hals fallen. Aber sie konnte zumindest anerkennen, was er tat: Er hätte sich hinter einer Krankmeldung verstecken können, aber stattdessen kam er hierher und stand für seine Fehler gerade.

»Und?«, fragte sie. »Wie war die Ausgrabung in Weitweg?«

Das war es, was er vergessen und verdrängt hatte: Dass Sandra überhaupt nicht wissen konnte, wie viel Mut es ihn gekostet hatte, hierherzukommen, die Steuerprüfung durchzuführen und für seinen Fehler einzustehen. Weil sie von seinem Fehler gar nichts wusste. Weil sie immer noch dachte, er sei Archäologe.

»Es tut mir so leid, dass ich dich angelogen hatte. Ich bin so ein Feigling …« Er brach ab. Sie musste glauben, dass er sich dafür entschuldigte, zu feige gewesen zu sein für eine Beziehung oder wenigstens ein ehrliches Wort. Dabei würde er jetzt, in diesem Moment, alles dafür geben, der Arschloch-Archäologe sein zu können, für den sie ihn hielt. Es wäre so viel einfacher.

»Bist du fertig?«

»Nein, ehrlich gesagt, da ist noch etwas …«

Hinter Sandra erschien Rolf Schläpple. Fred erkannte ihn von dem Foto, das der Chef geschossen hatte. Herr Schläpple sah den Betriebsprüferausweis in Freds Hemdtasche sofort, er streckte die Hand aus.

»Ah, das Finanzamt Böblingen.«

»Eine bessere Beleidigung fällt mir auch nicht ein.« Sandra machte Anstalten, Fred die Tür vor der Nase zuzuknallen.

»Haben wir nicht telefoniert?«, fragte ihr Vater irritiert. »Sie sind Herr Eisenbogen, richtig?«

Fred sah Sandras Blick wandern ... über Freds Gesicht, den Beamtenscheitel, den Betriebsprüferausweis, bis zu seinem Arbeitsordner mit dem Aufkleber *Eigentum des Finanzamts Böblingen*. Und als sie verstanden hatte, sah sie erst gar nicht böse aus, eher ... verwundert. Wie eine Frau in einem Horrorfilm, kurz nachdem ihr der Psychopath ein Messer in den Bauch gerammt hat.

Fred streckte die Hand nach ihr aus, weil er plötzlich Angst hatte, sie könnte umfallen. Rolf Schläpple verfolgte alles fasziniert.

»Ihr kennt euch?«

»Es war ein furchtbares Missverständnis. Nein, zuerst war es ein Missverständnis. Dann war es eine Lüge, die ich versäumt habe zu korrigieren. Ich meine: zu gestehen. Aber alles andere ist wahr, ist es immer noch.«

»Ach. Und was wäre das?«

»Nichts! Ich meine: alles andere!« Fred versuchte, sich zu konzentrieren. »Sie können mich nach Paragraph 83 AO natürlich als Betriebsprüfer ablehnen, wenn Sie Grund haben, an meiner Unbefangenheit zu zweifeln.«

»Aber wenn Sie das auch wissen, warum sind Sie dann überhaupt hier?«

Fred bekam jetzt kaum den Satz heraus, auf den er seit gestern stolz gewesen war:

»Ich bin hier, weil ... ich kann Ihnen versprechen ... ich kann wenigstens fair sein.«

Er schaute niemanden an dabei, weil es plötzlich so falsch klang, dass er sich selbst nicht mehr glaubte.

Und dann warf sie ihm doch noch die Tür vor der Nase zu.

Durch den Knall schwang die Hundetür auf, eine große Plastikklappe vor einem ausgesägten Loch in der Haustür – und Fred musste mitanhören, wie Sandra ihrem Vater ein Geständnis machte.

»Weißt du noch«, hörte er sie, »als ich dir erzählt habe, ich hätte beinahe eine Dummheit gemacht? Ich hab sie dann doch gemacht. Mit dem da! Eine große Dummheit! Er hat mir vorgelogen, er sei Archäologe! Dabei wollte er mich nur aushorchen. Die tun doch alles für eine Beförderung, diese kleinen, niederträchtigen, lächerlichen Beamten.«

Dann kickte sie, durch die Hundeklappe, Fred gegen das Schienbein.

Sandras Vater riss die Haustür wieder auf, und Fred trat instinktiv einen Schritt zurück. Aber Herr Schläpple strahlte und zog Fred, an Sandras verschränkten Armen vorbei, ins Haus.

»Freut mich, freut mich. Mit einem Teil der Familie Schläpple sind Sie also schon bekannt. Ich stelle Ihnen gleich meine Frau vor, die ist noch beim Einkaufen. Wollen Sie schon mal im Wohnzimmer Platz nehmen, ja? Hier lang, den Gang hinunter, ich gehe vor.«

29

Sandra blieb an der Tür zurück, starrte den beiden nach und wünschte sich plötzlich einen vollen Mund Kirschkerne. Damit sie den Kerl anspucken konnte! Aber ihr Vater zog ihn zu schnell den Gang hinunter und dann, als ahnte der Kerl, dass er außerhalb ihrer Reichweite war, drehte er sich noch mal zu ihr um. Sie wollte gerade den Mund aufmachen, aber da hatte ihr Vater ihn schon im Wohnzimmer in Sicherheit gebracht. Jetzt schützte er also nicht mehr seine Tochter vor dem Finanzamt, sondern das Finanzamt vor seiner Tochter.

Aber mehr als alles andere fühlte sie sich in diesem Moment dumm. Sie musste ihm beweisen, dass sie AUCH anders war, als er geglaubt hatte, das war das Wichtigste. Nein, das Wichtigste war, Fred einen verdammten Kugelschreiber ins Herz zu rammen. Und dann, wenn er drinsteckte, langsam mit dem Daumen die lange Mine herauszudrücken.

»Der Kerl ist unsere Rettung«, flüsterte ihr Vater, der plötzlich wieder neben ihr stand. Dann nahm er ihr den Kugelschreiber aus der Faust. »Ich bringe ihn gleich ins Arbeitszimmer. Du wartest, bis er sich eingerichtet und ein bisschen beruhigt hat. Mama kann schon mal den Kaffee kochen. Dann geben wir ihm ein oder zwei Ordner, und dann bringst DU ihm Kaffee und sagst ihm, dass du es mutig und stark und beeindruckend findest, dass er so ehrlich war und gekommen ist.«

»Mutig, stark und beeindruckend?!«

»Die Details überlasse ich dir. Na, und dann ... dann machst du ihm eben ein bisschen Hoffnung!«

Vater Schläpple versuchte, beispielhaft mit den Augenlidern zu klimpern.

»Alles klar. Oder ich könnte auch einfach noch mal mit ihm schlafen, damit er bei der Prüfung beide Augen zudrückt.«

»Für den Anfang reicht es, wenn wir wissen, was er gerne isst.«

»Papa!?!« Sie fasste es nicht. »Bevor ich auch nur ein Wort mit diesem ... Eher schiebe ich für den Rest meines Lebens Rasenmäher fürs Grünflächenamt!«

»Du musst ja nur so tun, als ob du ihm Hoffnung machst. Wiege ihn einfach ein bisschen in Sicherheit, das kriegst du doch hin, oder?«

»Und was soll das bringen?«

»Robin Hood lockt den Sheriff von Nottingham auch immer erst tief in den Wald. Lange passiert nichts. So lange, bis sich der Sheriff in Sicherheit fühlt.«

»Und dann?«

»Dann lassen sich Robin Hoods Gefährten aus den Bäumen fallen. Direkt vom Himmel! Zack!«

»Und was ist das ›Zack‹ in unserer Geschichte?«

In der Haustür drehte sich ein Schlüssel, ihre Mutter kam vom Einkaufen zurück.

»Das weiß ich noch nicht«, flüsterte ihr Vater, »aber bis dahin: Pass auf, dass deine Mutter nichts mitkriegt. Das ist zu kompliziert für ihr Gewissen.«

30

Als Fred am Abend des ersten Prüfungstags nach Hause kam, ging er zielstrebig und ohne seine Aktentasche abzustellen in die Küche zum Spülbecken. Seine Hand zitterte, als er den Hahn aufdrehte, und während sich das Becken langsam mit lauwarmem Wasser füllte, schloss er die Augen und drückte die Stirn gegen das kühle Glas des Geschirrschranks an der Wand.

Dann begann er, abzuspülen. Leider war nicht viel Geschirr da, Winnie schien irgendein neues Hobby zu haben und kochte nicht mehr jeden Abend. Die letzten Tage waren außerdem so nervenaufreibend gewesen, dass Fred mehr abgewaschen hatte, als Winnie schmutziges Geschirr vorlegen konnte. Also holte Fred Nachschub aus dem Schrank und wusch den ab: einen sauberen Teller nach dem anderen. Und dann noch mal von vorn. Bis er sich, langsam, beruhigte. Während des dritten Spülgangs kam Winnie mit einer Schachtel Pizza. Er zog einen Stuhl ans Becken, setzte sich und aß die Pizza direkt aus dem Karton.

»War es so schlimm?«, fragte er mit vollem Mund und zeigte auf Freds Füße.

Fred schaute an sich hinunter.

»Wenn du noch nicht mal die Schuhe ausziehst, bevor du zum Spülbecken rennst, dann bist du wirklich fertig. Willst du es nicht doch mal mit Nikotin versuchen? Ist handlicher.«

Fred faltete den Spüllappen zusammen und platzierte ihn am Beckenrand.

»Ich hätte ihr von Anfang an die Wahrheit sagen müssen«, sagte er. »Es wäre so viel einfacher gewesen. Ich weiß nicht, wovor ich solche Angst hatte.«

Winnie hörte auf zu kauen.

»Zuerst war sie wirklich böse. Und danach habe ich sie den ganzen Tag nicht gesehen. Aber dann ist sie ins Arbeitszimmer gekommen, kurz bevor ich gehen wollte. Und sie hat gesagt, dass sie es mutig findet und stark und beeindruckend, dass ich trotz allem gekommen bin und …«

»Mutig, stark und beeindruckend?!?«

»… dass ich die Wahrheit gesagt habe. Und dann hat sie so gelächelt …« Er versuchte, Winnie vorzumachen, wie Sandra gelächelt hatte. Winnie stöhnte. Also sagte Fred schnell: »Ich bin sicher, wenn ich ihr nur ein bisschen Zeit gebe, dann verzeiht sie mir.«

»Wow, ich sollte mehr Betriebsprüfungen machen. Trifft man offenbar interessante Frauen, sexy, so viel kriminelle Energie.«

»Was hat denn das mit krimineller Energie zu tun?«

»Du verstehst nichts von Frauen, das ist okay. Aber du solltest wenigstens was von Steuerpflichtigen verstehen, die tief, tief in der Klemme stecken, weil der Betriebsprüfer in ihrem ein bisschen zu frisch gestrichenen Arbeitszimmer sitzt.«

Fred klatschte den Spüllappen so heftig zurück ins Wasser, dass es schwappte und Winnie sich duckte.

»Sandra ist ehrlich! Du bist nur gekränkt, weil die Praktikantin dich ausgenutzt hat. Aber projiziere das nicht auf Sandra. So was würde Sandra nie tun.«

»Sie wird alles, was sie über dich weiß, zu einer Atomwaffe zusammenbauen und dann, in dem Moment, in dem du es am wenigsten erwartest: zack.«

»Was ist ›zack‹?«

Winnie zuckte die Achseln.

»Das wirst du dann schon sehen.«

»Du verstehst das nicht: Ich habe sie doch nur angelogen, was meinen Beruf betrifft. Alles andere … ist wahr. Das weiß sie, das muss sie wissen. Jetzt muss sie mir nur noch einmal vertrauen.«

»Ich sag dir, was du tun musst, damit sie dir wieder vertraut.«

Aber Fred wusste selbst, was zu tun war. Und er war wild entschlossen, Sandra dieses Mal nicht zu enttäuschen.

»Ich muss einfach absolut und bedingungslos ehrlich sein.«

»Um Gottes willen! Du musst bei der Prüfung so viele Augen zudrücken wie du kannst, ohne gegen einen Türrahmen zu rennen. Das sagst du Sandra, und die ist dir dankbar, bis dass der Tod euch scheidet. Sei ein einziges Mal bei einer Prüfung NICHT gründlich und ...«

Winnie unterbrach sich, griff nach etwas, das im Spülwasser trieb, und zog mit zwei Fingern ein Stück aufgeweichte Pappe heraus: Fred hatte den Pizzakarton mit abgewaschen.

»Verstehe«, sagte Winnie. »Du kannst nur gründlich. Oder gar nicht.«

31

Als Fred am nächsten Morgen bei den Schläpples klopfte, öffnete ihm Sandras Vater. Und das gab ihm dann doch einen kleinen Stich. Er hatte gestern, vor Sandra, extra betont, dass er jeden Tag um Punkt acht Uhr mit der Arbeit beginnen würde. Warum hatte sie ihm nicht geöffnet? Ob sie so früh schon im Schulgarten war? Aber ihr Lieferwagen stand noch da.

Er wollte wieder in das kleine Arbeitszimmer gehen, aber Rolf Schläpple hielt ihn zurück.

»Wollen Sie nicht im Wohnzimmer arbeiten? Da haben Sie viel mehr Platz. Ich habe Ihnen schon den Esstisch freigeräumt und den Schreibtischstuhl hineingestellt.«

Fred konnte nicht verhindern, dass er ein bisschen rot wurde: Das war eindeutig ein Vertrauensbeweis! Nach Paragraph 6 der Betriebsprüfungsordnung hatte der Betriebsprüfer in den Geschäftsräumen zu prüfen. Die Privaträume waren nur ausnahmsweise zugelassen, und bisher hatte noch kein Steuerpflichtiger Fred freiwillig das Wohnzimmer zur Verfügung gestellt.

Herr Schläpple hielt ihm die Wohnzimmertür weit auf und wünschte einen erfolgreichen Arbeitstag. Dann schloss er die Tür hinter Fred.

Fred stellte seine Aktentasche neben den großen Esstisch und probierte den Schreibtischstuhl aus, der sogar auf die richtige Sitzhöhe eingestellt war. Wunderbar. Dann hob er den Blick und sah es sofort: Die gesamte, nicht gerade große Wand direkt vor ihm, war voll gerahmter Familienfotos. Es waren … siebenundzwanzig. Die Abstände dazwischen waren so gering, als hätte jemand versucht, so viele Fotos wie möglich auf eine Wand zu quetschen.

Fred trat näher heran und stellte fest: Alle Bilder waren von Sandra! Sandra mit Schultüte, Sandra auf dem Ponyhof, Sandra mit Schatzkarte, Sandra beim Kinderfasching im Piratenkostüm, Sandra, die Fiskus die Ohren kraulte – das war eine Sandra-Ausstellung! Hatte er nicht gestern schon kurz im Wohnzimmer gesessen, als er auf Herrn Schläpple gewartet hatte? Warum waren ihm die Bilder da nicht aufgefallen?

Verwirrt ging er auf seinen Platz zurück und nahm sich die GuV-Rechnungen vor. Er blätterte vor und zurück und wieder vor und verglich mit den Notizen, die er sich gestern in seinem Arbeitsordner gemacht hatte.

Dann stand er auf und ging zur Fotowand, um etwas zu überprüfen: Tatsächlich, auf dem Bild, auf dem Sandra Fiskus kraulte, trug sie das weiße Kleid mit den Blumen und dem roten Kreuzstichmuster. Es war das Kleid aus der Post, in dem Fred sie kennengelernt hatte. Zufrieden ging er zurück an seinen Platz und beugte sich wieder über das dritte Quartal.

Kurz darauf stand er noch mal auf und trat vor die Wand. Es war eindeutig: Obwohl die Fotos dicht an dicht hingen, konnte Fred den dunklen Umriss eines Möbelstücks auf der ausgeblichenen Tapete erkennen. Eine Vitrine vielleicht, mit einem auffällig dreieckigen Aufsatz. Jedenfalls etwas Großes, das hier sehr lange gestanden haben musste – und erst seit Kurzem fehlte.

32

Rolf Schläpple stand gebückt im Flur vor dem Wohnzimmer-Schlüsselloch und beobachtete Fred: Alles lief nach Plan, und er musste sich zusammenreißen, um nicht vergnügt vor sich hin zu summen. Plötzlich schoss ihm ein scharfer Schmerz in den Rücken, er stöhnte und versuchte, so leise wie möglich fluchend, sich aufzurichten. Er musste sich verrenkt haben, als er gestern Nacht die Glasvitrine aus dem Wohnzimmer ins Gartenhaus geschleppt hatte. Sandra, die ungeduldig neben ihm wartete, schob ihn zur Seite und schaute selbst durchs Schlüsselloch.

»Was soll das?«, flüsterte sie. »Ich will, dass der Kerl leidet! Aber jetzt blockiert er unser Wohnzimmer und darf sich Fotos von mir anschauen.«

Ihr Vater zog sie von der Tür weg und ins neue Arbeitszimmer, wo sie besser reden konnten.

»Zuerst die Arbeit, dann dein Vergnügen. Und zur Arbeit gehört, dass wir ihn ein bisschen von der Arbeit ablenken. Je abgelenkter der Betriebsprüfer, desto besser.«

»Etwa damit er noch länger hier sitzt?«

»Jeder von denen steht unter Quotendruck. Der Kerl hat sicher so viel zu tun, dass er hier gar nicht länger als fünf Tage prüfen kann, sonst macht er die Statistik kaputt. Vielleicht könnten wir ihm – Begehung der Außenanlagen – auch noch den Schulgarten zeigen. So was frisst schön Zeit.«

Als er den Schulgarten erwähnte, zuckte sie zusammen. Danach dauerte es eine Weile, bis sie sich wieder im Griff hatte.

»Wann ist der dann endlich wieder weg?«

»Ein paar Tage bleibt der schon noch. Wir servieren ihm ja

auch nicht alle Ordner auf einmal. Der soll schön danach fragen, wenn er was braucht. Das nennt man aushungern.« Aber er konnte sehen, dass Sandra nicht mit derselben Leidenschaft bei der Sache war.

»Papa«, sagte sie zögernd, »bist du dir wirklich sicher, dass niemand ... Ich meine: Du machst dir jetzt nicht etwa doch Sorgen, oder? Dieses ganze Gerede von ›der Kerl ist unsere Rettung‹ und ›sei bloß nett zu ihm‹.«

»Das ist nur mein Sportsgeist, du kennst mich doch. Sorgen müssen wir uns erst machen, wenn der hier länger als eine Woche sitzt. Denn das würde bedeuten, er hat was gefunden und das Finanzamt hat uns auf der schwarzen Liste. Allerdings, ich kann mir nicht einen einzigen Grund vorstellen, warum das so sein sollte.«

Acht Tage später machte sich der Betriebsprüfer aber immer noch im Wohnzimmer breit. Und ein Ende war nicht abzusehen. Rolf Schläpple bemühte sich nach Kräften, seiner Tochter aus dem Weg zu gehen. Das Einzige, was er im Moment für sie tun konnte, war, immer einen Apfel bei sich zu tragen. Wenn sie ihn dann nervös zur Rede stellte, warum der Finanzbeamte immer noch da war und was er gefunden haben könnte, ob sie das Haus verlieren würden und den Bauplatz, dann konnte er schnell von seinem Apfel abbeißen und mit vollem Mund etwas vom langsamsten Beamten murmeln, dem er je begegnet sei. Bisher jedenfalls hatte er es geschafft, sie zu beruhigen – eben weil er mit vollem Mund redete, was beiläufig klang. Auch ein Trick, der ihm in seiner Berufslaufbahn immer nützlich gewesen war.

Den Prüfer konnte er noch hinhalten, indem er Sandras unordentlicher Buchhaltung die Schuld an allem zuschob. Und dann natürlich der eine, oder vielmehr: die zwei Wasserschäden im Keller, die so viele Unterlagen zerstört hatten! Aber lange würde das nicht mehr gutgehen. Brachte Rolf Schläpple ihm nicht die Unterlagen, die er verlangte, würde der Kerl hinzuschätzen, was fehlte. Und das wäre nichts anderes als eine Katastrophe. Rolf Schläpple musste unbedingt wissen, ob der Mann bluffte oder wirklich eine Spur hatte. Und woher die kam.

Also holte er sich eines Abends den Papierkorb aus dem Wohnzimmer und schüttete ihn auf seiner Werkbank aus. Darin waren die Reste einer Liste, zerknittert und halb zerrissen. Er brütete über den einzelnen Buchstaben wie ein Wahrsager. Dann schaute ihm seine Frau über die Schulter und wollte wissen, was in Gottes Namen er mit ihrem alten Einkaufszettel vorhatte. Er fragte sie vollkommen ruhig, ob sie, möglicherweise, den Papierkorb ausgeleert hatte?

Die Antwort: Er brauche sich gar nicht so aufzuregen. Seit der Finanzbeamte im Wohnzimmer saß, hatte sie den Papierkorb nie ausleeren müssen. Weil er immer leer gewesen war. Das sollte Vater Schläpple offenbar beruhigen, tat es aber nicht. Im Gegenteil. Denn das bedeutete: Der Mann nahm sein Schmierpapier mit nach Hause. Das war ein Profi.

Er recherchierte weiter und stellte fest, dass es ausgerechnet Fred Eisenbogen gewesen war, der jüngst bei seinem alten Freund, dem Schnitzelwirt Fritz Feininger, die Betriebsprüfung durchgeführt hatte. Eine Prüfung, von der sich der Feininger noch immer nicht erholt hatte. Als Vater Schläpple im Finanzamt anrief, fand er heraus, dass Renate, seine ehemalige Schreibkraft, den Kerl »charmant und zuvorkommend« fand. Von den alten Kollegen wusste niemand etwas über den Eisenbogen, außer, dass er neu war und nie mit in die Kneipe ging. Und dann rückte der Schiller damit raus, dass eigentlich er die Prüfung bei den Schläpples hätte machen sollen! Aber er war vom neuen Sachgebietsleiter, der die Prüfung zur Chefsache gemacht und selbst angeordnet hatte, abgezogen worden und man hatte Fred Eisenbogen darauf angesetzt.

Das war ein Hinweis. Vater Schläpple hatte ein ausgezeichnetes Namensgedächtnis, aber der Name des Sachgebietsleiters sagte ihm überhaupt nichts. Trotzdem hatte er das untrügliche Gefühl, dass da Persönliches im Spiel war. Vielleicht hatte es sich Sandra einmal aus Versehen mit dem Kerl verdorben? Seine Buchsbaumhecke verschnitten? Rolf Schläpple passte einen günstigen Moment ab, als er und Sandra einmal allein im hinteren Teil des Gartens waren: Bis zum Haus waren es geschätzte sechzig Meter, ein ausreichend großer Sicherheitsabstand. Nicht, dass er jetzt auch noch an versteckte Mikrofone oder ähnlichen Unsinn glaubte, aber sicher war sicher.

Im Garten ließ er also – einen halben Apfel im Mund – den Namen des Sachgebietsleiters fallen und sah sofort, dass Sandra keine Ahnung hatte. Leider war in genau diesem Moment Erika, die er übersehen haben musste, aus den Stachelbeersträuchern hinter ihnen aufgetaucht und hatte Aufklärung verlangt. Er machte, dass er aus der Schusslinie kam. Seine Frau war inzwischen misstrauischer als das Finanzamt.

Später, als er sich allein im Gartenhaus den Kopf zerbrach, überlegte er, ob er nicht doch auch Erika hätte fragen sollen? Aber was konnte sie schon mit dem Kerl zu tun haben. Nein, er musste wirklich aufpassen, dass er nicht langsam paranoid wurde.

Wenn nur nicht alles so seltsam gewesen wäre! Das Risiko, dass ein Kleinstbetrieb wie der von Sandra geprüft wurde, war ohnehin schon gering, statistisch gesehen passierte so was etwa alle zwanzig Jahre. Und je länger die Prüfung dauerte, desto sicherer wurde Vater Schläpple, dass diese Prüfung im Grunde nichts mit seiner Tochter zu tun hatte. Sandra verdiente ja kaum genug, dass man damit anständig das Finanzamt betrügen konnte! Da musste man sich schon was einfallen lassen, haushalten, kreativ sein mit dem wenigen, das einem da zur Verfügung stand. Er konnte sich nur immer wieder klarmachen, dass er bei Sandras Steuererklärung sein Bestes gegeben hatte. Und dass sein Bestes schließlich immer gut genug gewesen war, um das Finanzamt jahrzehntelang während seiner Amtszeit auszutricksen. Bei seiner Verabschiedung hatte ihm sein Amtsleiter nicht umsonst wirklich traurig die Hand gedrückt und wehmütig gesagt:

»Sie werden uns fehlen, Schläpple. So einen wie Sie kriegen wir nie wieder.«

Vor dem Schlafengehen las er jetzt immer ein paar tröstliche Stellen in seinem Lieblingsbuch. *Robin Hood – König der*

Diebe lag stets griffbereit in seinem Nachtschränkchen, dort, wo andere Leute die Bibel aufbewahrten. Und neben dem Bett stapelte er mehrere Jahrgänge des *Schwarzbuchs*, in dem der Bund der Steuerzahler die schlimmsten Steuerverschwendungen sammelte.

So gerüstet, gelang es ihm an den meisten Tagen doch noch ganz gut, sich für unbesiegbar zu halten.

33

Noch mehr Sorgen als Rolf Schläpple machte sich in diesen Tagen nur einer – Fred. Am ersten Tag der Betriebsprüfung war sein Arbeitsordner, in dem er Beanstandungen und Ungereimtheiten notierte, noch leer gewesen. Inzwischen, zehn Tage später, war er dick angeschwollen. Fred musste ihn mit einem Gummiband zusammenhalten. Dazu kam, dass plötzlich die Hälfte aller Akten, in die er Einsicht verlangte, nicht auffindbar war.

Aber das war noch nicht das Schlimmste: Fred befürchtete, dass Sandra ihm aus dem Weg ging. Seit er hier war, hatte er sie erst zwei Mal gesehen. Und beide Male hatte sie ihm zwar zugelächelt, aber es gleichzeitig furchtbar eilig gehabt. Er versuchte, sich damit zu trösten, dass sie sich absolut korrekt verhielt: strikte Trennung von Beruflichem und Privatem, so war es richtig. Und genau so hatte er es gestern Abend auch Winnie erklärt. Aber der hatte sich nur in seiner Theorie bestätigt gefühlt, nach der Sandra Fred exakt so lange lauwarm Hoffnung machte, bis die Prüfung abgeschlossen war. Zum hundertsten Mal hatte Fred versucht, Winnie klarzumachen, wie absurd das war. Winnie hatte ihm schließlich recht gegeben.

»Das ist total absurd. Und zwar deshalb, weil sie offenbar keine Ahnung hat, dass ein Stück Grillkohle bestechlicher ist als du.«

Am Nachmittag des elften Tages, Fred musste seinem Arbeitsordner gerade eine neue Notiz hinzufügen, hörte er Sandras Lieferwagen vor dem Haus. Viel früher als gewöhnlich, es war erst kurz vor vierzehn Uhr. Er ging zum Fenster und zog die Gardine ein Stück beiseite. Sandra warf so wütend die

Autotür zu, dass Fred erschrocken zurückwich. Sie musste einen schlechten Vormittag gehabt haben.

Er holte tief Luft – und winkte ihr. Nur kurz, nur ein bisschen. Sie starrte böse zurück. Und das wäre nicht so schlimm gewesen, vielleicht hatte sie wirklich einen schlechten Tag: Worüber Fred erschrak, war das furchtbar falsche Lächeln, zu dem sie sich ein paar Sekunden später zwang.

Dann klingelte sein Handy. Er stolperte zu seiner Aktentasche und schnitt sich, als er das Telefon zu fassen kriegte, böse an einem Stück Papier.

»Operation Dienstausweis«, hörte er Winnie flüstern. »Können Sie frei sprechen? Wenn nicht, zitieren Sie jetzt Paragraph 127 AO.«

Fred stöhnte und legte das Telefon kurz weg, um ein Taschentuch für seine drei blutenden Finger zu finden. Plötzlich wurde die Wohnzimmertür geöffnet. Ohne dass jemand zuvor angeklopft hätte. Ein Mann, nur etwas älter als Fred, ging direkt zum Bücherregal und suchte es ab. Wer war das? Und warum benahm er sich, als wäre er hier zu Hause? Vielleicht war es doch nicht von Vorteil, die Betriebsprüfung in den Wohnräumen durchzuführen, in einem Arbeitszimmer waren die Ablenkungen einfach geringer. Der Kerl trug eine beigefarbene Hose, einen engen grün-orange gestreiften Pullunder mit einem hellblauen Hemd und eine viel zu große Hornbrille. Fred traf solche Leute oft. Sie hatten kleine Firmen in Fabriketagen, und bei einer Steuerprüfung belächelten sie mitleidig den Finanzbeamten, der ihre Tischtennisplatte nicht als Arbeitsmittel anerkannte. Aber was Fred am meisten irritierte, waren die extrem strengen, wenn auch undurchschaubaren, Regeln, nach denen sie ihre Kleidung hässlich zusammenwürfelten. Fred fürchtete, es war nur eine Frage der Zeit, bis einen von ihnen das langweilte und er auf die Idee kam, Rechtschreibfehler für cool zu erklären.

»Sollten Sie nicht frei sprechen können, aber Paragraph 127 AO nicht auswendig wissen, dann sagen Sie stattdessen ›Mürbeteigschnecke‹. Das ist peinlich und geschieht Ihnen dann auch recht.«

Fred riss das Telefon zurück ans Ohr. Nur, um es Winnie zu zeigen, zitierte er Paragraph 126 AO. Winnie kannte den Unterschied sowieso nicht. Es war der Paragraph, der sich mit der *Heilung von Verfahrens- und Formfehlern* beschäftigte. Etwas daran bewegte Fred immer tief: Hier hatte jemand verstanden, dass ein Fehler nicht einfach etwas war, das korrigiert werden konnte. Sondern eine Wunde, die man heilen musste.

»Das war aber 126 AO«, verbesserte Winnie stolz.

Fred vergaß für einen Moment den Mann, der immer noch das Bücherregal absuchte. Winnie wusste einen Paragraphen auswendig! Das war noch nie vorgekommen.

»Ich rufe an, weil der Chef wissen will, mit wie viel Kohle zu rechnen ist. Er hat dafür einen Code ausgearbeitet: Du sollst »Terminator 1« sagen, wenn du nichts gefunden hast. »Terminator 2«, wenn du etwas gefunden hast und so weiter. Bis rauf zum Jackpot: »Terminator 4.«

»Kann ich Sie später zurückrufen?«

»Warte! Was soll ich dem Chef sagen? Wir wissen ja beide, dass der Code Quatsch ist. Terminator 2 war der beste und müsste deshalb in der Skala viel höher ...«

»Auf Wiederhören.«

Der Kerl im Wohnzimmer hatte gefunden, was er suchte, einen schweren Design-Bildband: *Historische Inneneinrichtungen.* Zufällig ein Buch, das Fred kannte. Es lag in den Fabriketagen-Firmen immer in den Besprechungsräumen aus. Dann ging er, ohne sich bei Fred für die Störung zu entschuldigen. Die Tür zog er so unachtsam hinter sich zu, dass sie sofort wieder aufsprang. Fred musste selbst aufstehen, um sie zu schließen. Hätte er das nicht getan, hätte er vermutlich Sandra nicht in der Küche reden gehört. Ganz nah, nur zwei Zimmer weiter. Fred betrachtete das Taschentuch, das er provisorisch um seine drei Finger gewickelt hatte. Papierschnitte taten wegen der vielen Nervenenden in den Fingerkuppen weh, aber sie waren selten tief. Nur: Er konnte unmöglich weiterarbeiten, ohne zu riskieren, fremde Unterlagen zu beschmutzen. Er musste in der Küche nach einem Pflaster fragen.

34

Als Sandra sich zur Krisensitzung in der Küche einfand, hatte ihre Mutter schon den Tisch gedeckt und wartete mit nervös gefalteten Händen in der Eckbank, vor einer Platte mit Häppchen. Neben ihr, auf dem Platz an der Wand, klemmte ihr Vater.

Sie schob einen Stuhl an den Küchentisch und wollte sich ein Toastbrot-Dreieck mit Schinken und Gurke nehmen, aber ihre Mutter zog die Platte weg. Weil Gerry, der Ehrengast der Krisensitzung, noch fehlte. Auf seinen Expertengeschmack gab Erika Schläpple offenbar so große Stücke, dass sie Extrahäppchen vorbereitet hatte.

Aber Sandra war sowieso schon schlecht gelaunt, weil sie aus Ludwigsburg hatte kommen müssen! Dort zeigte sie dem neuen Besitzer eines Obstbaumgrundstücks, wie er die uralten Bäume ausschneiden musste. Verholzte Bäume freizuschneiden gehörte zurzeit zu Sandras allerliebsten Arbeiten – und jetzt musste sie mittendrin abbrechen, um mit ihren Eltern über die Küche zu reden!

»Reicht es nicht, wenn du mir hinterher die Farbe sagst, die Gerry will, und ich streich dir damit die Küche?«, versuchte sich ihr Vater in zivilem Ungehorsam. »Ihr braucht mich doch gar nicht. Und Sandra ist jetzt auch da.« Er machte Anstalten, sich aus der Eckbank zu befreien.

»Hiergeblieben!« Das waren Sandra und ihre Mutter.

»Außerdem versprichst du mir das seit drei Jahren und tust es nie«, schob seine Frau hinterher. »Bei den Zillmanns gibt es jetzt einen Familienrat. Da entscheiden alle gemeinsam und sind dann auch gemeinsam dafür verantwortlich, dass es gemacht wird.«

»Aber der Finanzbeamte braucht mich.« Blitzschnell, und bevor Erika Schläpple ihm auf die Finger klopfen konnte, schob er sich eine ganze Brötchenhälfte auf einmal in den Mund. Er würgte und murmelte, dass sich Sandra keine Sorgen machen solle.

Nur: Sandra hatte überhaupt nichts gesagt!

Sie hatte das alles so satt! Und ganz besonders hatte sie es satt, freundlich zu Fred sein zu müssen. Vorhin hatte sie sich gerade noch zusammengerissen und ihm nett zugelächelt. Nicht ihre überzeugendste Darbietung, zugegeben, aber sie würde ihm raten, nicht zu wählerisch zu sein. Sie versuchte sich vorzustellen, sie wäre nicht in dieser Küche, sondern zurück unter den Obstbäumen. Mit einer Motorsäge in der einen Hand und einer schweren Gartenschere in der anderen. Es war höchste Zeit, die Bäume dort waren uralt und die Kronen voller Wassertriebe, die keine richtigen Blüten bildeten. Man konnte die Wassertriebe leicht von den guten Ästen unterscheiden: Es waren die einzigen, die kerzengerade in die Höhe wuchsen.

Dann kam endlich Gerry, ein Designbuch unter dem Arm, und setzte sich neben ihre Mutter auf die Eckbank. Mit einem vorwurfsvollen Blick riss er die unversehrte Plastikverpackung von dem Buch, das Sandra bekannt vorkam ... Hatte Gerry das nicht vor zwei Jahren ihrem Vater zu Weihnachten geschenkt?

Ihre Mutter lüftete die Frischhaltefolie von der Platte mit den Häppchen: Schinken und Lyonerwurst, wahlweise mit Senf bestrichen oder mit Gurke und Minimaiskolben belegt. In der Mitte thronte eine mit Fleischsalat gefüllte Tomate. Sie schob die Platte Gerry zu, der aber nur schnell sein Buch in Sicherheit brachte.

Er zeigte auf die Küchenschränke an der beigefarben gestrichenen Raufaserwand.

»Die sind original siebziger Jahre, oder?«

Ihre Mutter rang verlegen die Hände.

»Ach, weißt du, es war immer so viel anderes zu tun.«

Gerry faltete eine Farbtabelle in dem Buch auf, fixierte die Wand hinter den Küchenschränken und entschied sich für eine Mischung aus Beige Nr. 14, Weiß Nr. 2 und Ocker Nr. 4. Er tippte kurz mit dem Finger drauf.

»Oh«, sagte Mutter Schläpple. »Ich wollte gern was Neues? Was Frischeres?«

Gerry blätterte etwas zu heftig um und zeigte ihr Küchen aus den siebziger Jahren. Fast alle waren braun, beige oder orange. Eine war hellblau, aber die wurde gerade beigefarben überstrichen.

»Also, du darfst jetzt nicht lachen, Gerry. Ich habe im Fernsehen einen Bericht gesehen über einen Saal im Schloss Windsor. Der Saal ist ganz blau. Aber das ist so ein besonderes Blau, ein englisches, ein königliches. Überhaupt nicht altmodisch.«

»Du willst deine Siebziger-Jahre-Einbauküche in viktorianischem Royalblau streichen?«

»Wär das nicht hübsch? Und die Zillmann hat nur Gutshofgelb.«

»Ich mache keinen Pfusch.«

Sandra öffnete den Mund, um ihre Mutter zu verteidigen, aber die unterbrach sie.

»Sandra, ich will auf gar keinen Fall Pfusch.«

Gerry griff nach einem Häppchen, ihre Mutter schob ihm freudig die Platte noch näher hin.

»DAS passt in diese Küche«, sagte Gerry und hielt die Toastbrothälfte mit zwei Fingern hoch. »Häppchen mit Minimaiskolben, Tomaten gefüllt mit Fleischsalat und Schinken-Spargelröllchen. Das ist typisch siebziger Jahre.« Dann legte er das Häppchen wieder zurück auf die Platte und wischte sich die Hände an einer Serviette ab.

»Entschuldigen Sie die Störung.«

Die Küchentür war offen gewesen. Dort stand Fred.

»Könnten Sie mir eventuell ein Pflaster geben?«

Er lächelte Sandra zu.

»Selbstverständlich«, rief ihr Vater. »Die Pflaster sind im Badezimmer. Gehen Sie doch vor, ich bin sofort …« Er versuchte, sich aus der Eckbank zu befreien.

Dafür hätte seine Frau aufstehen müssen, aber die starrte noch auf das Häppchen, das Gerry zu altmodisch war. Und

Gerry selbst saß am anderen Ende der Bank, blätterte in seinem Buch und machte auch keine Anstalten, aufzustehen. Und jetzt grinste Fred sie nicht nur an, jetzt hob er sogar kurz die Hand, wie um Sandra zu winken.

Bevor sie lange darüber nachdachte, hatte sie sich neben den überraschten Gerry auf die Bank gezwängt. Sodass ihr Vater am anderen Ende nun vollends feststeckte. Dann legte sie einen Arm um Gerry. Ihr Vater begann, in Panik über den Tisch zu klettern.

Sandra flüsterte dem überraschten Gerry etwas ins Ohr. Der nickte und sagte zu Fred:

»Wie ist das eigentlich steuerlich? Ich und Fräulein Schläpple, wir haben vor ein paar Tagen zusammen einen Bauplatz gekauft, und jetzt ...«

Aber da hatte ihr Vater es über den Tisch geschafft, zerrte Fred aus der Küche und schlug die Tür zu. Gerry runzelte die Stirn und redete weiter auf ihre Mutter ein.

Sandra hatte sich seit Wochen ausgemalt, wie es wäre, sich endlich an Fred zu rächen. Aber jetzt fühlte sie sich nur taub.

Und sie musste an den Kirschbaum denken. Es war der erste Baum in der Ausbildung gewesen, den sie selbst hatte ausschneiden dürfen. Sie war aufgeregt gewesen, endlich Praxis, nach der ganzen Theorie. Mit einer Gartenschere war sie in den Kirschbaum geklettert und hatte losgelegt. Es ging gut. Und dann – vielleicht, weil sie mitten im Baum saß und zwischen den Blättern nicht richtig sehen konnte, aber wahrscheinlich, weil sie einfach nicht richtig nachdachte – machte sie einen tiefen Schnitt. Schon während der Ast herunterkrachte, wusste sie, ohne hinzusehen, dass es der falsche gewesen war. Aber da war es zu spät gewesen. Der Ast hatte kräftige junge Triebe gehabt und elf weiße Blüten und jetzt lag er unter ihr, im Dreck. Damals hatte sie sich geschworen, dass ihr das nie wieder passieren würde.

»Ich kann das nicht mehr«, sagte sie zu Gerry.

Gerry klappte die Farbkarte zu.

»Ist ja auch alles klar: eine Mischung aus Beige Nr. 14, Weiß

Nr. 2 und Ocker Nr. 4. Notfalls Ocker Nr. 3. Zu gleichen Teilen. Hoffentlich kriegt das der Maler hier hin.«

Sandras Mutter stand plötzlich auf und verließ, aufrecht und mitsamt der Platte Häppchen, die Küche. Gerry sah ihr nach, sprachlos über so viel Undankbarkeit.

»Ich meine«, sagte Sandra. »Ich kann das nicht mehr mit uns. Ich kann UNS nicht mehr.«

Gerry, der immer noch nicht fassen konnte, das gerade offen seine Autorität beleidigt worden war, fuhr herum.

»Was tun wir denn«, sagte Sandra, »wenn wir das Haus gebaut haben, falls wir es jemals bauen? Bauen wir dann ein neues? Und dann noch eins? Ich meine ... was ist, wenn wir nur gut zusammen sind, wenn wir unterwegs sind. Und nicht, wenn wir irgendwo ankommen?«

»Ist das ein schwäbischer Kalenderspruch? Willst du den nicht auf ein hübsches Stück Stoff sticken und aufhängen? Macht sich bestimmt hervorragend an eurer royalblauen Küchenwand«

Sie versuchte, sich nicht beirren zu lassen.

»Weißt du, ich suche nicht nur gerne. Ich will auch was finden. Aber mit dir kann man immer nur suchen. Und irgendwie weißt auch nur du, was wir suchen. Weil nur du ganz genau weißt, was richtig ist. Und das macht mich so ... müde. So, als müsste ich dauernd nachts mit dir in einem fremden Land Auto fahren, aber nur du kannst die Straßenschilder lesen.«

»Und was ...?«

»Deshalb fühle ich mich immer ganz klein neben dir. Du sagst, diese Farbe ist richtig, und ich denke, hmm, und wenn mir die andere nun mal besser gefällt? Aber natürlich gewinnt immer der, der weiß, was das RICHTIGE ist.«

Als sie fertig war, horchte sie in sich. Jedes Wort war noch da, und alles klang noch ganz genau so, wie sie es gemeint hatte. So richtig. Nichts hatte sich plötzlich in eine Katastrophe verwandelt.

Gerry hob gespielt entsetzt beide Arme, als hätte ihm Sandra einen Spielzeugrevolver an den Pullunder gedrückt.

»Machst du gerade Schluss mit mir? DU machst mit MIR Schluss?«

Jetzt wurde sie böse.

»Siehst du, du denkst immer, du bist was Besseres!«

»Zumindest habe ich was Besseres zu tun, als meine Zeit mit Leuten zu verschwenden, die so tief in ihrem kleinen Leben feststecken, dass sie noch nicht mal merken, wenn man sie da rausholen will.«

»Du hältst alle für Spießer, nur weil sie ihre eigenen kleinen Regeln haben! Und weil deine Regeln auf Hochglanzpapier gedruckt sind und auf irgendwelchen Coffeetables ausliegen und nicht in einem Pressspanregal in einer Behörde!«

Sie wollte dem Designbuch einen Stoß geben und knickte sich dabei den Finger um, weil es unerwartet schwer war.

»Vergleichst du mich jetzt mit einem Beamten? Kommt das etwa von deiner kleinen Affäre mit dem frustrierten Kunstlehrer?«

Es war jetzt still in der Küche. Aber im Garten war Fiskus' freudiges Bellen zu hören, wahrscheinlich über ein Mauseloch, und durch das offene Fenster drang der Duft von frischen Rosinenschnecken herein. Und ganz nah, nur zwei Zimmer weiter, saß Fred.

»Ich habe nicht mit dem Kunstlehrer geschlafen. Sondern mit Fred. Fred, dem Finanzbeamten.«

Gerry nahm sein Designbuch an sich. Er sah aus wie jemand, dessen Geduld nun wirklich am Ende war. Als ob Sandra, indem sie ihre Affäre mit einem Finanzbeamten gehabt hatte, nun wirklich alles Maß an Verständnis überschritten hatte, das Gerry aufbringen konnte. Dann knallte er die Tür zu.

Sandra stand auf und wischte sich unwillkürlich die Hände an der Hose ab. So, wie sie es im Garten immer tat, bevor sie nach Hause ging, nach einem sehr langen Arbeitstag.

Als sie an die Wohnzimmertür klopfte, antwortete niemand. Sie klopfte noch mal, und ihr Herz blieb stehen. Sie öffnete die Tür, das Zimmer war leer. Seine Aktentasche war weg, sein Mantel ... Er hatte Schluss gemacht.

35

Sandra ging auf die Terrasse und stellte sich mit geschlossenen Augen direkt vor die Palette mit den Kräuter-Setzlingen. Die hatte sie vor fast zwei Wochen dort hingestellt und seitdem sorgfältig ignoriert. Sie hatte sich gewünscht, dass die Setzlinge – vor allem die Pfefferminze – verrotteten, verdörrten, von Schnecken gefressen würden. Aber jetzt traute sie sich nicht, die Augen aufzumachen: weil es vielleicht wirklich so gekommen war.

»Bist du komplett verrückt geworden?«

Ihr Vater stürmte auf die Terrasse, und Sandra wirbelte herum.

»Was hast du dir dabei gedacht? Hast du dir irgendwas gedacht?«

Sandra hatte in der letzten halben Stunde so viele Dinge getan, dass sie einige Mühe hatte, sich zu erinnern, was es war, das ihren Vater so wütend machte.

Er rieb sich hart die Stirn, dann presste er die Hände vors Gesicht. So hatte sie ihn noch nie gesehen. Er hatte Angst. Sie musste wegschauen. Und nur deshalb fiel ihr Blick doch auf die Setzlinge – und sie konnte nicht glauben, was sie sah. Für einen Moment vergaß sie sogar Fred.

»Die Kräuter sind gar nicht eingegangen«, rief sie und ging in die Knie. »Und die Pfefferminze! Wie kräftig die ist ... und wie grün ... schau dir das an. Das ist unglaublich, dass die alle noch leben!«

Ihr Vater blickte nicht einmal auf.

Am nächsten Morgen postierte sich Sandra schon um halb acht neben der Haustür, um sicherzugehen, dass sie diejenige war, die Fred öffnete. Aber als er um siebzehn Minuten nach acht endlich klopfte, nickte er Sandra nur zu und ging an ihr vorbei in Richtung Wohnzimmer.

Sandra nahm ihrer Mutter das Kaffeetablett ab, das die gerade Fred an den Esstisch bringen wollte, und schlüpfte hinter ihm ins Wohnzimmer: kurz bevor er ihr die Tür vor der Nase zumachen konnte. Sie stellte das Tablett auf die Kommode und schenkte Kaffee in eine Tasse. Dann sah sie, wie Fred seinen Schreibtischstuhl auf die andere Seite des Tischs schob – so, dass er mit dem Rücken zur Wand saß und ihre Fotos nicht mehr anschauen musste. Sandra schaffte es gerade noch, die Kanne abzustellen, bevor sie den Kaffee ganz verschüttete. Was jetzt? Sie hatte kein Taschentuch und wischte die Lache auf dem Tablett hastig mit ihrem Pulloverärmel auf. Dann schenkte sie neuen Kaffee nach.

Fred hatte ihr zugesehen. Als sie fertig war, bat er sie, alles wieder mitzunehmen.

Dann packte er eine große, silberne Thermoskanne aus, die Sandra noch nie gesehen hatte. Sorgfältig platzierte er die Kanne in der Tischmitte. Als wäre es ein magischer Gegenstand, der ihn vor dem bösen Blick schützte. Und vor Sandra.

»Vergiss es«, sagte kurz darauf ihr Vater, als er Sandra mit dem Kaffeetablett aus dem Wohnzimmer kommen sah. »Er weiß jetzt, dass wir ihn nur einwickeln wollten. Lohnt sich nicht mehr, ihm schöne Augen zu machen. Es ist zu spät.« Rolf Schläpple bemühte sich nicht mal mehr, leise zu sprechen. Als wäre ihm egal, ob Fred ihn hörte.

»Es ist nicht zu spät«, flüsterte Sandra und ahnte, dass sie beide von ganz verschiedenen Dingen sprachen.

Ihr Vater schüttelte so verzweifelt den Kopf, als könne er nicht fassen, wie blind seine Tochter war.

»Hinter dieser Tür sitzt seit gestern das Schlimmste, was es gibt. Ein Finanzbeamter mit Liebeskummer. Was, glaubst du, macht der jetzt?«

Als sie nicht antwortete, sagte er es ihr:

»Der stürzt sich in die Arbeit.«

36

Einen Tag später, Fred saß im Wohnzimmer gerade über dem letzten Jahresabschluss, klopfte es an der Tür. Er konnte sich denken, dass es Sandra war. Also schwieg er und beugte sich tiefer über seinen Ordner. Aber als sie noch mal klopfte und noch mal, merkte er, dass er wütender auf sie sein konnte, wenn er sie sah.

»Herein!«

»Wir müssen reden.«

Ah! Jetzt wollte sie sich entschuldigen, die Dinge zurechtbiegen. Weil ihr klar geworden war, dass es klüger gewesen wäre, sich mit dem Finanzbeamten gutzustellen, bis die Prüfung vorbei war.

»Ich habe zu arbeiten. Worum geht es?«

»Wir müssen REDEN.«

»Wir können über alles reden. Solange es beruflich ist. Ist es das?«

Winnie hatte recht gehabt. Sandra hatte ihm nie verziehen, dass er sie belogen hatte. Sie hatte ihm nur Hoffnung gemacht, um ihn einzuwickeln, bis die Betriebsprüfung vorbei war. Dabei hatte sie längst mit diesem Gerry einen Bauplatz gekauft! Vor ein paar Tagen! Aber natürlich hatte sie mit ihrem Triumph nicht warten können, bis die Prüfung vorbei war. Er wusste gar nicht, auf wen er böser war: auf Sandra – oder auf sich selbst. Wie hatte er nur glauben können, dass sie ihm eine zweite Chance geben würde? Deshalb machte Fred nie Fehler: Man durfte niemals darauf hoffen, dass man eine zweite Chance bekam. Wie hatte er sich nur so vergessen können!

Er riss einen frischen weißen Zettel von seinem Block und begann eine Aktennotiz. Sandra stand immer noch an der

Tür. Er wusste nicht, was er schrieb, und es verschwamm vor seinen Augen.

»Fred?«

Der kleine Zettel war längst voll, aber Fred bewegte einfach weiter den Stift über das Papier, in lächerlichen Linien. Denn den Zettel umzudrehen hätte bedeutet, seine Arbeit zu unterbrechen. Und dann, das fühlte er, hätte sie gewonnen.

Der Knall von zersplitterndem Porzellan schreckte ihn auf. Sandra hatte die große Suppenschüssel aus dem Regal genommen und mit beiden Händen auf den Holzfußboden geworfen. Jetzt, als sie seine Aufmerksamkeit hatte, sah sie ihn ruhig an.

»Was ist aus unserer Scherbe geworden?«

Und DAS hätte er dann doch nicht von ihr erwartet. Nicht einmal jetzt. So plump auf eine Privatsache anzuspielen, um ihn daran zu erinnern, was zwischen ihnen gewesen war. Sie hielt ihn offenbar für sehr dumm.

»Ich habe sie weggeworfen. Sie war nichts wert.«

»Aber, wir könnten neue Scherben finden. Im Schulgarten? Oder irgendwo anders ...«

»Viel Glück.« Zitternd beugte er sich zurück über die Aktennotiz. »Und eines noch. Ich würde Sie bitten, die Tür fest hinter sich zuzudrücken, ja? Danke, Fräulein Schläpple.«

Als sie fort war, packte er seine Sachen zusammen. Nicht nur den Arbeitsordner, sondern auch einen Bilanzkommentar und vor allem seinen Beck, das dicke rote Buch der Steuergesetze mit Ergänzungen. Fachbücher brachte Fred immer am Anfang einer Prüfung mit, und ließ sie, wenn möglich, an seinem Arbeitsplatz, bis die Prüfung beendet war.

Alles, was jetzt noch zu tun war, konnte er im Finanzamt erledigen. Bis auf ... Da hörte er draußen Sandras Lieferwagen wegfahren. Sehr gut: Dann konnte er seine Prüfungsfeststellungen Herrn Schläpple jetzt allein mitteilen.

37

Fred dachte, er würde sich freuen, zurückzukommen. Aber als er am nächsten Tag sein Büro aufschloss, zum ersten Mal seit knapp zwei Wochen, war er enttäuscht und seltsam ungeduldig. Er blieb an der Tür stehen, den Schlüssel in der Hand: Da waren die zwei alten Flecken im Teppich, dort die verkratzte Schreibtischkante, und der Wandkalender hatte auch noch dasselbe Monatsblatt. Fred hatte schon Betriebsprüfungen durchgeführt, die sehr viel länger als zwei Wochen gedauert hatten, und noch nie war er danach in sein Büro zurückgekehrt und enttäuscht gewesen, dass es noch das alte war. Aber jetzt ärgerte er sich darüber wie über jemanden, der seine Arbeit nicht erledigt hatte.

Immerhin: Die übereifrige Praktikantin war ausgezogen, und Freds privates Laminiergerät stand wieder an seinem angestammten Platz auf dem Tisch neben der Tür. Er spielte mit dem Gedanken, eine Folie zu machen, irgendeine Folie. Früher hatte ihm das immer Spaß gemacht. Aber als er sich halbherzig über das Gerät beugte, wusste er plötzlich nicht mehr, wie es funktionierte.

Kurz vor Feierabend fühlte er sich immer noch fremd. Deshalb dauerte es auch einen Moment, bis er realisierte, dass es seine Bürotür war, an die eben jemand geklopft hatte.

Da stand Sandra.

»Wie bist du … Sie können hier nicht einfach reinkommen. Sie müssen sich anmelden!«

»Renate hatte Verständnis.«

Fred wusste nicht, wer Renate war.

»Renate? Deine Kollegin aus der Schreibkanzlei? Sie hat mir als Kind immer Kekse gebracht, wenn ich meinen Vater besucht habe. Du solltest sie fragen, ob sie immer noch diese unglaublichen Schokoladenplätzchen backt. Sie meinte übrigens, du würdest in letzter Zeit gar nicht gut aussehen.«

Dann überreichte sie ihm stolz einen grünen Aktenordner aus Pappkarton. Die Pappe beulte sich aus, so viel Papier war darin.

»Ich weiß, du redest nur über Berufliches.« Sie tippte auf eine Aufschrift: *Nur für den Dienstgebrauch*. Und darunter, kleiner: *Für Fred Eisenbogen*. Es war kein dienstlicher Stempel, Sandra hatte es selbst geschrieben. Mit rotem Glitzerstift.

»Was ...?«, fragte Fred. Und wusste nicht, ob er Sandras Besuch meinte, den roten Glitzerstift. Oder alles zusammen.

»Das hier sind Belege. Sehr, sehr wichtige Belege. Du schaust sie am besten sofort an.«

Das war es also: Irgendein neuer Trick, irgendeine neue Finte, die sie und ihr Vater ausgeheckt hatten, nachdem Fred Herrn Schläpple über die Höhe der Steuernachzahlung informiert hatte. Und jetzt belehrte sie ihn auch noch:

»Du bist verpflichtet, alle bedeutsamen Umstände zu prüfen! Das heißt auch die, die mich entlasten. Ich habe nachgelesen.« Sie schaute auf ihre Hand, auf der sie offenbar etwas notiert hatte. »Paragraph B8? AU? Es ist verwischt.«

»Paragraph 88 AO«, verbesserte Winnie, der plötzlich in der Tür stand, aber sofort wieder verschwand, als ihn Freds Blick traf.

»Wenn du einfach so verschwindest, muss ich als anständige Steuerpflichtige eben hierherkommen, um meine Unterlagen zu vervollständigen, oder?«

»Ich habe meine Prüfungsfeststellungen gestern bereits Herrn Schläpple mitgeteilt.«

Sie sah ihn verständnislos an.

Ihr Vater hatte es ihr noch nicht gesagt.

Fred griff nach irgendeinem Blatt auf dem Schreibtisch und tat, als würde er die exakte Zahl dort ablesen. Er wusste sie auswendig. Aber wenn er so tat, als würde er sie ablesen, konnte er sich vormachen, dass er nicht verantwortlich war.

»Einundzwanzigtausendzweihundertsiebenundfünfzig Euro. Das ist die Steuernachzahlung. Außerdem ist noch mit einem Bußgeld zu rechnen.«

Dann begann er, einen extrem widerspenstigen Papierstapel zu ordnen.

Sandra rührte sich so lange nicht, dass er nicht sicher hätte sagen können, ob sie atmete.

»Sandra ...«

»Du siezt mich also nicht mehr?«

»Wir sollten aufhören mit dem Unfug und vernünftig werden.«

Sie nickte: Als hätte Fred endlich verstanden, was sie ihm, seit sie hier war, zu erklären versuchte. Dann schob sie den grünen Ordner in die Mitte seines Schreibtischs.

»Vielleicht willst du ja lieber alleine lesen?«

Als sie fort war, ging Fred zu Winnies Schreibtisch und zog die unterste, vollgestopfte Schublade auf. Das Schwarze Loch des Finanzamts Böblingen.

Dort hinein ließ er ihren grünen Ordner fallen.

38

Nachdem Sandra aus Freds Büro gestolpert war, irrte sie noch eine halbe Ewigkeit auf dem kleinen Parkplatz vor dem Finanzamt umher, weil sie ihr Auto nicht finden konnte. Auch deshalb, weil sie immer wieder vergaß, was sie auf dem Parkplatz suchte.

Es war nicht so, dass sie erwartet hatte, heil aus der Prüfung herauszukommen. Sie hatte mit einer hohen Nachzahlung gerechnet, wenn auch nicht mit einer SO hohen. Aber was sie eben am meisten verwirrt hatte, war, dass Fred etwas mit dieser Nachzahlung zu tun hatte. Dass er die Höhe sogar selbst festgestellt hatte. Sandra hatte längst vergessen gehabt, dass er Finanzbeamter war.

Einundzwanzigtausendzweihundertsiebenundfünfzig Euro. Und noch ein Bußgeld! Wie viele tausend Euro waren das?

Auf dem Rückweg nach Sindelfingen kam sie am Altenheim am Kastanienweg vorbei und musste an den Laubsauger denken, den sie sich letztes Jahr gegönnt hatte. Das Altenheim buchte Sandras Dienste im Spätherbst immer für einige Tage, um den kleinen Spazierpark für den Winter herzurichten. Vor allem, um das nasse Laub zu entfernen, damit die Bewohner auf den Wegen nicht ausrutschten. Es hatte ihr Spaß gemacht, sich vorzustellen, dass all die Blätter, die raschelnd in dem Sauger verschwanden, Geldscheine wären. Einmal hatte sie sich hinter einer dicken Eiche versteckt, sodass man sie vom Altenheim aus nicht sehen konnte. Dann hatte sie den Laubsauger geöffnet, die Blätter hoch in die Luft geworfen. Und sich den Gummibund ihres Pullovers kaputt gerissen, als sie ihn zu einer Schürze gezerrt hatte, um die Blätter aufzufangen. Es hatte sich trotzdem angefühlt wie Sterntaler.

Wenn man die Summe der Nachzahlung in Zehneuroscheine umtauschte, würden sie in ihren Laubsauger passen? Und wenn ja, würde alles locker reinpassen oder müsste sie stopfen? Die Summe blieb so abstrakt, dass Sandra es nicht einmal schaffte, böse auf ihren Vater zu sein. Zugegeben, sie versuchte es auch nur halbherzig. Sie hatte Wichtigeres zu tun – und zwar genau jetzt, nachdem sie Fred den grünen Ordner gegeben hatte.

Sie fuhr zum Schulgarten, sprang aus dem Auto und öffnete weit die Türen des Laderaums. Das ganze Auto duftete nach Pfefferminze, Basilikum und Liebstöckel. Vor allem nach Pfefferminze. Sandra hob die Palette mit den kleinen Töpfen heraus, trug sie in den Garten und pflanzte die Kräuter ins Beet. Vorsichtig drückte sie die Erde um jeden Setzling fest und goss alles gründlich. Sie hatte inzwischen festgestellt, dass nicht ein Wunder schuld daran gewesen war, dass die Pflänzchen – trotz Sandras Bemühungen, sie zur Strecke zu bringen – so lange ohne Wasser, Wetterschutz und Pflege auf der Terrasse überlebt hatten. Offenbar hatte ihr Vater die Kräuter gegossen und die Töpfe, in einer kalten Nacht oder an einem windigen Tag, zu sich ins Gartenhaus geholt. Ausgerechnet ihr Vater! Als sie einige kräftige Minzblätter pflückte, um daraus später Tee zu kochen – da konnte sie nicht anders, als das, irgendwie, ironisch zu finden.

Sie hörte den Streit im Gartenhaus schon, als sie eine halbe Stunde später vor dem Haus ihrer Eltern parkte. Es war das erste Mal, dass Sandras Mutter vergessen hatte, sich um die Nachbarn Sorgen zu machen: Denn das kleine Fenster des Gartenhauses stand weit offen, Sandra verstand jedes Wort.

»Wir sagen es ihr noch nicht!«, beschwor ihr Vater ihre Mutter. »Es bringt doch nichts, wenn sie sich Sorgen macht. Wir sagen es ihr, wenn ich eine Lösung habe. Mir fällt sicher was ein. Wenn ich nur wüsste, wer dahintersteckt.«

Sandra riss die Tür auf.

»Ich *weiß* es. Fred hat es mir eben gesagt, aber jetzt …«

»Das ging nicht gegen dich! Da wollte sich einer an mir rächen, aber ich finde raus, wer das war!«

»Das ist doch jetzt auch egal. Ich wollte euch etwas sagen …«

»Du verstehst das nicht. Es geht um meine Ehre!«

Ihre Mutter staunte.

»Ist das alles, was dir dazu einfällt? Deine gekränkte Eitelkeit?«

Sandra unterbrach ihre Eltern, indem sie das kleine Gartenfenster zuknallte.

»Ich habe drei Dinge zu sagen: Erstens, ich werde in Zukunft meine Steuererklärungen selbst machen. Zweitens, ich zahle die Steuern nach. Ich werde den Bauplatz wieder verkaufen.«

Da. Sie hatte es gesagt. Jetzt, wo es endlich raus war, fühlte sie sich gleichzeitig leer und erleichtert.

»Und drittens gibt es etwas Schönes. Aber Ihr setzt euch besser vorher, vor allem du, Papa.«

Sie erzählte ihnen alles. Bloß den grünen Aktenordner mit der Aufschrift *Nur für den Dienstgebrauch* verschwieg sie. Der war zu privat. Die Belege, die darin waren, gingen niemanden etwas an. Nur Sandra und Fred.

Als sie fertig war, bückte sich ihre Mutter und zog den geheimen Werkzeugkasten unter dem Schrank hervor. Sie klappte das Schraubenfach auf und stellte die Flasche Birnenbrand und ein Glas auf die Werkbank. Dann schenkte sie sich einen Doppelten ein, trank und schob das Glas ihrem Mann zu. Aber der reagierte nicht. Er rieb sich mit geschlossenen Augen die rechte Schläfe. So, als würde er eine komplizierte Kopfrechenaufgabe lösen.

39

Am nächsten Tag rief Rolf Schläpple im Finanzamt an und fragte, wann Fred vorbeikommen könnte, um sich »ein bisschen zu unterhalten«. Fred hatte den Anruf erwartet, wenn auch in einer etwas anderen Formulierung. Es war schließlich korrekt, noch einmal mit dem Steuerpflichtigen die Prüfungsfeststellungen im Detail zu besprechen, bevor in der Schlussbesprechung alles endgültig festgelegt wurde.

Und: Fred wollte diesen Termin so schnell wie möglich. Am selben Nachmittag. Er brannte darauf, den Schläpples den wahren Fred zu zeigen, den kühlen, konzentrierten, der alle ihre Spielchen durchschaute. Gestern, das war der Gipfel der Dreistigkeit gewesen: als Sandra Fred ihre dubiosen Belege sogar noch ins Finanzamt hinterhergetragen hatte! Wenn es nicht so pathetisch gewesen wäre – sondern eben kühl und konzentriert –, hätte Fred die beiden letzten Wochen sogar aus seinem Kalender gestrichen. Nein, nicht gestrichen: Er hätte die Blätter sauber abgeschnitten, mit Lineal und einem Messer. Damit die scharfen Papierkanten ihn jedes Mal daran erinnerten, nie wieder so unachtsam zu sein.

Eine Stunde später stieß Fred bei den Schläpples das Tor auf und marschierte, zügig und zielstrebig, durch den Garten zu dem kleinen Häuschen, in dem Herr Schläpple seine Werkstatt hatte. Er stoppte nur kurz, als er Fiskus' Hundehütte sah: Über das halbrund ausgesägte Loch des Eingangs hatte jemand *Schalter 1* geschrieben. Der Humor dieser Familie war ihm unbegreiflich.

Die Gardinen vor den Fenstern des Gartenhauses waren zugezogen, die Tür klemmte. Fred stemmte sie auf und fand sich wieder in einem der seltsamsten Räume, die er je betreten hatte: In der Mitte stand eine große Werkbank, an der Wand hingen, sorgfältig nach Größe aufgereiht, Werkzeuge, und den staubigen Zementboden bedeckte eine dünne Schicht Sägespäne. Und doch war es so viel mehr als eine Werkstatt: Hier arbeitete ein Bastler. Jemand, der alles zurechtschleifen konnte, was er in die Finger bekam. Selbst wenn es ein Stück Papier war. Hinter der Werkbank, die Rolf Schläpple auch als Schreibtisch diente, stand ein großer Ohrensessel aus braunem, geflicktem Leder. Es gab vier geschnitzte Regale voller Bücher, einen Schrank mit Ordnern – und rechts neben dem Schrank eine antike Glasvitrine mit einem auffälligen, dreieckigen Aufsatz. Die hatte Fred schon irgendwo gesehen ... im Wohnzimmer! An seinem allerersten Tag! Am zweiten Tag war die Vitrine verschwunden gewesen, offenbar um Platz zu machen für Sandras Fotos. Die einzige freie Wand nahm ein riesiges Ölgemälde in einem schweren, goldenen Rahmen ein: die mittelalterliche Stadtansicht von Sindelfingen.

In dem Ohrensessel an der Werkbank saß Rolf Schläpple.

»Setzen Sie sich«, sagte er und deutete mit dem Kinn auf einen Holzhocker neben der Tür. Fred zog den Hocker an die Werkbank, sodass er Herrn Schläpple genau gegenübersaß. Seine Aktentasche hielt er fest vor sich auf dem Schoß.

»Normalerweise hätte ich das Wohnzimmer für dieses Treffen vorgeschlagen. Aber ich glaube, das weckt bei uns beiden gerade zu viele schlechte Erinnerungen.« Er zeigte auf einen Werkzeugkasten, der neben Fred auf dem Boden stand. »Geben Sie mir den mal, bitte?«

Fred zögerte, konnte aber in der Frage keinen konkreten Hinterhalt erkennen. Also wuchtete er ihn auf die Werkbank.

»Danke. Ich hab's gerade im Rücken, zu schwer geschleppt.« Herr Schläpple nickte in Richtung der Glasvitrine. Jetzt gab er den Betrug auch noch zu! Dann öffnete er den Werkzeugkasten und holte zwei Schnapsgläser und eine Flasche Birnenbrand heraus.

Ah, jetzt kam also die vertrauliche Tour, von Mann zu Mann.

Gleich danach würde er anfangen zu feilschen, rechtzeitig vor der Schlussbesprechung. War das etwa alles, was Rolf Schläpple zu bieten hatte?

Fred legte höflich die flache Hand auf sein Schnapsglas.

»Wir sollten uns auf die prüfungsrelevanten Dinge konzentrieren. Damit auch alles geklärt ist, bevor wir es dann in der Schlussbesprechung endgültig festlegen.«

»Die Schlussbesprechung fällt aus, ich verzichte.«

»Sie verzichten auf die Schlussbesprechung?«

»Ich bin ein Ehrenmann. Und deshalb kann ich Ihnen auch was sagen – obwohl mir das nicht leichtfällt, können Sie mir glauben. Also: Sehr gute Arbeit haben Sie da geleistet, sehr elegant gemacht. Abgesehen davon, dass Ihre gute Arbeit uns arm macht, hat sie mir ganz ausgezeichnet gefallen.«

Fred konnte nicht verhindern, dass er sich freute über das Lob. Um das zu verbergen, bückte er sich tief und stellte seine Aktentasche neben sich auf den Boden. Im Finanzamt interessierte sich nie jemand für die Feinheiten guter Arbeit, immer nur für das Ergebnis.

Rolf Schläpple nutzte Freds schwachen Moment aus und schenkte ihm das Schnapsglas voll.

»Außerdem hat mir der Feininger letzte Woche am Telefon erzählt, dass es bei ihm den Senf in Zukunft nicht mehr gratis gibt, weil er es sich nicht mehr leisten kann, seit Sie bei ihm waren. Ich soll Ihnen ganz, ganz herzliche Grüße ausrichten.«

Nach einer Pause sagte er: »Naja. Aber das mit dem Senf stimmt.«

Herr Schläpple lachte laut über seinen Witz, und Fred hatte sich jäh wieder im Griff. Sein Gegenüber verstummte.

»War nur Spaß, ein Klassiker aus meiner Beamtenwitze-Sammlung. Ich habe bessere …«

Fred streckte energisch die Hand aus und stand auf.

»Wenn Sie wirklich nichts mehr besprechen wollen, würde ich mich gern verabschieden.«

»Bleiben Sie, bitte. Ich habe doch sonst niemand zum Fachsimpeln. Und es gibt eine Sache, die mich wirklich sehr interessiert: Was machen Sie während der Arbeit eigentlich mit dem ganzen Kuchen?«

Und das Absurde war: Fred wusste sofort, was Herr Schläpple meinte. Der Kuchen, den man jeden Tag, bei fast jeder Betriebsprüfung, angeboten bekam! Es war ein Dilemma, denn leider war der Kuchen oft ungenießbar, aber was tun damit, wenn man nicht unhöflich sein wollte? Fred konnte nicht fassen, dass noch jemand genau dasselbe Problem gehabt hatte!

»Reiß- und tropfdichte Gefrierbeutel«, verriet Fred. »Mit Doppel-Zip-Verschluss.«

Nach einer Pause fragte er: »Und Sie?«

»Ich hatte immer mindestens zwei Packungen Taschentücher dabei. Aber Sie glauben nicht, wie oft ich mir die Aktentasche versaut habe mit durchgeweichter Schlagsahne.«

Fred musste lächeln. Das war ihm auch passiert. Aber nur einmal.

»Ich glaube, Sie sind in Wahrheit gar kein Beamter«, sagte Herr Schläpple.

Als Fred den Mund öffnete, winkte er ab.

»Ja, ja, ich weiß. Aber doch nicht HIER DRIN.« Sein Zeigefinger schwankte zwischen Kopf und Herz hin und her, dann tippte er sich auf den Bauch. »Ich kann es Ihnen auch beweisen, passen Sie auf: Ich wette, Sie haben einen Lieblingsparagraphen.«

Fred stand auf. Endgültig. Das ging nun wirklich zu weit! Aber Herr Schläpple lachte, als hätte er genau das erwartet.

»Sehen Sie! Sie sind entsetzt. Weil wir beide wissen, dass das eine sehr persönliche Frage ist, viel zu persönlich, um sie mit jemandem zu diskutieren, für den Paragraphen nur Werkzeuge sind. Ich habe zwei: Paragraph 126 AO, der befasst sich ...«

»... mit der Heilung von Verfahrens- und Formfehlern. Ich weiß. Ich, äh, mag den auch.«

Herr Schläpple nickte anerkennend, als hätte Fred einen ganz ausgezeichneten Geschmack. Fred setzte sich wieder und nahm einen ganz kleinen Schluck aus seinem Schnapsglas.

»Und der ... zweite?«

»Paragraph 128 AO, Umdeutung eines fehlerhaften Verwaltungsakts. Macht mich immer sentimental, der 128er. Der hat mich eines Tages auf die Idee gebracht, in bestimmten Einzelfällen – da braucht man eine hervorragende Menschenkenntnis, das geht nicht mit jedem – statt einer Steuernachzahlung eine anonyme Spende fürs Gemeinwohl auszuhandeln. Oder, poetisch ausgedrückt: einen fehlerhaften Verwaltungsakt umzudeuten.«

Fred stöhnte auf, stellvertretend für Paragraph 128. Herrn Schläpple, der ihn genau beobachtete hatte, amüsierte das sehr.

»Ich war früher auch wie Sie, aber ehrlich hält man diese Arbeit einfach nicht lang durch. Irgendwann wollte ich einfach nicht mehr zusehen, wie der Staat Steuern verschwendet, die ICH reinhole. Von den Sanierungen der ganzen Banken rede ich jetzt gar nicht. Kennen Sie die Geschichte vom Ziegenstall?«

Fred kannte sie nicht. Aber dieser Nachmittag hatte inzwischen so viele absurde Wendungen genommen, dass ihm die Geschichte vom Ziegenstall als eine vollkommen natürliche Weiterentwicklung des Gesprächs erschien.

»Es gibt da einen Stall«, fuhr Rolf Schläpple fort, »oben bei Leinfelden-Echterdingen. Der wurde als Winterquartier gebaut für etwa dreißig Ziegen, die ein Naturschutzgebiet beweiden sollten. Und jetzt raten Sie mal, wie viel der gekostet hat: hunderttausend Euro! Aus Steuergeldern! Für einen Ziegenstall! Als er fertig war, hat sich herausgestellt, dass den Stall kein Mensch gebraucht hätte. Weil nämlich der Pächter mit der Ziegenherde schon einen eigenen Stall hat. Ich glaube, zurzeit bauen sie den Stall gerade um. An dem Tag, an dem ich das gelesen habe, musste übrigens Sandras alter Kindergarten schließen, weil das Geld zur Gebäudesanierung fehlte.«

»Trotzdem dürfen Sie nicht einfach eigenmächtig Steuergelder umverteilen. Da gibt es keinen Ermessensspielraum! Und außerdem, wenn das jeder Betriebsprüfer machen würde ...«

»Dann hätte ich's nicht machen müssen. Obwohl ich

zugeben muss, dass ich mich jedes Mal freue, wenn ich zum Beispiel am Spielplatz in der Waldsiedlung vorbeigehe und das Klettergerüst sehe. Das ist nämlich, sozusagen, von mir gesponsert. Genauso wie der neue Rettungswagen. Und, ich schätze, mindestens zehn Quadratmeter der Lärmschutzmauer an der Bundesstraße. Oh, und natürlich die Ausruhbank im Maskenraum im Völkerkundemuseum ... ach, die alten Geschichten.«

Rolf Schläpple lehnte sich in seinem Ohrensessel zurück und rieb sich die Hände. »Aber jetzt verraten Sie mir doch, warum sie eben gar nicht überrascht waren, als ich Ihnen mein kleines Geheimnis anvertraut habe? Sie wussten das alles schon, richtig?«

Fred rutschte nervös auf seinem Hocker hin und her. Herr Schläpple beugte sich zu ihm über die Werkbank, dann wurde er deutlich:

»Keine der Steuererklärungen, die ich in den letzten Jahren für Sandra gemacht habe, kam jemals mit dem Vermerk *Unter Vorbehalt der Nachprüfung* zurück. Ich weiß: Das ist keine Garantie für nichts. Aber zuerst ist nie jemand misstrauisch, dann kriegt Sandra plötzlich eine Betriebsprüfung? Bei den geringen Einnahmen? Schön, am Ende hat sich's ja gelohnt fürs Finanzamt. Aber da steckt doch mehr dahinter, das ist was Persönliches, das geht doch um mich ... Ich glaube, da will mich jemand fertigmachen, der mir damals nichts nachweisen konnte. Und ich wüsste gerne, wer.«

»Ich weiß nur, dass es einen anonymen Hinweis auf Auffälligkeiten in Sandras Steuererklärung gegeben hat. Von meinem Sachgebietsleiter.«

Aber darauf konnte sich Herr Schläpple offenbar keinen Reim machen, er schwieg lange. Dann seufzte er und wischte das unangenehme Thema mit einem Handwedeln fort.

»Und jetzt die gute Nachricht«, sagte er und strahlte. »Ich habe gestern nachgerechnet: Wenn meine Frau und ich sofort anfangen, Ihnen und Sandra in Zukunft alle Weihnachts- und Geburtstagsgeschenke zu streichen und überhaupt alles, was sonst noch so an Nettigkeiten anfällt, und wenn Erika und ich außerdem leben, bis wir beide etwa hundert sind – dann schaffen wir es, die Nachzahlung wieder reinzuholen.«

Der Hausherr hob das Glas.

»Außerdem habe ich gehört, dass Böblingen und Sindelfingen in Zukunft doch zusammengelegt werden sollen. Also, lassen wir das Gesieze: Ich bin der Rolf! Prost!«

40

Fred kam an diesem Tag zwei Stunden später ins Finanzamt zurück als geplant, sehr verwirrt darüber, wie schnell die Zeit verflogen war. Außerdem hatte er das dumpfe Gefühl, dass er nicht so scharf, kühl und kalkuliert aufgetreten war wie vorgehabt: Rolf Schläpple hatte ihm zum Abschied sogar gewinkt!

Als er den Flur entlanglief, hörte er aus dem Zimmer des Chefs einen lauten Knall. Fred rettete sich gerade noch in sein eigenes Büro, bevor ihm jemand ein Champagnerglas in die Hand drücken konnte. Überrascht stellte er fest, dass Winnie am Schreibtisch saß und etwas in den Computer tippte, das aussah wie Arbeit.

»Deine Siegesfeier ist nebenan«, sagte Winnie. »Sie haben schon mal ohne dich angefangen.« Er schnupperte in Freds Richtung. »Oder hast du schon mal ohne die angefangen?«

Der Birnenschnaps.

»Ich kann da nicht hin.«

»Würde ich dir auch nicht raten. Der Chef projiziert ›Terminator 4‹ in Dauerschleife auf dieses weiße Clipboard-Ding. Raubkopie, übrigens. Wahrscheinlich fällt ihm auch gar nicht auf, dass du fehlst, weil die Praktikantin auf seinem Schoß sitzt und so tut, als fände sie seine ganzen Schauergeschichten wahnsinnig interessant.« Winnie zog die Nase hoch. »Darin war sie schon immer gut.«

»Was für Schauergeschichten?«

»Dass es nichts Köstlicheres gibt als Rache, auf die man jahrzehntelang wartet und so was. Ich habe richtig Angst gekriegt um mich.«

»Hat er sonst noch etwas gesagt?«

Winnie zuckte die Achseln.

»Ich war nicht lange da, ich hab schließlich zu arbeiten.«

Jetzt erst bemerkte Fred, dass Winnies unterste Schublade offenstand: Winnie mistete das Schwarze Loch aus! Darin waren neben unbequemen Einspruchsschreiben hauptsächlich Akten für Betriebsprüfungen bei Firmen, deren Buchhaltung ihm momentan zu anstrengend erschienen war. Hatte Winnie großzügige Laune, versenkte er solche Akten nicht einfach, sondern vermerkte in einer Notiz, dass die Prüfung wegen Terminschwierigkeiten leider verschoben werden musste.

Und Sandras grüner Ordner aus Pappe, auf dem Freds Name stand. Der lag seit gestern ebenfalls in Winnies unterster Schublade.

»Warum mistest du ausgerechnet jetzt aus! Du mistest nie aus!«

»Du hast mich drauf gebracht! Als Betriebsprüfer kann man super Frauen abschleppen. Was glaubst du, wie dankbar die sind, wenn sie einen Prüfer kriegen, der nicht nur nachsichtig, sondern auch Single ist und irre gut aussieht.« Fred stöhnte, aber Winnie war jetzt voll in Fahrt.

»Eine Steuererklärung ist Gold wert, tausendmal besser als eines von diesen Online-Dating-Profilen. Da steht alles drin: An der Steuerklasse kannst du ablesen, ob die Frau verheiratet ist oder geschieden, du kannst sicher sein, dass ihre Telefonnummer echt ist. Und heimlich jünger oder älter machen kann sie sich auch nicht, weil du ihr Geburtsdatum hast.«

Voller Vorfreude strich er zwei Steuererklärungen glatt, die er aus dem Haufen aussortiert hatte.

»Willst du heute nicht schon früher Schluss machen? Ich muss gleich noch ein paar sehr private Dienstgespräche führen.«

Und so ging Fred Eisenbogen, zum ersten Mal in seinem Leben, früher nach Hause.

41

Am nächsten Morgen blieb er im Bett und verließ die Wohnung sechs Tage nicht. Winnie versorgte ihn morgens mit Tee und abends mit Pizza, zum Kochen hatte er keine Zeit mehr. Er kam jetzt immer spät nach Hause, weil er drei Betriebsprüfungen gleichzeitig am Laufen hatte. Alle bei alleinstehenden Frauen.

Am Samstag stand er in Freds Tür und jammerte, weil er erst Montag wieder arbeiten gehen konnte.

»Ich glaube, sonst wird es zu auffällig. Was meinst du?«

Fred lag im Bett. Er hatte Winnie den Rücken zugedreht und sah zum Fenster hinaus. In den Vorgarten.

»Ich bin krank.«

Winnie warf ihm etwas ins Kreuz.

»Ich hab dir was zum Lesen mitgebracht.«

Es war Sandras grüner Ordner.

»Warum war das im Finanzamt in meiner Schublade? Hast du da mal reingeschaut? Sehr seltsamer Inhalt.«

»Du meinst ›verdächtig‹.«

»Nee«, sagte Winnie, »ich meine: ›seltsam‹.«

Fred schlug den Ordner auf, um Winnie zu beweisen, dass er »verdächtig« meinte. Der Ordner war voll mit Quittungen und Belegen, mindestens dreißig Stück. Die meisten sahen nicht einmal aus wie Betriebsquittungen. Das waren Belege für Privatausgaben! Und hier, diese Quittung – die hatte Sandra sich sogar selbst ausgestellt: Er kannte doch ihre Schrift! Winnie schaute ihm über die Schulter.

»Vielleicht sind es gar keine stinknormalen gefälschten Quittungen. Sondern ein Code? Für Sexspielchen?«

Fred ließ den Ordner auf den Boden rutschen und zog sich

die Decke über den Kopf. Er hörte, wie Winnie aus dem Zimmer ging und leise die Tür schloss.

Nach einer Weile holte sich Fred den Ordner zurück ins Bett. Er wollte einen handfesten Grund, um wütend auf sie zu sein. Deshalb schlug er ihn wieder auf.

Schon der erste Beleg war eine Ungeheuerlichkeit – denn der war eindeutig nicht beruflich, sondern privat: eine Quittung über ein »*Kleid, 69,90 Euro, Modell »Kreuzstich/Blume«*. Fred wusste sofort: Das war das Kleid, das Sandra in der Post getragen hatte! Die Quittung fühlte sich jetzt an wie doppelter Verrat.

Der nächste Beleg war eine Rechnung aus einem Fotoladen über »*27 Bilderrahmen, diverse Größen, 142,50 Euro.*« Das mussten die Rahmen für die Fotos von Sandra sein, die plötzlich im Wohnzimmer aufgetaucht waren! Diese gerissene kleine Ausstellung, die Fred von der Arbeit hatte ablenken sollen.

Dann – und das war wirklich die Höhe – kam ein Strafzettel! Glaubte sie allen Ernstes, er würde einen Strafzettel anerkennen?! Fred untersuchte Datum, Ort und Uhrzeit. Es war der Strafzettel, den sie in Stuttgart gekriegt hatte! Während sie Fred im Völkerkundemuseum küsste!

Und so ging es weiter: Jede einzelne Quittung, jeder einzelne Beleg, war mit einem Moment verknüpft, der Sandra und Fred verband. Besaß Sandra keinen passenden Beleg für ein Ereignis, das ihr wichtig erschienen war, schrieb sie einfach selbst einen. Zum Beispiel für die Suppenschüssel, die sie auf den Wohnzimmerfußboden geworfen hatte, damit Fred ihr endlich zuhörte.

Je mehr Fred las, desto klarer wurde ihm, was der grüne Ordner wirklich war: ein Tagebuch ihrer Liebe. Die Belege, durch die Fred blätterte, waren die Tagebuchseiten. Und mehr als das: Jedes Stück Papier war auch ein Beweis dafür, dass alles zählte, was zwischen ihnen beiden gewesen war.

Was Fred in den Händen hielt, war eine ziemlich dilettantisch gefälschte Steuererklärung – aber eine echte Liebeserklärung.

Dann gab es noch einen diskreten Fleck auf der Rückseite:

Offenbar hatte der Ordner auch geholfen, einige Stechmücken zur Strecke zu bringen.

Der letzte Beleg, ganz hinten, war nicht abgeheftet. Er lag lose dabei, wie etwas, das zwar wichtig war, aber nicht dazugehörte. Es war die Rechnung einer Umzugsfirma: Für den *Transport von Kleider- und Bücherkisten von Gerry Wenkhoff*, an eine Adresse nach Stuttgart. *Abzuholen aus der Wohnung von Frl. Sandra Schläpple.*

Und das Abholdatum war ... gestern gewesen!

Fred sprang aus dem Bett. Was sollte er jetzt tun? Sie anrufen? Zu ihr fahren?

Nein, natürlich nicht. Er setzte sich wieder, dieses Mal an seinen Schreibtisch. Er hatte den grünen Ordner schon zu lange gehabt, ohne sich bei ihr zu melden. Ihm wurde ganz schlecht, wenn er daran dachte, wie sie auf ihn gewartet haben musste. Er konnte sich vorstellen, wie verwirrt sie war, wie wütend. Wie ... enttäuscht.

Aber genau deshalb musste alles, was er jetzt tat, exakt geplant werden. Er durfte nichts dem Zufall überlassen. Er durfte Sandra jetzt nicht doch noch verlieren, bloß weil er aus unverzeihlichem Übermut den nächsten Schritt nicht sorgfältig genug durchdacht hatte.

Also beschloss Fred Eisenbogen, Sandra Schläpple einen Brief zu schreiben.

Zuerst meldete er drei Tage Urlaub an. Er hoffte, die Zeit würde ausreichen? Wenn er mit dem Brief sofort anfing? Nervös erinnerte er sich an das letzte Mal, als er freihändig versucht hatte, ein wichtiges Schriftstück aufzusetzen. Verenas Geburtstagskarte. Und nicht mal die hatte er hingekriegt. Aber es half nichts, Fred musste jetzt handeln: Aus dem Schreibtisch holte er seinen schwarzen Füllfederhalter und eine Ledermappe. Der Mappe entnahm er einen teuren Bogen weißes Schreibpapier, für Schriftstücke besonderer Art. Der Bogen lag so schwer in der Hand, fühlte sich so vertrauenserweckend fest an, dass es überhaupt keinen Grund gab, daran zu zweifeln, dass Fred den perfekten Brief schaffen würde.

Nur, weil er einmal mit einer lachhaften Tarzan-Karte in der Spätpost einen schlechten Tag gehabt hatte.

Nach drei Tagen musste Fred seinen Urlaub um einen weiteren Tag verlängern, auf vier Tage. Und nach vier Tagen auf eine Woche. Nach einer Woche, in der er drei Mal von dem dicken Schreibpapier nachkaufte, verlor er das Vertrauen in die Marke und besorgte eine andere.

Zwei Tage später saß er an seinem Schreibtisch und hielt sich die Ohren zu. Ein paar Schulkinder hatten im Vorgarten einen Basketballkorb aufgehängt und übten offenbar, nicht den Korb zu treffen, sondern die laut scheppernde Metallplatte darüber. Hatten die keine Hausaufgaben? War nicht irgendwann Abendbrotzeit? Er erinnerte sich, dass er vergessen hatte, zu essen. Heute Mittag auf jeden Fall, heute früh auch und ... davor. Es fiel ihm nur auf, es war nicht wichtig. Es wäre auch nicht möglich gewesen, jetzt in die Küche zu gehen, geschweige denn nach draußen, zum Supermarkt. Jede Sekunde, in der er abgelenkt war, war eine Sekunde, in der er die richtige Idee verpassen konnte. Vielleicht musste er ja nur einen einzigen Satz austauschen oder ein einziges Wort und plötzlich würde sich alles in diesem Brief fügen und ineinandergreifen, zu einem perfekten Ganzen. Gestern Abend war er so verzweifelt gewesen, dass er einen schwachen Moment lang erwogen hatte, den Brief einfach eine Nacht liegen zu lassen. Sollte das nicht helfen? Das sagte man doch so! Aber natürlich war jetzt keine Zeit für Experimente.

Er hatte immer gewusst, dass es – genau wie die exakt richtige Zahl in einer Rechnung – auch die richtige Formulierung, die richtige Idee, das richtige Wort in einem Schriftstück gab. Aber das war so viel schwieriger zu finden, weil es so viel mehr falsche, nur fast richtige Möglichkeiten gab. Man konnte das richtige Wort, die richtige Idee verpassen, wenn man im falschen Moment unaufmerksam war. Und dann war es zu spät.

Fred nahm die Brille ab und rieb sich die Augen.

Er wusste natürlich, dass es unmöglich war, niemals Fehler zu machen. Aber hier ging es um die schlimmsten: Die,

die man hätte vermeiden können, wenn man nur ein bisschen ausdauernder nachgedacht hätte. Seit er zehn war, hatte er das nicht mehr vergessen.

Damals hatte ein Nachbarsjunge Geburtstag gefeiert. Er hatte Fred und seine anderen Gäste spontan in die Nachmittagsvorstellung des kleinen Zirkus eingeladen, der gerade vor dem Gemeindehaus gastierte. Fred war noch nie im Zirkus gewesen, aber schon auf einer Demo gegen nicht artgerechte Tierhaltung. Im Vorzelt bekam er Bauchweh, weil er wusste, dass es furchtbar werden würde: Überall stank es nach Pferdemist, und es gab keine nummerierten Sitzplätze, nur lange Bänke. Das Geburtstagskind wollte mit seinen Gästen unbedingt ganz vorne sitzen, obwohl die erste Reihe schon viel zu voll war mit Leuten, die alle pünktlicher gekommen waren. Fred versuchte tapfer, sich in eine Lücke zu quetschen, aber die Frau neben ihm murmelte trotzdem etwas, das böse klang. Die Tiere waren überhaupt nicht gut dressiert, die Hunde zum Beispiel sprangen während ihres Auftritts immer wieder von ihren Podesten. Und die meiste Zeit hatte Fred Angst vor dem Clown, der sich nach jeder Nummer ein Kind aus der ersten Reihe in die Manege holte. Das Kind sollte ihm helfen, ein Zelt aufzubauen, schaffte es aber nicht, weil der dumme Clown dauernd über die Stäbe fiel und das Zelt zusammenstürzte.

Aber dann kamen die *Fliegenden Fallninis*. Der Name war so magisch, dass Fred ihn noch Jahre später in Gedanken vor sich hin murmelte, wenn der Zahnarzt sagte, er sollte an etwas Schönes denken. (Er tat es selbst dann noch, als er alt genug war, um zu erkennen, dass »Fallnini« ein ziemlich peinlicher Name für eine Trapezgruppe war.) Die Fallninis hatten ein Netz, aber sie brauchten es nicht. Sie flogen durch die Luft, so schön und sicher wie eine Melodie. Die anderen Kinder erzählten sich später, wie knapp es gewesen war und dass es immer so ausgesehen hatte, als ob der eine nur gerade noch die Hand des anderen erwischt hätte, im letzten Moment. Aber Fred wusste es besser: Es war nicht »im letzten oder im genau richtigen Moment« gewesen. Es war, als gäbe es keine anderen Momente außer dem einen, perfekten.

Als die Fallninis wieder auf dem Boden standen, sich an den Händen hielten und verbeugten, wusste Fred, dass sie die Vorstellung nur für ihn gegeben hatten.

Ein paar Monate danach hatte er einen Hausaufsatz zum Thema »Mein schönster Nachmittag« geschrieben. Normalerweise brauchte Fred für seine Hausaufgaben ewig, aber dieses Mal schrieb er über die *Fliegenden Fallninis*. Es war, als müsste er gar nicht nachdenken, als wäre die Geschichte schon reif und fertig und alles, was er tun musste, war, die Hand auszustrecken und sie zu pflücken. Danach bat er seinen Vater, den Aufsatz zu lesen. Für den Fall, dass er Rechtschreibfehler übersehen hatte. Sein Vater runzelte schon nach der Überschrift »Im Zirkus« die Stirn, und das verwirrte Fred, weil – und da war er sich ganz sicher – in der Überschrift kein Schreibfehler war. Am Ende sah sein Vater enttäuscht aus. Als hätte er mehr von Fred erwartet: DAS war Freds schönstes Erlebnis? Ein Nachmittag im Zirkus? Gedrillte Kinder und dressierte Tiere in viel zu kleinen Käfigen? Fred versuchte zu erklären, dass die Fallninis etwas ganz anderes gewesen waren. Sein Vater schlug vor, dass er doch über das schöne Theaterstück schreiben sollte, das seine Klasse aufgeführt hatte. Mit dem Gefühl, dass sein schönster Nachmittag nicht gut genug gewesen war, schrieb Fred dann über irgendeinen Herbstspaziergang, was seinen Vater freute.

Jetzt war es kurz vor vier am Nachmittag, und Fred setzte die Brille wieder auf. Die Schulkinder im Vorgarten hatten entdeckt, wie befriedigend es war, mit Tennisbällen auf einen Basketballkorb zu werfen, und Fred hatte plötzlich das Gefühl, der Lösung ganz nah zu sein.

Er würde einfach noch mal von vorne anfangen.

42

Am selben Nachmittag stand Sandra oben am Abhang des Bauplatzes und schaufelte ein Loch. Als es tief genug war, zerrte sie das *Zu Verkaufen*-Schild aus ihrem Lieferwagen und rammte es zurück in den Boden. Dann häufte sie mit beiden Händen Erde darum auf und stampfte sie fest.

Sie hätte das schon vor drei Wochen tun sollen, nachdem sie dem Notar gesagt hatte, dass er den Bauplatz wieder verkaufen musste. Gerry interessierte sich überhaupt nicht mehr dafür, seit er bei Sandra ausgezogen war. Er hatte größere Pläne. Jetzt, wo er in Romos Gästezimmer Zuflucht gefunden hatte.

Bis heute hatte Sandra es hinausgezögert, hierherzukommen und das Schild zurückzubringen. Aber inzwischen hatte sie fast alle ihrer Habseligkeiten in Kartons verpackt, die kleine Einliegerwohnung war beinahe leer – nur das Bauplatz-Schild stand immer noch in der Ecke, in die Gerry es damals gestellt hatte: Sandra hatte beschlossen, sich eine eigene Wohnung zu suchen. In den letzten Tagen hatte sie sich Dutzende angeschaut, in Esslingen, Ludwigsburg, Waiblingen und sogar in Stuttgart. Aber in Wahrheit, stellte sie fest, wollte sie in Sindelfingen bleiben. Gestern hatte sie den Mietvertrag unterschrieben, für eine kleine Wohnung in einem ausgebauten Dachgeschoss.

Es war drei Wochen her, seit sie Fred den grünen Ordner gegeben hatte, und seit drei Wochen hatte sie nichts von ihm gehört. Vor ihren Eltern konnte sie es nicht geheim halten, und ihr Vater war inzwischen so böse auf Fred, dass einem der Kerl schon fast wieder leidtun konnte. Es war seltsam: Früher war sie wirklich schlecht darin gewesen, lange böse oder traurig zu sein. Auf Gerry hatte sie nie lange böse sein können – sie hatte sich einfach abgelenkt, mit etwas Schönem. Aber mit Fred funktionierte das nicht, denn Fred war überall! Wenn sie ein Buch aufschlug, fand sie einen Satz, der ihn beschrieb. Wenn Fiskus bellte, weil jemand an der Tür klopfte, erwartete sie Fred. Selbst hier, auf dem Bauplatz, auf dem Fred noch nie gewesen war, hielt sie nach ihm Ausschau.

Deshalb hätte sie jetzt auch beinahe das Schild wieder umgerannt, als sie nach dem klingelnden Handy in ihrem Korb hechtete. Es war nur der Notar. Aber an der Art, wie er sich meldete, erkannte sie sofort, dass er eine gute Nachricht hatte. Eine fantastisch gute Nachricht. Und das konnte nur eines bedeuten!

Die gute Nachricht war, dass Frau Keller einen neuen, dieses Mal solventen Käufer für den Bauplatz gefunden hatte. Ohne diesen unfassbaren Glücksfall, das wiederholte der Notar mehrmals, wäre Fräulein Schläpple niemals so glimpflich aus dem Kaufvertrag herausgekommen. Er konnte absolut nicht verstehen, dass Sandra enttäuscht klang, verärgert sogar. Aber sie ärgerte sich nur über sich selbst: Natürlich hatte der Notar keine Nachricht von Fred für sie. Er hatte noch nie von Fred gehört. Jetzt hätte sie das verdammte Schild am liebsten doch noch umgetreten.

Sie ließ ihr Handy in den Korb fallen, packte ihre Schaufel und ging zum Auto. Sie wollte zu Hause noch ihren Schrank ausmisten, für die Altkleidersammlung. Übermorgen fand der Umzug statt, und morgen würde sie keine Zeit dafür haben: Sie plante, bis spätabends im Schulgarten zu sein. Auch dort war morgen ihr letzter Tag.

Bevor sie in ihren Lieferwagen stieg, drehte sie sich ein letztes Mal um: Das Schild lehnte etwas schief im Wind, aber sie war sicher, dass es stehen bleiben würde. Sie hatte es tief genug eingegraben.

Zu Hause räumte sie ihren Schrank aus, am Ende blieben ein Kleid für die Vogelscheuche und zwei volle Säcke für die Altkleidersammlung. Die trug sie zum Gartenhaus. Auf dem Weg dorthin kam sie am geöffneten Küchenfenster vorbei und … stoppte. Ihr Vater hatte tatsächlich fast die ganze Küche gestrichen, zwischendrin musste ihm etwas Wichtigeres eingefallen sein: Die Leiter stand noch neben dem Kühlschrank und darauf zwei Farbeimer. Und warum um Gottes willen …?

Sie lief mit den beiden Kleidersäcken zum Gartenhaus und trat, weil sie keine Hand frei hatte, die Tür auf. Ihr Vater saß an seiner Werkbank, und als die Tür aufflog, versteckte er blitzschnell etwas unter einer Zeitung – so, wie er es mit dem Birnenbrand tat, wenn ihre Mutter plötzlich auftauchte. Er hatte Sandra offenbar verwechselt.

»Ich habe gerade die Küche gesehen, aber wollte Mama die Wände nicht königsblau?«

»Heute früh hat sie gesagt, ich soll aufbrauchen, was noch an Farbe im Keller ist.«

»Aber jetzt sind zwei Wände weiß und eineinhalb … lindgrün.«

»Ich habe ein bisschen rumexperimentiert. Mal was Neues.«

»Hat Mama das Experiment schon gesehen?«

»Ich habe keine Ahnung, wo sie ist.«

Sandra verstand nicht, warum sich ihr Vater das Leben immer schwerer machte als notwendig. Sie wuchtete die beiden Kleidersäcke in die Ecke, die jetzt frei war, seit die Vitrine wieder im Wohnzimmer stand. Ihr Vater war sogar noch extremer geworden, seit Sandra beschlossen hatte, ihre Buchhaltung und ihre Steuern alleine zu machen. Vielleicht weil er sich mehr langweilte: Heute strich er die Küche zweifarbig, gestern hatte er wieder so lange an der Alarmanlage herumgebastelt, bis Fiskus nicht mal mehr durch die Hundeklappe konnte, ohne sie auszulösen.

Sandra rieb sich müde die Stirn und hätte nichts gegen eine Feierabend-Weinschorle gehabt.

»Ist noch was?«, fragte ihr Vater.

Erst jetzt sah sie, dass er sein Handy in der Hand hielt: mit drei Fingern, um nicht den falschen Knopf zu drücken und aus Versehen aufzulegen. Das bedeutete, dass jemand am anderen Ende in der Leitung war.

Sie schüttelte den Kopf, ging nach draußen und schloss die Tür.

Dann presste sie ein Ohr ans Schlüsselloch. Ihr Vater telefonierte offenbar mit seinem alten Freund Fritz Feininger. Als Sandra klein war, hatte sie jahrelang geglaubt, Herr Feininger sei ein Auto, weil ihr Vater ihn immer den BMW nannte – das Kürzel für die Branchen, in denen man das Finanzamt besonders leicht hintergehen konnte: Bäcker-Metzger-Wirte. Natürlich ging das Gespräch darum, wie sehr es ihn in seiner Ehre gekränkt hatte, dass der Finanzbeamten-Flegel ihm auf die Schliche gekommen war ... Finanzbeamten-Flegel, so nannte ihr Vater Fred nur noch, seit der sich nicht mehr bei Sandra meldete. All das – und natürlich die Sache mit dem persönlichen Rachefeldzug, den ihr Vater hinter der Prüfung witterte – hatte Sandra in den letzten Wochen viel zu oft gehört. Aber gerade, als sie sich leise zurückziehen wollte, hörte sie ihn sagen:

»... jetzt werde ich erst richtig warm! Und jetzt, wo Sandra ihre Steuern alleine machen will, habe ich doch endlich Zeit für meinen alten Traum. Ist mir wieder eingefallen, als ich vorhin die Küche gestrichen habe. Ich bin nur gerade nicht gut bei Kasse, willst du einsteigen? Hör zu ...«

Es war das Wort »hundertprozentig wasserdicht«, bei dem Sandra ein Stöhnen unterdrücken musste. Ihr Vater würde immer einen Weg finden, sich das Leben schwerer zu machen. Oder, wie er sagen würde: »interessanter«. So, wie Sandra das Leben nach Schätzen absuchte, suchte ihr Vater das Leben ab nach doppelten Böden, Schlupflöchern und versteckten Klauseln. Nicht aus Misstrauen, sondern aus Entdeckerfreude. Wenn er keine fand, war er enttäuscht – und bastelte sich selbst welche. Seine neue Geschäftsidee war eine Gartenwirtschaft. Am besten, hörte sie ihn sagen, in der Nähe des Finanzamts. Den Namen hatte ihr Vater auch schon: »Versteckte Klause.«

Sandra hatte plötzlich das dringende Bedürfnis, mit ihrer Mutter zu reden. Über irgendwas Vernünftiges. Es dauerte eine Weile, bis sie sie fand. Und schließlich nur deshalb, weil die Zillmann so entsetzt über die Hecke starrte: auf die große Terrasse der Schläpples, direkt vor dem Haus. Dort sonnte sich ihre Mutter am helllichten Feierabend im Liegestuhl ihres Vaters. Neben ihr stand das kleine Campingtischchen, das sie hinter dem Komposthaufen hervorgeholt hatte, darauf lag ein Stapel Liebesromane. Sandra konnte nicht glauben, was sie sah. Die Zillmann, mit einem großen roten Staubtuch in der Hand, stellte fest, dass es nett war, wenn man so viel Zeit hatte, sich tagsüber in die Sonne zu legen.

Erika Schläpple wartete, bis sowohl ihre Tochter als auch die Zillmann wieder verschwunden waren. Dann griff sie unter den Liegestuhl nach ihrem Weißweinviertele. Der Liebesroman, den sie gerade las, war der beste in der Reihe. Eine Frau brach ihrem Liebhaber das Herz und heiratete den König der Unterwelt. Der Liebhaber litt jahrzehntelang, bis er sich endlich rächte. Die Passagen in der Unterwelt gefielen Erika Schläpple am besten: Aus sicherer Distanz schauderte sie nämlich gerne. Mit wohliger Gänsehaut ging sie ihre eigenen ehemaligen Verehrer durch. Es war eine hübsche Menge gewesen, aber sie bildete sich nichts darauf ein. Die Beamten in der großen Kantine, in der sie damals gearbeitet hatte, waren eben fast ausschließlich Männer gewesen. Die freuten sich halt, wenn ein hübsches Mädel den Kartoffelbrei austeilte. Nur einer, ein echter Draufgänger, der hatte es sehr schwer genommen, als sie den Rolf heiratete.

Sie konnte sich gerade nicht an seinen Namen erinnern … Was wohl aus dem geworden war? Der musste auch bald pensioniert werden.

43

Vor dem weit geöffneten Fenster schrieb Fred in dieser Nacht eine neue Fassung. Draußen war es dunkel und so still, als hielte die Welt vor Spannung den Atem an.

Dann las er, und alles war richtig. Fred Eisenbogen hatte den perfekten Brief geschaffen.

Er ließ den Kopf auf den Schreibtisch sinken und schreckte erst wieder hoch, als Winnie neben ihm laut in ein Taschentuch schnäuzte. Wie viel Zeit war vergangen? Fred tastete nach seiner Brille: halb sechs in der Früh. Er rieb sich die Wange, wo sich im Schlaf die Funktionsknöpfe seiner Uhr hineingedrückt hatten. Winnie war offenbar gerade nach Hause gekommen, er warf eine Schachtel Pizza aufs Bett.

Dann hielt er Freds Brief hoch.

»Willst du den etwa SO abschicken?«

Fred fühlte ein panisches Déjà-vu in sich aufsteigen.

»Ist der Brief zu ... gewagt?«

»Viel zu gewagt! Du kannst ihr doch nicht sagen, dass du mit ihr ein Haus bauen willst und dass du sogar schon ... Die heiratet dich doch sofort weg!«

Fred nahm ihm den Brief ab.

»Lass mich wenigstens eine Kopie machen, bevor du ihn ihr gibst«, jammerte Winnie. »Wenn ich Sandras Namen und deinen Namen ändere und die Orte und ... alles andere auch, dann bleibt immer noch genug übrig, das ich übernehmen kann, wenn ich bei einer Frau mal so richtig Mist gebaut habe. Hey, sei nicht so undankbar. Denk dran, was ich dir alles über Frauen beigebracht habe!«

Fred faltete den Brief zusammen, Ecke auf Ecke, die Kante falzte er mit einem Lineal scharf und glatt. Dann steckte er ihn in den Umschlag, der schon so lange fertig auf seinem Schreibtisch wartete, und klebte alles, mit einem Blick auf Winnie, zu.

Jetzt musste er einen Anzug auswählen. Aber das war einfach: der dunkelblaue, sein bester und feierlichster. Winnie kippelte währenddessen unzufrieden mit dem Hocker vor dem Schreibtisch und warf immer wieder nervöse Blicke auf den zugeklebten Brief. Fred band sich schließlich noch die Krawatte, polierte über seine Schuhe und verstaute Geldbeutel und Schlüssel in seiner Aktentasche. Als er den Brief einsteckte, in die linke Innentasche seines Jacketts, stöhnte Winnie auf. Aber Fred ließ sich nicht beirren. Ein letztes Mal betrachtete er sich im großen Spiegel. Winnie schüttelte ungläubig den Kopf und grummelte:

»Du siehst aus wie jemand, der kurz davor ist, einen ganz großen Fehler zu machen.«

Unten vor dem Haus fiel es Fred ein: Blumen! Natürlich musste er Sandra auch Blumen mitbringen!

Aber der erste Blumenladen um die Ecke war noch geschlossen, der zweite auch. Es war schon kurz nach sieben Uhr, und Fred wurde nervös. Er hatte geplant, Blumen und Brief vor Sandras Haustür abzulegen, sodass sie beides fand, bevor sie zur Arbeit fuhr. Er konnte doch nicht noch einen Tag warten! Oder darauf, bis sie abends zurückkam! Die Blumen vor der Tür würden verwelken und Fred, dann wieder im Finanzamt, auch.

Er erinnerte sich an eine Blumenhandlung in Sindelfingen, in der er einmal eine Betriebsprüfung durchgeführt hatte. Die hatte jetzt schon geöffnet.

Fred hatte Glück: Er erwischte einen direkten Bus und kaufte kurz darauf in der »Blumenhandlung am Friedhof« den halben Laden leer. Anschließend lief er mit einem riesigen Strauß die Straße hinunter, dort hatte er einen Taxistand gesehen.

Der Stand war leer, er musste eines bestellen, das aber nicht kam! Alle paar Minuten stellte er sich mitten auf die Straße, um auch die Kurve überblicken zu können. Und er tastete immer wieder nach dem Brief in der Innentasche seines Anzugs:

Er war noch da. Aber ... das Papier fühlte sich jetzt auf einmal viel steifer an, die Kanten schärfer und die Ecken spitzer, als Fred sie in Erinnerung hatte. Er zog den Umschlag heraus: schwer und gewichtig, wie er sein sollte. Aber das fand er jetzt viel weniger gut, im Gegenteil! Plötzlich konnte Fred nicht mehr glauben, dass in diesem Brief irgendetwas stand, das nicht viel zu förmlich und viel zu wohlüberlegt geraten war.

Eine Bank war nirgendwo zu sehen, also musste er sich vor dem Rathaus, beim *Amt für Liegenschaften und Wohnen*, auf die Treppenstufen setzen. Dort versuchte er, sich vorzustellen, wie Sandra den Brief aus dem Umschlag nahm. Wie sie das Blatt auffaltete, wie sie las ... wie sie ... aber er schaffte es nicht, sosehr er sich auch konzentrierte. Er konnte ihr Gesicht dabei einfach nicht sehen. Das beunruhigte ihn, auch wenn er wusste, dass Menschen sich alle möglichen Dinge einbildeten, wenn sie nervös waren.

Als er einen Regentropfen auf der Hand spürte, steckte er den Brief ins Jackett zurück und suchte in der Aktentasche nach seinem kleinen Regenschirm. Dabei fielen ihm zuerst der *Vorsicht Giftmüll*-Karteikartenkasten und dann die Tonscherbe in die Hände. Natürlich hatte er sie nicht weggeworfen, aber er wusste auch nicht, warum er sie in seiner Aktentasche herumtrug.

Er befühlte die Scherbe wie ein kostbares Stück. Sie war noch kaputter, als er sie in Erinnerung gehabt hatte. Zwei Ecken waren abgesplittert, und die Aspirintabletten hatten ihr auch nicht gutgetan – das römische Filzstiftmuster war zwar nicht blasser geworden, aber an einer Stelle abgeplatzt. Fred schaute auf seine Hände: Sie waren voll weichem, rötlich-braunem Tonstaub. Aber seltsamerweise störte ihn das gar nicht, es war sogar, irgendwie, beruhigend. Die Scherbe fühlte sich ganz warm an. Als hätte sie in der Sonne gelegen.

Er würde sie Sandra geben, irgendwann, zum Spaß, und ihr dann die ganze Geschichte erzählen. Fred musste lächeln, so gut konnte er sie sich vorstellen, wie sie die Scherbe festhielt und seiner Geschichte vom römischen Filzstiftmuster zuhörte. Er kannte niemanden sonst, der sich über eine gute Geschichte genauso freuen konnte wie über einen Schatz. Zum ersten Mal hatte er Sandra im Schulgarten so lachen gesehen.

Was im nächsten Moment passierte, war nichts anderes als eine Kettenreaktion, eine magische. Selbst Fred hätte das im Nachhinein zugeben müssen.

Sein Taxi fuhr vor.

Er stand von den Steinstufen auf und klopfte sich mit den Händen den Hosenboden ab.

Jemand tippte ihm auf die Schulter.

Er fuhr herum.

Ein Mann erinnerte ihn daran, dass seine Hände voll rotem Ziegelstaub gewesen waren.

Fred schaute auf seine Hände. Und als er den Kopf wieder hob, auf das Schild *Amt für Liegenschaften und Wohnen.*

Jedes winzige Ereignis hatte das nächste angestoßen, im exakt richtigen Moment, um in einem einzigen, triumphalen Gedankenblitz zu enden. Es war jetzt ganz klar, was er tun musste. Er brauchte keine Sekunde länger darüber nachzudenken. Es war, als gäbe es auf der ganzen Welt keinen anderen Weg, außer diesem, dem richtigen.

Das Taxi schickte er wieder weg.

Fred hatte wichtige Amtsgeschäfte zu erledigen.

Aber die Amtsgeschäfte zogen sich in die Länge, und so war es schon gegen drei Uhr nachmittags, als er – in einem neuen Taxi – endlich in Sandras Straße einbog. Ihr Auto stand nicht vor dem Haus, also wies er dem Fahrer ein anderes Ziel an: zum Schulgarten.

Und dort parkte er, der kleine, weiße, immer dreckige Lieferwagen! Fred schnappte seine Aktentasche und sprang aus dem Taxi, den Blumenstrauß hatte er im Laufe des Tages einer hilfreichen Sekretärin geschenkt.

Sandra war nirgends zu sehen. Aber ihr Weidenkorb stand auf der Gartenmauer, darin lagen ihre Stiefel und Fiskus' Gummispiel-Mäuse. Jemand sagte ihm, Fräulein Schläpple sei noch mit dem Kunstlehrer unterwegs, und Fred beschloss, im Schulgarten auf sie zu warten.

Am Gartentor vor dem Schild *Zutritt für Unbefugte verboten* verharrte er für einen feierlichen Moment, dann putzte er sich die Schuhe ab, drückte die Türklinke herunter. Und trat ein.

Er hatte den Schulgarten als eine halbumgegrabene Wiese in Erinnerung, abgetrennt von einem großen, wilden Grundstück direkt dahinter. Aber jetzt waren auf der Wiese Beete angelegt, und dazwischen schlängelte sich ein Pfad aus bunt bemalten Steinen. Neben ein Beet mit festem, jungem Kopfsalat hatte Sandra einen Kräutergarten gepflanzt: Ringelblumen, Rosmarin, Thymian, Liebstöckel und Pfefferminze wuchsen dort in langen, dichten Reihen. Fred zupfte ein weiches Minzblatt ab und legte es sich auf die Zunge. Es gab zwei neue Apfelbäume, an einer Schleife um den Stamm trugen sie noch das Pappschild mit der Sortenkennung: *Böblinger Boskop*. Sandra aus Sindelfingen hatte in ihrem Garten *Böblinger Boskop* gepflanzt!

Das Prunkstück des Gartens fand er ganz hinten, bei dem Beet, in dem er damals aus Versehen Sandras Unkraut gejätet hatte: Es war eine kleine Laube. Nur kletterten dort keine Rosen. Sandras liebstes Unkraut rankte sich am Laubengitter empor: Wilder Wein, Ackerwinde, Brennnesseln und sogar Schlangenknöterich.

Als Fred sich umdrehte, sah er die Vogelscheuche. Aber die trug ja Sandras Kleid! Das Kleid, das Sandra in der Post getragen hatte! Das Kleid, das so wichtig war, dass sie es in dem grünen Ordner verewigt hatte! Jetzt löste sich der rote Kreuzstich am Saum auf, und in der Schulter klaffte ein Loch. Zum ersten Mal an diesem Tag erwog Fred die Möglichkeit, dass das, was er heute getan hatte, nicht richtig gewesen war.

Sondern wahnsinnig.

Als es anfing zu regnen, war Sandra immer noch nicht zurück. Fred hätte zur Schule laufen und sich dort unterstellen können, aber von dort aus konnte er nicht den ganzen Garten einsehen. Und was, wenn sie dann kam?

Es gab nur eine Stelle, an der er auf sie warten konnte. Neben der Tanne, genau dort, wo Sandra mit dem Detektor ihren ersten Schatz gefunden hatte: die Tonscherbe.

Aber musste es denn wirklich so heftig regnen!

Fred sah sich um: Auf dem Nachbargrundstück flatterte Bettwäsche im Wind.

44

Fiskus war außer sich, und Sandra konnte sich nicht entscheiden, ob er einen Nervenzusammenbruch hatte oder das Mäusenest seiner Träume erschnüffelt. Der Kunstlehrer hatte Sandra zum Abschiedskaffee in sein kleines Kabuff in der Grundschule eingeladen, Kuchen gebacken und sogar Kekse für Fiskus mitgebracht. Aber während des ganzen Gewitters kratzte der Hund schnüffelnd und so erbärmlich laut jaulend an der Tür, dass man sein eigenes Wort nicht verstand. Dabei hatte sie so gehofft, dass Fiskus, den sie extra mitgebracht hatte, sich heute von seiner besten Seite zeigte: Der Kunstlehrer war gerade mit seinem Freund zusammengezogen, und jetzt wollten sich die beiden ein Haustier zulegen. Offenbar hatten sie noch zwischen Hund und Katze geschwankt. Seinem verstörten Blick nach zu urteilen, war die Entscheidung aber beim Kaffeetrinken gefallen.

Als es endlich zu regnen aufhörte, ließ sich Sandra von Fiskus nach draußen zerren. Im Schulgarten riss er sich los, sie fand ihn erst wieder bei der großen Tanne – zusammen mit dem halben Lehrerkollegium. Alle hatten sich vor einem windschief-improvisierten zeltartigen Gebilde aufgebaut. Es bestand aus einem triefend nassen Betttuch, das über einem abgebrochenen Ast und zwei Holzbesen aufgespannt war. Wie eines der Zelte, die man über archäologischen Grabungsstätten errichtet, damit es nicht reinregnet. Sandra hatte Fotos davon im Völkerkundemuseum gesehen.

Die Direktorin war da, der Deutschlehrer, der Mathematiklehrer, zwei Referendarinnen und der Sportlehrer, der nervös immer wieder eine Luftpumpe in seine Handfläche klatschte wie einen Baseballschläger. Die Direktorin wollte von Sandra wissen, wer der Mann war, der unter dem Betttuch auf sie wartete, und ob man nicht doch besser die Polizei rufen sollte. Sandra ging in die Knie und zog das Betttuch zur Seite: Dort saß Fred. Sein Anzug war triefend nass, und er umklammerte fest seine Aktentasche.

»Das ist nur mein Finanzbeamter, kein Axtmörder«, versuchte Sandra das Kollegium wegzuscheuchen und schlüpfte ins Zelt. Vor dem Eingang rollte sich Fiskus zusammen. Er schnüffelte nicht mehr. Als habe er endlich gefunden, was er die ganze Zeit gesucht hatte.

Fred konnte sehen, dass Sandra gerne aufrecht stehen geblieben wäre und die Arme verschränkt hätte. Aber dazu war das Zelt zu niedrig. Zuerst entschied sie sich für verschränkte Arme und eine Art Hocke – die sehr unbequem aussah und vermutlich deshalb förmlich sein sollte. Fred atmete auf, als sie sich schließlich doch neben ihn setzte.

»Wo warst du denn so lange?«, fragte sie leise.

»Ich habe dir einen Brief geschrieben.«

Sandra zuckte so entsetzt zurück, dass beinahe das Zelt eingestürzt wäre. Fred fasste nach ihrer Hand.

»Nein, nein! Doch nicht SO einen Brief.«

»Aber einen Brief schreibt man doch nur, wenn man Schluss machen will und zu feige ist dafür ...«

»Da bin ich anders«, sagte Fred und konnte nicht verhindern, dass es stolz klang. »Ich schreibe immer Briefe, wenn ich etwas Wichtiges mitzuteilen habe. Ein Schriftstück aufzusetzen bedeutet höchste Wertschätzung.«

Sie misstraute seinem Brief noch immer, er konnte es sehen.

»Und jetzt?«, fragte sie. »Soll ich ihn lesen?«

»Bitte? Oh, nein, der Brief war in meinem Jackett, das habe ich irgendwo liegenlassen heute. Macht nichts, ich wollte ihn dir dann ohnehin nicht mehr geben. Was absurd ist, weil: Der Brief war perfekt! Ich habe noch nie in meinem Leben ein Schriftstück aufgesetzt, das perfekt war. Wahrscheinlich werde ich es auch nie wieder tun.«

Fred verstummte, in Gedenken an das perfekte Schriftstück.

Sandra tippte ihm auf die Schulter.

»Kommt die knietiefe, himmelhohe Entschuldigung noch, die du mir schuldest, oder ...?«

»Entschuldige! Ich ...«

Sie schüttelte den Kopf.

»Knietiefer. Himmelhöher.«

»Nein! Das war sie natürlich nicht, die knietiefe, die himmelhohe ...«

Er brach ab. Sandra merkte, dass sie ihn bei etwas gestört hatte, etwas Großem. Sie drückte seine Hand, ganz kurz, aber so fest, dass eine Sekunde lang nichts mehr dazwischenpasste.

»Ich wollte dir erzählen, wie es ist, wenn ich etwas Perfektes sehe. Egal, ob es ein Wort ist oder eine Zahl oder eine Matschpfütze. Dann habe ich so ein Gefühl ... wie wenn ein Kind Trapezartisten zusieht. Das ist das schönste Gefühl, das es gibt. Das ist, als könnte dein Bauch staunen.«

Er warf ihr einen scheuen Seitenblick zu, aber sie lachte ihn nicht aus.

»Aber dieses Gefühl ist so ... verdammt selten. Und das verstehe ich einfach nicht, weil, ich versuche doch dauernd, alles richtig zu machen! Und ich war sicher, das ist dasselbe: Wenn etwas richtig ist, ist es auch perfekt.«

In seinem ganzen Leben hatte er das noch nie so klar erkannt wie hier. In diesem windschiefen, wackligen, tropfenden Zelt.

»Deshalb wende ich dauernd alle Regeln an, die ich anwenden kann, aber trotzdem wird fast nie etwas perfekt. Am schlimmsten ist es, wenn es keine offensichtlichen Regeln gibt. Deshalb hat dein Brief auch so lange gedauert, weil ich so lange drehen und wenden musste, bis ich ganz sicher alle falschen Sätze ausgeschlossen hatte. So lange, bis es mir ganz wasserdicht erschien. Aber dann konnte ich dir den Brief nicht geben, weil ich gemerkt habe, dass ich mich dahinter nur verstecke.«

Er sah, dass sie ihm nicht folgen konnte. Aber wenn es so einfach gewesen wäre, hätte Fred auch nicht sein ganzes Leben gebraucht, um darauf zu kommen.

»Ich habe jeden Tag mit Menschen zu tun, die etwas zu verstecken haben. Und ich war immer stolz darauf, dass ich nichts zu verstecken habe. Aber … das stimmt nicht! Ich verstecke mich die ganze Zeit! Hinter Paragraphen, Gesetzen, Rechtschreibregeln, der Stiftung Warentest, Fertiggerichten. Weil ich mich da sicher fühle. Denn wenn es eine Regel gibt, an die ich mich halten kann, muss ich nicht jedes Mal neu entscheiden, was richtig ist. Und dann besteht auch nicht die Gefahr, dass ich was Dummes sage oder tue oder mich lächerlich mache und dann … ist es vielleicht zu spät.«

»Was ist dann zu spät?«

»Jemand, den du liebst, denkt ein winziges Stück weniger gut von dir als vorher.«

Fred wurde sich plötzlich bewusst, wie eng es hier war. Das nasse Betttuch klebte an seinem Rücken. Aber dann rückte Sandra ganz nah zu ihm hin – und plötzlich hatte er wieder Luft zum Atmen.

»Aber am Ende kannst du doch nie wirklich sicher wissen, ob etwas richtig ist. Da gibt es ja keine Checkliste, da muss dein Bauchgefühl entscheiden, oder?«

»Von Intuition habe ich nie was gehalten. Intuition, dachte ich, ist nur eine Ausrede, um sich keine Gedanken machen zu müssen. Ich meine: Die erste Idee, die dir in den Sinn kommt, soll die richtige sein? Statistisch betrachtet ist das absoluter Wahnsinn.«

So hatte sie das offenbar noch nie gesehen.

»Aber mit dir«, fuhr er fort, »war das anders. Mit dir musste ich plötzlich dauernd auf meine Intuition vertrauen, weil es irgendwann viel zu kompliziert war: Weil ich nicht mehr wusste, was du weißt und was nicht, wer ich bin und wer nicht und was ich als ich sagen kann und was nicht. Und das Seltsame war, dass damit keine Katastrophe passiert ist, im Gegenteil …«

Sie küsste ihren Finger und legte ihn auf seinen Mund.

»Warum habe ich das Gefühl, dass du mir irgendwas sagen willst, aber dir erst eine Rampe baust? Eine extrem lange Rampe?«

Die Schulglocke klingelte, Sandra schaute auf die Uhr.

»Kommt heute etwa noch eine Schulklasse in den Garten?«

»Oh, nur ein paar Viert- und Fünftklässler, aber ich bin sicher, die sind diskret.«

Fred stand so entsetzt auf, dass das Zelt endgültig zusammenkrachte. Er befreite sich und die laut lachende Sandra aus den Trümmern – Fiskus blieb selig zusammengerollt in der Sonne liegen – und zog sie tiefer in den Garten hinein, zum Zaun. Dort musste sie leider kurz warten, weil Fred noch einmal zurückrannte, um seine Aktentasche aus der Zeltruine zu bergen.

Dann stellte er sich vor ihr auf und holte tief Luft. Er würde es ihr jetzt einfach sagen.

Nachdem er sie geküsst hatte.

»Ganz so leicht kannst du es dir nicht machen«, murmelte sie zwischen zwei Küssen. »Du hast mich drei Wochen hängenlassen. Mein Vater hält dich inzwischen für den gemeinsten Flegel, der ihm je unter die Augen gekommen ist. Ich weiß nicht, wie du ihn davon jemals wieder abbringen willst.«

Fred öffnete seine Aktentasche. Sandra schaute hinein, skeptisch.

»Damit? Was ist das? Und was passiert, wenn ich es aufmache?«

»Ich fürchte, dein Vater weiß genau, was er damit tun muss.«

Er überreichte Sandra seinen geheimen Karteikasten mit dem *Vorsicht-Giftmüll*-Aufkleber. Einhundertsiebenundvierzig Finanzbeamtenwitze, die hiermit direkt in die allerfalschesten Hände gelangten.

Und dann holte er schnell den eigentlichen Schatz aus seiner Aktentasche: die Ziegelscherbe.

»Du hast sie doch nicht weggeworfen!«

Sie ließ den Karteikasten ins Gras fallen, befühlte die Scherbe – und runzelte die Stirn, als sie das römische Filzstiftmuster entdeckte. Fred räusperte sich:

»Die Scherbe stammt von einem schwäbischen Schuppendach, wahrscheinlich Mitte 20. Jahrhundert. Aber das Muster hat ein Neandertaler mit wasserfestem Filzstift draufgemalt, um seine Geliebte zu beeindrucken, damit sie glaubt, es sei das Bruchstück von etwas viel Wertvollerem.«

Sandra musste laut lachen. Aber dann seufzte sie plötzlich, wehmütig.

»Was in diesem Garten alles passiert ist: Auf der Mauer hast du mir die Quittung gegeben. Unter der Tanne habe ich mit deinem Detektor die Scherbe gefunden ... Ich kann nicht glauben, dass das heute hier mein letzter Tag ist.«

Aber darauf konnte Fred jetzt nicht weiter eingehen.

»Ich dachte«, fuhr er fort, »wir bauen einen Rahmen für die Scherbe und dann: Vielleicht möchtest du sie aufhängen? In deiner Wohnung ... oder, noch besser, in ... unserer Wohnung?«

Sie strahlte.

»Das war es, was du mir die ganze Zeit sagen wolltest! Mit dir würde ich sogar nach Böblingen ziehen.«

Er wusste, wie ernst ihr das war. Und jetzt fing sie an, Pläne zu machen.

»Wir könnten die Scherbe in unserem Flur aufhängen. Direkt neben der Eingangstür, oder ...«

Während Sandra Ehrenplätze für die Scherbe ausprobierte, ließ Fred den Blick über den Schulgarten gleiten und das große, wilde Grundstück direkt dahinter. Sein Notar, sein Bankberater und sämtliche Sachbearbeiter im Rathaus und beim Liegenschaftsamt hatten nicht verstanden, dass Fred genau verstanden hatte, dass der Schulgarten unveräußerlicher Teil des Baugrundstücks war. Und bleiben musste. Sie konnten sich einfach nicht erklären, warum Fred unbedingt – und sofort – einen Bauplatz kaufen wollte, an dem vorne dran ein Schulgarten klebte.

»Und dann«, sagte Sandra, »lassen wir uns für unsere Scherbe so ein kleines Schild gravieren, wie es immer unter den ganz wertvollen Fundstücken im Museum hängt. Da schreiben wir dann drauf: *Fundort Schulgarten Sindelfingen.*«

Fred nahm seine Sandra fest in die Arme.

»Oder, ganz einfach: *Unser Vorgarten.*«

Danksagung

Fabelhafte Menschen haben mir geholfen, das Abenteuer von Familie Schläpple auf den Weg zu bringen. Wenn es sie nicht gäbe, müsste ich sie alle erfinden – mit einem Dutzend verschiedener Kugelschreiber und einer Flasche von dem ganz, ganz teuren Riesling: Ich danke Michaela Röll/Agentur Petra Eggers für so viel Unterstützung und Vertrauen. Andreas Paschedag und Birgit Schmitz/Berlin Verlag für ihre Ideen und ein Lektorat, das mich beglückt und begeistert. Hans-Peter Junker danke ich, ständig, für die richtigen Einfälle zum richtigen Zeitpunkt. Und der mehr als fabelhaften Nadja Kadel dafür, dass dieses Buch überhaupt fertig ist.

Sehr viel verdankt diese Geschichte außerdem dem Autorenstipendium der Stadt Nürnberg und des Bayerischen Rundfunk – vor allem meiner Mentorin dort, Monika Peetz.

Ganz besonders bedanke ich mich bei Annemarie Fuchs-Alasafi, Gerhard Groh, Karin Schottenhammel-Bayer und all den anderen, die mir klug und geduldig bei der Beantwortung fachlicher Fragen behilflich waren (den meisten ihrer Ratschläge bin ich sogar gefolgt).

Meine Eltern, Karl-Heinz und Helga Barnsteiner, und meine Geschwister, Daniel Barnsteiner und Susanne Hinrichs, stehen deshalb hier am Ende, weil ich nicht weiß, wie ich ihnen überhaupt jemals danken soll: Meine Familie ist eine, um die ich mich selbst beneide.